Gabriele Wohmann
Schwestern

Erzählungen

Piper München Zürich

Von Gabriele Wohmann liegen in der Serie Piper außerdem vor:
Plötzlich in Limburg (1051)
Habgier (1666)
Ernste Absicht (1698)
Ein Mann zu Besuch (1863)
»Das Salz, bitte!« (1935)
Frühherbst in Badenweiler (2048)
Ausflug mit der Mutter (2343)
Paulinchen war allein zu Haus (2344)
Ach wie gut, daß niemand weiß (2360)
Aber das war noch nicht das Schlimmste (2559)
Das Handicap (2645)
Vielleicht versteht er alles (2951)

Ungekürzte Taschenbuchausgabe
August 2001

Umschlag: Büro Hamburg
Stefanie Oberbeck, Isabel Bünermann
Umschlagabbildung: Christian Schad (»Freundinnen«, 1930,
© Bettina Schad, Archiv und Nachlaß Christian Schad/
VG Bild-Kunst, Bonn 2001)
Foto Umschlagrückseite: Holger André
Satz: Friedrich Pustet, Regensburg
Druck und Bindung: Clausen & Bosse, Leck
Printed in Germany ISBN 3-492-23363-5

Inhalt

Fiktive Wertangaben

Er ist ein blöder Kerl. Marcia kam vom Telephon zu uns ins Wohnzimmer unserer Mutter zurück, wo es jetzt von Tag zu Tag immer kahler wird, die Teppiche sind fort, die Bilder abgehängt, alles schön gerecht unter uns verteilt, und in den Bücherregalen liegen die Bücher quer, wir haben sie durchgesehen, die quer liegenden sind für den Antiquar, die drei unterschiedlich hohen Stapel am Boden für uns Geschwister, ein vierter, ziemlich niedriger für unseren jüngsten Bruder, dem Abwesenden mit der kleinsten Wohnung, dem größten Platzmangel. Wir entleeren das Haus meiner Mutter.

Noch haben wir ein paar Stühle und auch drei Sessel und einen kleinen Tisch, noch nicht alle Sachen sind abtransportiert worden, nur die für die Schweiz bestimmten.

Ehe wir mit dieser Arbeit im Haus meiner Mutter anfingen, hatten wir Angst davor, wir sahen uns deprimiert an bei diesem Erben zu Lebzeiten, unsere Mutter ist noch nicht gestorben, und so schien uns ihr nicht mehr selbständiges Leben, sie ist über neunzig und mußte zu ihren Schwestern übersiedeln, als sie nach einer banalen Infektionskrankheit nicht mehr richtig auf die Beine kam, auch wie ein Tod zu Lebzeiten, und Marcia fürchtete, so denke ichs mir wenigstens, denn ich kenne sie am besten, wir könnten uns streiten, wenn die Begehrlichkeiten sich überlappen, ich kenne ja schließlich auch ihren Dolf, er ist ein lieber Kerl, aber korrekt und für die Gerechtigkeit

– auch in Ordnung, nur: gerecht soll es eben zugehen beim Verteilen, und nicht so emotional wie zu oft bei mir und, was ihn persönlich mehr betrifft, bei seiner Marcia, vor deren impulsiven Ausbrüchen er sich fürchtet. Sie führen bloß zu sentimentalen Entscheidungen: Marcia will ein altes Kinderbuch, ihr Bruder kriegt dann die wertvolle ledergebundene Horaz-Ausgabe. Nur ein Beispiel. Ich bin Marcia ähnlich. Aber bei mir machts Dolfi ja nichts aus, was ich an puren Gemütswerten abschleppen werde, kann ihm ja egal oder sogar nur recht sein. Marcia hingegen, seine Frau und daher mitverantwortlich fürs Familienbudget, soll den Kunstmarktwert nicht aus den Augen verlieren.

Und heute nachmittag hatte auf eine Stipvisite Marcias und Dolfis Freundin Kristin hereingeschaut, und als das Telephon vorhin klingelte, hätten Marcia und ich, wir gefühlvollen Spontaneitätsprofis und zärtlichen Schwestern, beinah ein folgenschweres Desaster angerichtet. Kristin war um das Biedermeiersofa herumgelaufen, hatte die Rückwand überprüft – die sogar auch überzogen war! – und gerufen: Das herrliche Stück wollt ihr verkaufen? Das wäre doch ein Jammer! Ich weiß nicht mehr, wer von uns es war, wahrscheinlich waren wirs beide, Marcia und ich, die, von Kristins Interesse an dem Sofa gerührt, vorschlugen, sie solle es haben. Marcia hatte Dolfi aufgefordert: Sieh mal auf unserer Liste nach, wie hoch wir den Wert taxiert haben. Ich sah schon dauernd Dolfi Grimassen schneiden: Marcia, halt den Mund, hör sofort auf mit dem Quatsch. Leicht zu deuten, diese Grimassen. Gesagt hat er – und übrigens hat auch unser Bruder ziemlich finster geblickt: Das sind doch nur ganz fiktive Wertangaben, nur Anhaltspunkte auf der Liste, nicht die wirklichen Verkaufspreise. Kristin kam auf ihren Platz am Tisch zurück, und Marcia sagte: Zu deiner modernen Einrichtung in schwarzem Leder würde es ja nicht sehr gut passen.

Kristin lachte, sie mag Marcia, sie hatte verstanden, nahm nichts übel. Ich hab wohl dummerweise noch irgend so einen wieder bloß von Empfindungen diktierten Nonsense gesagt, wie schön es wäre, wenn jemand, sogar eine Freundin, ein Stück von unserer Mutter hätte, und wie viel Kerstin schon für unsere Mutter getan habe, und daß mir das besser gefalle, Kerstin als Sofabesitzerin als irgendwer Anonymes. Aber da hat mir sogar auch schon Marcia mimische Warnzeichen rübergeschickt.

Er ist ein blöder Kerl. Ich fange nochmal beim Satz an, mit dem Marcia vom Telephon zurückkam.

Wer war dran? fragte Dolf.

Allegra. Sie kommt nicht.

Allegra ist Marcias lebenslustige junge Freundin. Marcia sagte, sie brauche noch einen Kaffee und machte sich einen in der Tasse – wir haben bei unserer Arbeit im leerer werdenden Haus unserer Mutter immer nur Pulverkaffee und kochen kannenweise Wasser – und Dolf meinte, sie habe längst eine Überdosis Kaffee intus, und dann erzählte Marcia merkwürdig mürrisch, Allegra wolle nicht allein kommen.

Dolfi erklärte uns anderen, Allegra treibe sich zur Zeit mit einem jungen Burschen herum, außerhalb der Ehe. Und mit diesem Burschen habe sie uns besuchen wollen. Besser so, sagte er abschließend. Besser, wenn sie auch ohne den Knaben nicht kommt. Wir haben sowieso keine Zeit.

Marcia, vielleicht vom Kaffee, war ihren Mißmut losgeworden. Übrigens ist sie in Sachen Pauseneinlegen, Kaffeebrauchen unsere Gehirnwäscherin. Habe ich schon erwähnt, daß unsere Befürchtungen, ich nehme an, uns allen machten sie vor Beginn dieser absahnenden Hausarbeit zu schaffen, sich von allem Anfang an auflösten? Wir haben unsere Nerven nicht zerfetzt, wir haben uns nie gestritten, wir waren sogar oft lustig, auch bei Wehmut, niemals heulsusig. Ja, zu Lachanfällen kommts, diese Lachanfälle sind wie wohltuende kleine Schwächeanfälle.

Marcia erzählte: Allegra ist mal wieder verliebt, diesmal anscheinend für länger und schlimmer, also ists schöner, aber auch schrecklicher...

Ts ts ts, machte Dolf.

Aber ich mußte ihr sagen: Dein Mann ist unser Freund. Und wenn wir dich mit deinem Burschen, er ist zehn Jahre jünger als sie, wenn wir euch beide, ohne daß *er* was davon wissen darf, bei uns Unterschlupf gewähren, hintergehen wir ihn. Marcia seufzte. Ja, und das hat sie akzeptiert. Aber sie klang furchtbar traurig. Sie ist jemand, der am Telephon weint.

Okay, wir müssen allmählich weitermachen, sagte Dolfi, und unser Bruder nickte zustimmend und brachte ein bedauerlicherweise oder leider leider heraus, um zu Kristin höflich zu sein. Aber Marcia verdonnerte uns zum Sitzenbleiben, Zuhören, und schon als sie loslegte, wurde es mir ein bißchen mulmig, den anderen wahrscheinlich auch.

Ich weiß nicht, ob ich richtig gehandelt habe, rief sie.

Hast du, sagte Dolf.

Ich weiß es plötzlich nicht mehr. Ich hab ihr die Tür vor der Nase zugeschmissen.

Du hast sie gar nicht erst aufgemacht, und es war richtig.

Wir andern ließen Marcia und Dolfi bei diesem kleinen

Gefecht allein. Ziemlich deutlich: Wir hielten uns da heraus. Das würde heikel. Das Thema selber ist heikel, weil es wirklich schon geradezu aufdringlich an die Marcia von früher und an ihre Eskapaden erinnert.

Ich hoffte, sie würde aufhören, aber da gings erst recht los, sie ging in die Vollen, könnte man sagen: Zu einem Ehebruch gehören immer zwei.

Um ihr und Dolfi und uns allen zu helfen und ein bißchen Ulk reinzubringen, verbesserte ich: Drei!

Ich meine, das Ehepaar, sagte Marcia. Wenn einer oder eine wegstrebt, gibts zwei Schuldige. Stimmts nicht, Kristin? Du scheidest doch die Ehen am Fließband.

Kristin ist Anwältin. So wenig wie wir anderen schien sie aufgelegt, in Marcias aufgewühltes Fahrwasser zu springen. Etwas unbestimmt hat sie ihr halbwegs rechtgegeben, mal so, mal so gesagt, und noch ein bißchen mehr.

Allegra genügt ein kleines Leben nicht. Und ihrem braven Hans-Ernst genügts. Puh! Beruf und Freizeit, eine neue Tapete fürs Wohnzimmer, der Urlaub, eine bessere Beleuchtung für die Küche, der kleine blöde Rasen unterhalb der Terrasse, sein kleines blödes Glanzstück als Mittelpunkt der Welt, umrahmt von Hecken und diesen albernen niedrigen Coniferen und Blumenrabatten, ihm genügts.

Wir wußten nichts zu sagen, und um Marcia beizustehen, raffte ich mich auf: So leben alle. Ich dachte, Fidel und ich, wir auch, ungefähr so.

Fidel ist mein Mann. Ich habe ziemlich spät geheiratet. Wie das überhaupt ist, Ehebruch, ich kanns mir nicht mal im Traum vorstellen. Es muß absolut grauenvoll sein. Meine Ehe ist ruhig und angenehm, zum Wohlfühlen, was die Ehe betrifft, habe ich keine unerfüllbaren Wünsche, was das Leben betrifft: Hunderte, Tausende! Das Leben finde ich ziemlich schrecklich.

Sie hätte früher wissen müssen, was ihr genügt und was nicht. Beim Heiraten, da hätte sies spätestens wissen müssen, sagte Dolfi, der arme, der vielleicht längst nicht mehr an Allegra dachte, warum sollte ihn ihr Melodram auch interessieren, sondern an Marcia, mit der er geduldig durch alle finsteren Täler gegangen ist.

Das weiß man nicht, wenn man jung und unbesonnen und einfach so drauflos vergnügt ist. Marcia meinte vermutlich auch längst sich selber.

Er ist wie der kleine blöde Rasen, ihr Hans-Ernst. Als Marcia wieder erklärte, sie bereue ihre Entscheidung, dieses asylantenhafte Liebespärchen abgewiesen zu haben, wurden wir alle erleichtert lebhaft, weil wir ihr gut zureden konnten.

Ich lasse euch jetzt endlich allein, ihr müßt an die Arbeit. Kristin stand auf.

Er ist ein blöder Kerl. Wir bekamen mit, daß Marcia diesmal bei ihrem Fazit Dolfi ansah. Es war wirklich sehr unangenehm, wie eine Vollstreckung. Das hat Dolfi nicht verdient. Nur gut, daß uns Händeschütteln, flüchtiges Umarmen und kleine Küsse beim Abschied von Kristin abgelenkt haben. Ich brachte sie noch zu ihrem rassigen schwarzen SAAB. Als ich zurückkam, hörte ich, wie Dolfi zu Marcia irgendwas über die bloß fiktiven Wertangaben vorpredigte, das alte Sofa-Thema, eigentlich längst passé.

Im Atemholen sind zweierlei Gnaden

Nun mach schon, drängte Jutta, und Ute gähnte. Jutta sagte: Ich rede bloß mit dem Meer. Wie lang diese flachen Ebbewellen brauchen, bis sie umbrechen, so lang schon hochgebogen und brechen nicht um. Schau hin und du meinst, du kriegst keine Luft mehr. Klatsch! Na endlich! Und daß das Geräusch so viel später kommt. Die Welle bricht, dann Pause, dann: Klatsch! Paß mal drauf auf.

Ute rührte sich nicht, und Jutta war es egal. Sie mußte hinschauen, warten, wirklich wie in Atemnot, aus der sie erst das nachhinkende Geräusch entließ. Es klang wie ein Knallen: verwunderlich bei so wenig Wucht des auf den Sand züngelnden Wassers. Schlief das Baby?

Die zwei Schwestern lagen auf ihren Frottiertüchern vor ihrem Strandhäuschen. Der Schatten war über sie weggewandert, gut für Ute, die braun werden wollte, lästig für Jutta, die immerzu vor der Sonne warnte, aber sie war zu faul nachzurücken, sie war so lahm wie bei einer eingeleiteten Narkose und dachte: Wie das Meer. Wir können uns zu nichts aufraffen. Das ist wahrscheinlich Physik, sagte sie mit schwerer Zunge. Akustik. Flugzeuge sieht man zuerst auch nur, also könnte man sagen: Man *sieht* ein Geräusch, noch hört man es nicht. Erst später.

Ach Jutta! Ute gähnte wieder. Es drückte Behaglichkeit aus.

Jutta blickte in den wie zu niedrig aufgehängten Himmel. Kein Flugzeug in Sicht, nur zwei Möwen, die tief über den Strand aufs Wasser zuflogen, wieder abdrehten; sie schienen nicht, wie sonst Möven immer, etwas Wichtiges vorzuhaben. Auch die Menschen am Strand wirkten heute verlangsamt. Es war zu heiß für alles. Jutta seufzte. Zwecklos zu hoffen, in diesem Sommer wäre mit Ute irgendwas anzufangen. Sie schloß die Augen, und die zackigen Muster unter ihren Lidern erinnerten an ein Kaleidoskop, nicht angenehm. Sie machte die Augen wieder auf.

Das Meer ist heute wie ein Ententeich, schimpfte sie und ärgerte sich über Utes Alle-meine-Entchen-Assoziation: Wulle wulle, gurrte ihre Schwester und danach noch mehr Kindergartenlautmalerei, Babyquatsch. Und trotz der schwülen Hitze fingen ein paar Leute an, Ball zu spielen, ihre Stimmen klangen klein. Im leichten Landwind schwebten Samenflocken, und immer wieder wehrte Jutta schwarze Gewitterfliegen ab, so minimal wie Pünktchen. Was für ein penetranter Idiot, murmelte Jutta, die einen Vater dabei beobachtete, wie er vor seinem Kind damit anzugeben versuchte, daß er einen Drachen mit Sonnenblumengrimasse hochbrachte; das Kind sah dem Vater leidenschaftslos zu, stand still auf einem Fleck. Es war ein kleiner Junge, und weil er an seiner Badehose herummachte, fiel Jutta ein, womit sie die in ihr Baby verliebte Ute ein bißchen triezen wollte. Seit sie diesen amerikanischen Roman las, hatte sie das vor.

Endlich endlich: Der Wellenbogen kippte um. Hinsehen und abwarten war ein gefährliches Spiel. Es war ein Test, der entschied, ob man verrückt würde oder standhielt. Wem standhielt? Welcher Versuchung? Jutta mußte wieder die Augen zumachen, um nicht so mühselig wie das Meer zu atmen. Einen Sommer wie diesen möchte ich nicht mehr erleben, sagte sie, und diesmal erstaunte Ute sie mit einer Reaktion: Du vermißt Freddy, hab ich recht?

Ute hatte nicht recht, aber Jutta war zu lahm für jede nähere Auskunft. Ute hatte sich auch sofort wieder in ihr Baby vertieft. Aber sterben will ich auch nicht, dachte Jutta. Das Baby, männlich, saß jetzt zwischen den braunen Oberschenkeln seiner Mutter und sah grimmig und besitzgierig aus, widerstrebend fand Jutta es wundervoll. Sein kleiner gegrillter Fuß tappte gegen die Stelle zwischen Utes Beinen, aus der sein drolliger Körper vor einigen Monaten klebrig verschmiert herausbugsiert worden war.

Sieh dir das an! Jutta hielt Ute eine Zeitungsseite mit großem Photo oben rechts vors Gesicht, störte mitten im Schäkern mit dem Baby. Das patschte sofort gegen die Zeitungsseite, höchst interessiert im Unterschied zu seiner Mutter. Immerhin betrachtete sie das Photo. Es war in Tampa, Florida, aufgenommen. Ute las: »Hier gähnt die Erde.« Und was soll das für ein Loch sein?

Offiziell gibts bis jetzt keine Erklärung. Das Loch ist riesig. Vierzig Meter Durchmesser. Tiefe hab ich vergessen.

Sechzig Meter, las Ute vor. Doch, da stehts ja, es gibt eine Erklärung. Aber ehe sie mit dem Lesen weiterkam, mußte sie *Da da da* machen und in das Baby den Zeigefinger stupsen, denn es randalierte, war ganz nach seiner Gewohnheit von einem auf den andern Moment ärgerlich geworden, diesmal auf die Zeitung. Da da da, schau mal, ein Riesenloch! Eine Gipslagerstätte ist eingestürzt. Ei da da! Das Baby war nicht für das Loch zu erwärmen.

Die Erde wurde müde, sagte Jutta. Mitten in einem Zufluß zu einem der Seen im Lakeland. He Baby! Sei nicht so verdammt gleichgültig! Ein Abgrund tat sich auf!

Ute hatte weitergelesen. He Jutta, imitierte sie ihre Schwester. Tu du nicht so geheimnisvoll. Bei einer stinknormalen Düngemittelfirma ists passiert, ausgelaugter Boden und so weiter, steter Tropfen höhlt den Stein, steht alles da und nichts von müder Erde. Was ist bloß heut mit dir los? Ute war nicht auf eine Antwort gespannt, schon meinte sie gar nicht mehr Jutta, sondern das Baby, dessen köstliche Physiognomie eines halsstarrigen Egoisten sie wieder zu durchtriebenem Grinsen brachte; ihr *Was ist heute bloß mit dir los*, in mamahaftem Wiederholungszwang und ganz versunken, mutierte zum Spiel mit dem Baby, *Na was denn, kleiner Spatz?* Sie rückte ihr Gesicht aufs Baby zu und wieder zurück, mehrmals das verliebte Theater. Jutta stöhnte: Wird so was nicht langsam langweilig? (Aber sie fand es nicht langweilig. Sie hatte Lust, das Baby anzufassen.) Und Ute unterbrach ihre Huldigungen an das zahnlos grinsende Baby nicht. Solltest du ihm nicht wenigstens untenrum was anziehen? Jutta schaufelte Seesand in die rechte Hand und ließ ihn über den nackten verschwitzten Körper des Babys rieseln. Dem gefiel das, aber nie gefiel ihm was lang. Es hatte keine Ausdauer. Seine Ärmchen zuckten unkoordiniert hin und her, auf und ab.

Es sollte eine Hose anhaben.

Wir verstehen kein Wort. Ute ließ sich nicht aus der Konzentration bringen. Oft redete sie im Namen dieser begriffsstutzigen Hauptperson gleich mit. Sie hatte gelernt, daß das Baby sich beachtet fühlen mußte. Verstand eine Menge von ausführlicher Zuwendung, nach Lesestoff von der Art: »Ich bin zum ersten Mal Mutter: Wie mache ich alles richtig?« »Hurra, der Stammhalter ist da!« »Wir freuen uns über unser erstes Kind – aber was nun?« Als sie noch schwanger war, studierte sie Lehrfibeln mit Titeln wie »Die Erziehung beginnt im Mutterleib« und »Stress für den Embryo«, »Musiktherapie: Wie Ihre Leibesfrucht profitiert«.

Du verstehst kein Wort, klar, sagte Jutta. Aber wenn du meinen amerikanischen Roman lesen würdest, und der ist nah am Porno, aber der Autor gehört zu den ganz Großen und längst Etablierten, also dann wüßtest du, warum dein Sohn besser eine Hose anhätte.

Dann weiß ich das lieber nicht. Wir wollen deinen Roman nicht lesen, stimmts? Ute wetzte ihre Nase an dem winzigen Stöpsel im Gesicht des Babys, dem ersten Stadium einer Nase.

Schau mal, das Meer sieht jetzt gar nicht mehr aus wie Wasser, viel zu hell, obwohl … Wasser ist hell, durchsichtig. Manchmal, fand Jutta, war es fast besser, wenn Ute nicht auf sie achtete. Die Szenerie, Strand, die See, der Himmel, wirkte ausgeblichen. Der Horizont verschwamm, man konnte die Schiffahrtslinie nicht mehr als klare Grenze erkennen. Zwei silbrige Flugzeuge, kleiner als Spielzeug, hoch oben, vermittelten in ihrer gefährlichen Ferne den Eindruck der absoluten Einsamkeit. Wie unheimlich der Himmel Jutta vorkam! Aber was war mit der Erde? Tat nicht der Erdboden sich auf, dort in Tampa, Florida. War die Erde erschöpft, mußte gähnen? Jutta gähnte. Und überhaupt nichts mehr kam ihr sicher vor. Außer: Das Baby brauchte eine andere Behandlung.

Der Mann mit dem Sonnenblumenfratzendrachen hatte das Ding endlich beim Wegrennen gegen den Wind ein paar Meter in die Höhe gebracht, dort schwankte es, wollte absacken, der Mann zerrte und rannte weiter, aber sein Sohn blieb unbeeindruckt stehen und scharrte mit einem Fuß im Sand, und Jutta fand, daß seine Sturheit nach Absicht aussah, lobte: Gut so! Hast erkannt, wie lächerlich der Vater sich aufführt. Plötzlich ließ der Vater sich in den Sand fallen und regte sich nicht mehr. Vielleicht war er tot. Und der Drachen taumelte zu Boden. Der Sohn wandte sich ab und trottete aufs Wasser zu. Jutta überlegte, ob sie zu ihm gehen sollte, aber wieder war sie zu faul für alles und außerdem fürchtete sie die Gleichgültigkeit des Jungen auch ihr gegenüber.

Ein paar Meter entfernt von ihrer Strandhütte verrenkte sich eine Frau mit dem Rücken zu den Schwestern beim Herumwursteln in ihrem Bademantel, unter dem behelfsmäßig und schlecht geschützt sie sich auszog, umzog; sie struppte an Einzelteilen; die sie abwarf, als wolle sie Möwen füttern. Andere Textilien anzuziehen schien noch mühsamer zu sein. Die Frau ruckte hin und her, nachdem sie sich gebückt hatte und von ihren Füssen etwas – vermutlich einen Badeanzug – in die Höhe zog. Sie wand sich beim schwerfälligen Aufrichten wie im Bauchtanzunterricht, erste Stunde. Die Frau warf den Bademantel ab und offenbarte sich in einem enganliegenden Lastex-Einteiler, aus dem ihr Körper, da wo das hautartig enge Material es genehmigte, weißlich mit violettem Kringelmuster hervorquoll. Erst nach gründlichem Einölen ihrer lastexfreien Fleischpartien und Verstauen der verstreuten Kleidungsstücke und des Sonnenöls sah sie sich um, stapfte durch den Sand auf die Schwestern zu, angezogen von dem Baby, dem sie ein breites Lächeln, viel Kopfnicken und Zurufe anbot, *ei da da* und *bist du aber ein Süßer*, eine Flirtoffensive, die das Baby nicht guthieß. *Ei, du kleiner Seeräuber!* Ist er nicht süß? fragte die Frau alle und keinen. Danke. Ich finde das natürlich auch. Ute hatte sich als die Mutter zu erkennen gegeben. Jutta sagte: Er hat Charakter, ist nicht so leicht, mit ihm anzubändeln. Er ist wundervoll, so grotesk. Grotesk? Die Frau sah etwas schockiert aus, versuchte aber noch einmal, etwas halbherziger, mit dem Baby in Kontakt zu treten, und, unbelohnt vom Baby, zog sie ab, zufrieden und etwas beleidigt.

Das Baby kommt überall so gut an. Ute klang träumerisch.

Ich hatte mal einen kleinen Hund in Pflege, sagte Jutta. Sofort war ich, wenn ich ihn ausführte, beliebter als ohne Hund.

Aber ein Baby ist mehr. Es ist ein Mensch.

Mein Hund war immer gut gelaunt, anders als dein Mensch. Jutta tippte auf den dicken Bauch des Babys. Plötzlich bekam sie Lust, dem Baby wehzutun. Nicht sehr weh, nur etwas. Das Baby war interessant, wenn es erschrak oder sich fürchtete. Sie hatte Lust, fest zuzupacken, und sie fühlte sich ein wenig schwindlig. Mein Hund konnte sogar lachen, sagte sie.

Hunde können nicht lachen. Kein Tier kann das. Nur Menschen. Das Lachenkönnen unterscheidet den Menschen vom Tier, stimmts? Ute hatte das Baby gefragt. *Sie* lachte, *das Baby* lachte nicht.

Jutta griff nach ihrem Buch, das aufgeschlagen mit den Seiten im Sand lag, und sie glaubte Freddy zu hören, der zweihundert Kilometer entfernt in seiner Bankfiliale schmorte: Du ruinierst deine Bücher, laß die Finger von meinen, bitte. Hurra, ich bin allein! antwortete Jutta im stillen auf seine Kritik. Das mit Freddy war wohl nichts auf längere Sicht. Lies dieses Buch, Ute, und du siehst die Lage skeptischer, ich meine, daß dein Baby männlich ist.

Ist mir doch egal. Mädchen sind auch erstklassig. Ute wandte sich ans Baby. Aber du bist mein Weltranglisten-Erster. Du bist mein kleiner Kavalier!

Der kleine Kavalier patschte seiner Mutter mitten ins Lächeln, was, bei mehr Treffsicherheit und weiterentwickelten körperlichen Kräften, einem K.o. gleichgekommen wäre. Während Ute eine Mutter blieb und damit fortfuhr, ihre kleine Schöpfung zu becircen, sagte Jutta: Angst will ich dir keine machen oder dich verletzen oder sowas, aber seit ich diesen Roman lese ... verdächtig, daß Freddy dagegen war, daß ich ihn lese, es geht ganz schön zur Sache, was Männer betrifft.

Ute spielte mit dem Baby Sandberieselung. Das Baby rächte sich, indem es mit seiner winzigen Speckhand Sand grapschte, viel kam nicht zusammen, aber das, was seine Faust übrigbehielt, warf er seiner Mutter ins Gesicht. Ei ei, kleiner Draufgänger. Klar, Mädchen sind genauso süß. Sie redete wie in Trance, versunken in ihr Machwerk, das nicht leicht berechenbare Fleischklümpchen. Aber Jutta glaubte ihr nicht. Gut, Mädchen waren genauso süß, aber Ute war höllisch stolz darauf, daß sie einen Miniaturmann hingekriegt hatte, mit fast allem Drum und Dran (alles war noch nicht dran, oder?). Trotz »Feminale« (Ute machte das Layout und schrieb gelegentlich die Kolumne *Wie frau in den Wald ruft*, im Bedarfsfall arbeitete sie an den Rubriken *Kummerspeck?* und *Leser-SOS* mit) und trotz der Initiative *Frauen wählen Frauen* vor einem Jahr und anderen Pro-Frau-Aktivitäten: Ute hielt einen Sohn für heraushebender als eine Tochter. Diesen Verdacht gab Jutta jetzt von sich, sie ergänzte: Du weißt es vielleicht gar nicht, aber unbewußt ist es so. Ich habe einen siebten Sinn, speziell für sowas. Lies diesen Roman und du weißt, was mit diesem Wichtelmann noch auf dich zukommt.

Mein Wichtelmann, Wichtelmännchen! Ute stupste den Mini-Anhänger zwischen den o-förmig auseinandergebogenen Speckrillenbeinchen des Babys an: Ist das unser Wichtelmännchen, hm?

Tu das besser nicht, warnte Jutta. Damit legst du den Grundstein für seine erste Neurose. Ich jedenfalls möchte, wenn überhaupt, lieber ein Mädchen. Mädchen sind einfach appetitlicher.

Ute lachte und wollte ihren Zwerg dazu bringen, auf ihren Knien zu reiten, aber der hatte keine Lust dazu. Jutta versuchte, wieder mit dem Meer zu atmen, aber sie konnte sich nicht konzentrieren. Das Spiel *Verrücktwerden oder noch nicht* mußte sich in der dunstigen Hitze aufgelöst haben. Ihre Strandnachbarschaft war zu real.

Die Pubertät ist bei Jungen ganz schön ekelhaft, sagte Jutta.

Unsere wars, deine, sagte Ute. Ich fands nicht schlimm, aber du hast sie blutrünstig genannt. Du weißt schon.

Aber Mädchen sind nicht sexbesessen. Und dein Baby, ein *Sohn*, der ist es jetzt schon. Ob du es glaubst oder nicht. Er ist es.

Sex sex sex, was meint die alte Hex, sang Ute dem Sohn ins grämliche Gesicht.

Du ahnst nicht, was er schon alles ausprobiert in seinem Bettchen, und später wird er sich ins Bad einschliessen und gräßliche Sachen machen.

Ba ba ba, was hören wir denn da, sang Ute. Wirst du gräßliche Sachen machen, mein Männchen du? Hm? Sie hob das Baby hoch und hielt es wie eine Monstranz, bald näher, bald weiter weg von ihrem enthusiastischen Gesicht. Seins wandte sich ab. Sexbesessen bist du also? Na warte. Sie stieß wie ein Uhrpendel seinen winzigen zappligen rosa Anhänger an, der an einen Talisman erinnerte. Plötzlich grinste das Baby.

Da hast du den Beweis, rief Jutta. Trotzdem, oder gerade *weil* er jetzt endlich gute Laune kriegt, du solltest sowas nicht machen. In diesem Roman ist auch die Mutter an der Sexverkorkstheit des Erzählers schuld. Und es ist nicht erfunden, es ist eine Autobiographie!

Ute seufzte fröhlich. Jutta, liegts an der Hitze oder woran?

Was denn?

Du bist voll 19. Jahrhundert. Das viktorianische Zeitalter hat dich an dieses Meeresufer geschwemmt. Ist doch alles natürlich. Manchmal merkt man es, daß wir bloß Halbschwestern sind. Tante Prüderie. Tante Jutta Frigida Prüderia. Da da da, ba ba ba. Sex Sex Essex.

Daß sie bloß Halbschwestern waren, sei ihr immer bewußt, erklärte Jutta und zwang endlich ihrem paralysierten Körper eine Platzverschiebung ab: in den Schatten. Sie riet Ute, mit dem Baby nachzurücken. Komm schon, es kriegt Hautkrebs.

Er braucht Sonne. Die Photosynthese. Damit er Provitamine in Vitamine umwandelt. Oder sowas Ähnliches.

Jutta drehte sich auf den Bauch, schüttelte Seesand aus den Buchseiten, suchte nach einem passenden Zitat und fand nichts, weil Lesen am Strand furchtbar unbequem war und keine Haltung auf Dauer befriedigend. Der Strand ist geisttötend, schimpfte sie.

Von wegen Geist. Wenn das ein Porno ist. Ute redete wieder ihr Baby an: Hallo Lover! Sie schmatzte einen Kuß auf sein Puppenumhängetäschchen, und wieder wünschte sich Jutta, die das ohne richtig hinzublicken mitbekam, beim Baby fest zuzupacken. Ute fragte das Baby, ob Tante Moralia rechthabe und es jetzt schon sexy sei. Oh ja und wie, antwortete sie anstelle des Babys, sehr sehr sexy.

Lies dieses Buch, und du spielst bestimmt nie wieder an seinem komischen kleinen Hummerschwänzchen rum.

Hummer ist zu groß.

Na, dann: Krabben.

Nein nein nein, das gefällt uns alles nicht. Stimmts? Ute reckte ihren Kopf dicht vors Babygesicht mit seinem erwartungsvollen Grinsen. Das Baby war für seine Verhältnisse erstaunlich lang bei der Sache geblieben. Im allgemeinen hielt es schlecht durch, brauchte Abwechslung.

Glaub mir, wenn du so viel Theater mit ihm machst, wird das traumatisch. Er wird eines Tages zum Psychiater rennen, jahrelang.

Platsch platsch, ahmte Ute für das von einem auf den andern Moment wieder reizbaren Baby das Anklatschen einer Welle nach. Die Flut kommt.

Das *ist* schon Flut. Jutta seufzte, und es gefiel ihr, daß Ute feststellte: Seit wir am Strand sind, ist das mindestens dein dreihundertsiebenundzwanzigster Seufzer.

Ich denke, ich sollte mir einen Trip schmeißen. Ja, ich denke, das wärs, was fehlt. Jutta fragte sich nur kurz, ob sie Ute zum Mitmachen überreden könnte: zwecklos. Utes Trip war der Baby-*Sohn.* Außerdem hatte sie gar nichts Gescheites mit an den Strand gebracht, der Vorrat ging zu Ende. In der Strandhütte wühlte sie aus ihrem schwarzen Stoffbeutel mit der weißen Rosette und der Aufschrift *The Body Shop* die halbleere, bucklig gekrümmte grüne de-Gruyter-Flasche und eine angebrochene Packung ASS, knipste vier Tabletten aus den runden Plastikhüllen, biß drauf und spülte sie mit dem Genever herunter. Als sie aus der dunklen Hütte auf den Strand blickte, das warme Holz unter ihren nackten Sohlen und geblendet, sah sie Ute dabei zu, wie sie sich mit dem Baby auf dem Arm hochrappelte. Endlich! Auf diesen Augenblick hatte sie schon lang gewartet. Nur um Ute nicht verdächtig zu werden, war seit den ersten gescheiterten Versuchen Schluß mit der Bitte: Gib ihn mir doch mal. Ute vermutete sicher, ihre Schwester beneide sie um das Baby. Fühle sich im Hintertreffen, im Nachteil, weil sie keins hatte. Aber die Dinge lagen ganz anders. Jutta kriegte mit, wieviel Arbeit sich ins Vergnügen an dem Baby mischte. Und schrecklich viele Geduldsproben. Sie wünschte sich kein Kind, zumindest vorerst nicht. Dabei dachte sie weniger an Freddy und daß der ihr nach noch nicht mal anderthalb Jahren schon langweilig geworden war als an ihre Unabhängigkeit, und zu jung fand sie sich auch, viel zu jung für feste Bindungen. Utes Baby wünschte sie sich sporadisch, zu Tests und Experimenten, gleichzeitig fürchtete sie sich vor denen ein wenig: als Kind war sie manchmal brutal geworden.

Übernimmst du ihn wieder, bis ich aus dem Wasser komme? fragte Ute. Ihr offenes, lustiges Gesicht beschämte Jutta plötzlich. Nach all den Garstigkeiten über ihren Liebling vertraute sie ihn ihr doch wieder an, grenzte das nicht an ein Wunder? Sei aber lieb zu ihm, sagte Ute, bevor sie aufs Wasser loshüpfte. Doch das sagte sie immer. Es galt nicht speziell für heute, kein Argwohn trübte die Bitte.

Und dann hielt wirklich sie, Jutta, das bemerkenswerte Fleischklümpchen zwischen ihren Händen. Das Baby schaute mißgünstig. Immerhin, es kannte die Lage. Diese andere Frau hielt ihn jeden Morgen eine Zeitlang und immer etwas zu fest, und sie war nicht so nett wie die hauptsächliche Frau.

Das Meer, trotz Flut, kam nicht am Strand vorwärts. Das Meer hat seinen müden Tag, sagte Jutta zum Baby. Sie fühlte sich aufgeregt wach und in gleichem Maß benommen. Das Baby hielt still. Sein rundes Gesicht unter dem fast kahlen Schädel nahm einen skeptischen Ausdruck an. Jutta fühlte sich von dem Baby beobachtet wie von einem erwachsenen Menschen. Sie wünschte, ihm zu imponieren. Auf ihre Schilderung des Spiels *Verrücktwerden oder noch nicht* reagierte es grämlich. Bei Sprechübungen blieb es stumm. Sie drehte es um, damit es aufs Meer blicken konnte. Schau dir das Meer an, das riesige Meer. Vom Baby: nichts. Sein wackliger Rücken sah hilflos aus, leicht zu mißhandeln. Jutta hielt den Atem an, aber diesmal nicht im Gleichzeitigkeitstraining mit hochgewölbten, nach vorne gebogenen Flutsaumwellen. Utes blaue, einer Glockenblume nachgebildete Bademütze wogte auf und nieder, schien nicht vom Fleck zu kommen, erinnerte an eine Boje. Im Blickfeld erschien der Mann mit dem Drachen, er zerrte ihn hinter sich her über den Strand, und der Junge folgte in einem Abstand. Zwei Paare, gemischtes Doppel, begannen ein Tamburin-Spiel. Das dumpfe Anprallen der Ballwechsel schien von weit her zu kommen, abgeschwächt vom langen, mühsamen Weg aus Juttas Kindheit an Sommerstränden bis hierhin in die Gegenwart.

Das zwischen ihren Oberschenkeln eingeklemmte Baby löste ein köstliches, etwas gefährliches Gefühl in ihr aus. Still und stumm saß es da, schaukelte nur ein bißchen hin und her, weil es sich noch nicht gut allein aufrecht halten konnte. Jutta fühlte sich verpflichtet, mit ihm zu reden, schon damit es bei Laune blieb: Komm, wir spielen was Interessantes. Die Tante Jutta Phantastika spielt jetzt mit dir *Atmen oder nicht, Verrücktwerden oder noch nicht.* Plötzlich wußte Jutta genau, was sie wollte. Mit dem Meer ein- und ausatmen, die Geduldsprobe vom Sehen bis zum Hören durchhalten, und wenn sie daran ersticken wollte, auf einen zweiten Sommer wie diesen war sie nicht mehr scharf, und sie wollte es zusammen mit dem Baby machen. Natürlich müßte sie damit rechnen, daß es rebellierte, aber als sie seine minimale Nase (wie weich, wie zart), zudrückte, wobei sie fast nichts zwischen den Fingern hielt (was für ein Glückfall, dieser runde Stummel, seine Nase!), drehte es sich zu ihr um und schaute ihr mit Forscherblick mitten ins Gesicht. Seine feucht glänzenden blauen Augen prüften sie. Oh, wirklich für alle Sinne war er eine Delikatesse, Utes Sohn, jetzt noch und bis er ungefähr vier würde; später wäre er nichts Besonderes, er wäre wie Karsten, sein Vater, wie alle andern. Kein Protest vom Baby, das aber jetzt, nach kurzem Schnaufen, durch den offnenen Mund atmete. Jutta klemmte seine Miniaturlippen aufeinander (wieder ein Nichts zwischen den Fingern und doch weich und warm), und das Baby schnaubte. Es sah etwas besorgt aus und streng, aber nicht weinerlich wie sonst im schnellen Wechsel der possierlichen Grimassen, über die es verfügte. Draußen brach die Flutwelle zusammen, Ute, die blaue Boje, kam nicht vom Fleck, und das Gesicht des Babys lief rot an, in der Falte zwischen den schmalen Schultern und dem Kopf (Hals hatte es noch keinen) schwoll eine Ader, und zeitgleich mit dem *Klatsch*-Nachhall gab Jutta, das schwankende Baby zwischen den Beinen, Nase und Mund frei und atmete selber auch aus. Das Baby schluckte. Wir machens nochmal, flüsterte sie ihm zu. Atmen mit dem Meer. Wir proben *Verrücktwerden oder Standhalten*, hm?

Der Mann, der den Drachen mit der Sonnenblumenfratze hinter sich her zog, sah zu ihnen hin, er war jetzt nur noch ein paar Meter von der Strandhütte entfernt und blieb stehen. In einem Abstand, der Junge, er tat so, als gäbe es im Sand etwas zu entdecken. Nun stapfte der Mann auf Jutta und das Baby zu. Was machen Sie da eigentlich? fragte er. Sein Ausdruck war mißtrauisch und vom Kampf gegen sein langwieriges Scheitern erbittert. Ich glaube nicht, daß Sie das irgendwas angeht, sagte Jutta.

Ist das Ihr Kind?

Und geht das Sie was an?

Ich gehöre nicht zu den Menschen, die sich raushalten. Ich machs mir nicht leicht wie die meisten. Leute werden auf offener Straße überfallen, aber die Passanten schauen weg.

Stimmt.

Haben Sie was getrunken? Der Mann schnupperte. Sie haben eine Fahne.

Klar, Möchten Sie was?

Das Baby wurde ungeduldig und sein schlabbriger Körper würde gleich nach hinten umfallen. Jutta griff es um seinen weichen Rumpf: alles an ihm, wie hilfsbedürftig, wie abhängig von Gnade! Wir haben unseren Spaß miteinander, stimmts? Sie lachte das Baby an, so ähnlich, wie sie es bei Ute beobachtet hatte, aber ohne alles Geruckel und *ei da da bim bam bum*.

Der Mann hatte sich nach seinem Sohn umgedreht, aber sein Blick schweifte ab zur Frau mit der glockenblumenimitierenden Badekappe, die flamingobeinig aus den niedrigen Wellen stieg, als wolle sie, die durchnäßte Schwimmerin, von nun an auf keinen Fall mehr etwas mit dem Wasser zu tun haben. Ich glaube, da kommt seine Mutter. Wird auch Zeit, sagte der Mann. Er kehrte sich von Jutta und dem Baby ab und stapfte Ute entgegen. Er hielt sie an. Die beiden brachten einen kurzen Wortwechsel hinter sich, danach hüpfte Ute auf Jutta und das Baby zu. Ihr Ausdruck war etwa besorgt. Sie schnickte die Badekappe aus und schüttelte sich selber, Wassertropfen glitzerten um sie herum in der Sonne, und ohne Zeit zu verschwenden, packte sie ihren Sohn, den sie fragte: War sie wirklich lieb? Wart ihr brav, ihr zwei? Das Baby, nach der schweren ersten Erfahrung mit dem Meer und der Atemnot, gurrte und seine Ärmchen zuckten durch die Luft. Ohne sich abzutrocknen, setzte Ute sich mit überkreuzten Beinen, in die sie das Baby einschloß, auf ihr Frottiertuch.

Jutta machte die Augen zu. Unter den Lidern blitzten dünne gelbe Striche schräg über dunklem Grund; das Riesenloch in der Nähe von Tampa, Florida, fiel ihr ein, das Gähnen der Erde. Das unruhige Schauspiel hinter den geschlossenen Lidern erinnerte sie an hin- und hergeschobene Stoffmuster. Jemand, den ich mal kannte, muß so ein Kleid gehabt haben, dachte sie schläfrig. Gleich drauf weckte etwas Fremdes in Utes Stimme sie auf, das war überhaupt nicht die unbekümmerte Strandstimme: Was habt ihr zwei denn gemacht? Der Mann mit dem Drachen hat mir was Komisches erzählt.

Der Mann ist ein Idiot, sagte Jutta. Ihr Herzschlag rumpelte. Es hätte sie nicht gewundert, wenn das Baby mit der Wahrheit rausrücken würde: Mama, ich sollte verrückt werden oder noch nicht, und ich wäre beinah erstickt. Aber das geschah natürlich nicht, statt dessen, während Ute nun das Baby fragte: Was war los?, das wirkliche Wunder: Das Baby strahlte. Sie sagte zum Baby: Guter Kumpel, kannst noch schweigen. Kannst noch dichthalten. Und zu Ute: Dein Sohn ist kein Verräter.

Was soll er mir denn nicht verraten? Der Mann meinte ...

Blöder Kerl, einer von den Typen, die sich in alles reinhängen. Wir haben miteinander geübt, dein Sohn und ich.

Was denn geübt?

Mit dem Meer atmen. Zuerst das Sehen, dann das Hören. Physik.

Du spinnst ja. Sie spinnt, Schatz, vergiß es.

Das Baby war mit seinem ruckhaften Hin- und Hergestikulieren nicht zufrieden, es strengte sich an, die Sache zu koordinieren.

Er muß endlich ernstere Erfahrungen machen. Kein da da bim bam bino. »Im Atemholen sind zweierlei Gnaden.« Hör zu, Ute, ich mache, erst recht seit ich diesen Roman lese, mit einem männlichen Baby mehr was in Richtung Geistesebene, Goethe, »... die Luft einziehen, sich ihrer entladen ...« Keine Sexsachen, ich hab nicht an ihm rumgefummelt ... das überlasse ich seiner Mutter.

Bist du pervers oder hast du einen Sonnenstich? Obwohl Ute noch vom übergeschnappten Eindruck redete, den Jutta den ganzen Tag schon gemacht habe, hörte sie sich wieder wie immer an. Vermutlich weil ihr ja das Baby selber bewies, wie gut es ihm ging. Sogar besser als sonst mit den rasch wechselnden Stimmungen, denn es lachte immer noch, die Ärmchen zuckten, und *Klatsch!* machte, weil die Flut näher heraufgekommen war, eine Welle nachträglich. *Klatsch!* rief Jutta dem Baby zu, und da erreignete sich das dritte (wars das dritte?) Wunder an diesem Vormittag (wie hatte sie bloß denken können, so einen würde sie nie mehr erleben wollen?): Das Baby wackelte in der Halterung der mütterlichen Hände, schaute wie ein Zögling zum Guru auf Jutta, es wünschte sich ihre Aufmerksamkeit für *Patsch!* und nochmal *Patsch*; kaum zu hören, aber nach zwei mißglückten Versuchen gelang es ihm, seine dicken winzigen Handflächen aufeinander zu schlagen. Sein Ausdruck war burlesk, wunderlich konzentriert. Es patschte nun drauflos, manchmal verfehlten die Händchen sich, und Jutta rief:

Sieh dir das an! Es hat was gelernt! Es hat das Klatschen gelernt! Gib ihn mir mal!

Aber Ute wich mit dem Baby ein Stück zurück.

Ich muß ihn eincremen, sagte sie. Gibts noch Genever?

Jutta holte die gekrümmte de-Gruyter-Flasche aus dem Strandhäuschen. Mit oder ohne Aspirin?

Ohne.

Ich weiß, es ist ein blöder Trip, und außerdem, du hast das Baby.

Leg dir auch eins zu, mit Freddy oder sonstwem, nur bleibts riskant, obs auch wirklich ein Mädchen wird. Was Appetitliches.

Richtig behandelt sind kleine Jungen auch okay. Jutta erinnerte Ute an ihr Programm: Um drahtiger zu werden, machte sie nach dem Baden bei der Strandgymnastik mit. Geh ruhig. Und zum Baby sagte sie: Wir zwei üben wieder was zusammen. Aber diesmal drehte sich das Baby von ihr weg, klatschte auch nicht mehr in die Hände, wirkte fahrig. Verdammt launisch, das kleine Nervenbündel, dachte Jutta, trotz allem vom Baby entzückt, denn auch seine Unschlüssigkeit kurz vor einem nicht nachvollziehbaren Ärger oder Kummer beobachtete sie hingerissen. Geh schon, drängte sie ihre Schwester.

Heute lieber nicht.

Denk an dein Programm. Du kriegst ein bißchen Hüftspeck.

Heute geh ich lieber nicht. Ute setzte jedes Wort vom andern ab, wieder benutzte sie nicht die Mami-hat-einen-Sohn-Stimme. Diese jetzt klang etwas giftig. Nach Hickhack bei der Redaktionskonferenz. Meine Gymnastik fällt aus. Besser fürs Baby, besser für dich, besser für uns alle, stimmts? Ute hypnotisierte das Baby mit ihrem Strahlen, aber keine Inständigkeit half, das Baby konnte aus seinem

Stimmungstief noch nicht heraus. Während Ute es mit Kitzeln und babysprachlicher Phonetik in einen heiteren Menschen zurückverwandeln wollte, ergötzte Jutta sich an seiner griesgrämigen Ratlosigkeit. Sie würde nie verstehen, warum Mütter diese lebendigen Fleischpreziosen nicht genießen konnten, wenn sie quäsig aufgelegt waren, herumquengelten, amüsant waren sie so oder so, in jeder Erscheinungsform. Wahrscheinlich handelte es sich bei der mütterlichen Ignoranz um künstlerische Defizite.

Hey, Jutta, deine Zeitung! Ute gab Jutta einen Schubser. Die Seite mit dem Photobericht über das Loch in der Erde strich halbhochgeweht ein Stück über den Sand, kam nicht weiter; doch welcher Luftzug hatte sie überhaupt bewegt? An diesem beinah vollkommen windstillen Tag? Den Landwind konnte man in der Strandhäuschenzeile hinter den Dünen nicht spüren. Noch ein Rätsel, noch ein Wunder. Ein Ausnahmetag, oder? Jutta fragte lieber nicht. Besser für uns alle: Ihr fiel Utes seltsame Anzüglichkeit ein.

Du holst sie dir nicht zurück? Soll ichs machen? Dem Ton nach war Ute wieder ganz die alte, eine nette Schwester, nur eben doch: Halbschwester, wirklich nicht übel. Aber Jutta sagte: Laß es. Und scharf betont, auf jedem Wort ein Akzent, und eigentlich nur, um ebenfalls rätselhaft zu sein: besser für uns alle.

Über Geld reden

Die beiden Schwestern hatten absichtlich so lang herumgedruckst, aber als dann auch entschieden war, ob Orna sofort mit etwas Alkoholischem anfangen wollte oder doch lieber vorher Kaffee und Gebäck wünschte und ob sie lieber auf Winnies Balkon oder im kühleren Zimmer sitzen würde, und die Entscheidungen gefallen waren, zuerst Kaffee und zwar auf dem Balkon, da mußte Orna als die Verantwortliche für dieses mittlerweile schon bereute Treffen unter dem Titel *Sprechen wir doch mal ganz offen darüber* ja wohl oder übel zur Sache kommen. Etwas drückebergerisch und auch nicht der Wahrheit entsprechend machte sie das so: Unsere Männer erwartens von uns. Winnie, ich machs so ungern wie du, aber was sein muß, muß sein. Ich find es übrigens schön, daß du diese alten Blumenkästen auf dem Sims gelassen hast, die Geranien betonen das Flair vom vorigen Jahrhundert.

Es ist ein Jugendstilhaus, sagte Winnie. Und leider fängts wieder mit den Blattläusen an.

Wir haben in diesem Sommer komische kleine Käfer, signalrot, sie sehen aus, als würden sie kleine Schilde auf dem Rücken transportieren, aber sie scheinen nur Selbstzweck zu sein.

Selbstzwecktiere gibts glaub ich nicht. Alle leben von irgendwas.

Und Schnecken, Schnecken in Unmengen.

Haben wir auch. Neulich sogar fand Elie eine auf dem Klo.

Ih, gräßlich. Unsere gleiten komisch hin und her auf den Sandsteinplatten vom Garten rauf zur Haustür, und ich muß immer ans Meer von einem Flugzeug aus denken, wenn man tief unten die ganz winzigen Schiffe sieht. Es geht diese Stille von ihnen aus, weißt du. Und wenn sie kreuz und quer zueinander stehen, denk ich an Fischkutter bei der Arbeit. Orna lachte in einer Pause, nach der sie sagte: Es könnte so nett sein, ohne dieses blöde Geld-Thema.

Winnie sagte nichts.

Ich will nicht, daß es uns entzweit. Orna fügte eilig hinzu: Nicht richtig entzweit. So was kanns zwischen uns nicht geben, und auch nicht zwischen unseren Männern, aber in abgewandelter Form doch ein bißchen, ich meine von diesem Spruch: Beim Geld hört die Freundschaft auf.

Ist was dran.

Aber nicht die Liebe. Orna verglich ihre Schwester, die ihr ein wenig stur vorkam, sie schien sich ins Abwarten zurückzuziehen, mit einer ihrer Schnecken auf dem Plattenweg. Sie hatten in ihrer Sammlung auch solche mit Häusern auf den Rücken. Winnie würde sich einrollen und in sich selber verschwinden.

Also gut, Winnie, gehen wirs an.

Okay, reden wir über Geld.

Die Schwestern starrten einander an, und Orna mußte an zwei Züge denken, die sich auf den gleichen Schienen aus entgegengesetzten Richtungen kommend begegnen und gerade noch kurz vor einer Karambolage halt machen.

Meiner erwartet es übrigens nicht, sagte Winnie.

Meiner auch nicht, vielleicht, ich meine, sie sagen es nicht so direkt, überlassen uns den Schamott, sagte Orna.

Daß sie ihre Männer statt Elie und Rudolf bei den Possesivpronomen nannten, beschwor bei Orna eine Kindheitsstimmung vom gemeinsamen Puppenspielen herauf, und sie wollte, daß Winnie mit ihr in diese schöne stille Sommernachmittagsszene einsank, und zum ersten Mal seit ihrer Begrüßung hellte Winnies wie unter lauter Bedenklichkeiten zusammengeflicktes Gesicht sich auf. Obwohl Winnies Puppe Fritz und Ornas stämmiger Peter ähnlich verschiedene Typen wie jetzt Winnies Elie und Ornas Rudolf waren, hatten nie komplizierte schwelende Probleme gelöst werden müssen. Bei den Puppen gings um kindischen Streit und schlechtgemachte Hausaufgaben, und Elie und Rudolf hatten keinen Streit, gar keinen.

Aber sie fanden, zwei Schwestern wie sie, so schmachtend und duldsam wie Verliebte (sie schrieben sich dauernd Briefe und zu den Geburtstagen lange Gedichte, viele Strophen, die Ränder verziert mit Aufklebern, Blümchen, Engeln, Herzchen mit Pfeilen durch die Mitte, die ein fetter kleiner pausbäckiger Amor abschoss usw.), zwei solchermaßen euphorisiert miteinander Liierte müßten offen reden können, sogar über Geld. Nur waren schriftliche Bekundungen etwas völlig anderes als alles Mündliche, alles von Angesicht zu Angesicht.

Es steht irgendwie zwischen uns. Orna, von Kind an die vorlaute Kleine, fühlte sich verpflichtet, das alte Rollenspiel zwischen ihr und ihrer diskreten älteren Schwester aufrechtzuerhalten. Außerdem war sie für diese blöde, verzwickte Lage verantwortlich. Du weißt, Winnie, unsere gute Mamma ist spontan.

Ja eben. Genau das, sagte Winnie etwas steif.

Du denkst, sie überlegt nicht gut genug, was sie tut.

Sie ist sehr großzügig.

Und du siehst jetzt geizig aus, und verdammt vorsichtig, dachte Orna, aber auch: Armes, mir ginge es im umgekehrten Fall genauso wie dir.

Als ihre Mutter beschlossen hatte, für ihren Schwiegersohn Rudolf einen großen Batzen Geld zu opfern, um sich an der Reparatur seiner dreizipfeligen Herzklappe zu beteiligen, so wie man in ein vor dem Ruin stehendes Unternehmen investiert oder eine Existenzgründung unterstützt (und der arme Kerl war ja noch viel zu jung für sein defektes Herz), erfuhr Orna von der arglosen Spenderin, Winnie hätte ihr einen sorgenvollen Brief geschrieben. Sie fürchte, die herzensgute Mamma überblicke ihre Finanzlage nicht, auch ihre Bankgeschäfte habe sie nie durchschaut, und Winnie äußerte große Bedenken. Von denen die vertrauensvolle Mutter, die mit der unverwüstlichen liebevollen Einheit ihrer Töchter rechnete, dummerweise Rudolf am Telephon erzählt hatte, worauf der gewünscht hatte, diesen Brief zu sehen. Rudolph war ebenso wie Winnies Elie in schwägerlicher Enge an der zwillingshaften Ein-Herz-und-eine-Seele-Verknüpfung ihrer Frauen beteiligt. Aber Geldfragen machten ihn hellwach, und falls Winnie die großherzige Gabe seiner Schwiegermutter kritisierte, würde er, so sah Orna es mit Schrecken voraus, den stillen, stillstandhaft eingefahrenen schönen Frieden dieses Vierergespanns stören.

Orna war also bei Winnie aufgekreuzt, um die Sache aufzuklären. Ihren Brief an die Mutter hatte sie inzwischen gelesen. Während der Autofahrt – nicht sehr lang, aber die Straße war verkehrsreich – mußte sie sich dauernd gegen das Abschweifen ihrer Gedanken wehren. Natürlich war Winnies Brief unterschwellig gegen Rudolf und sie gerichtet (»… ich begreife nicht ganz, was sie da mit der Krankenkasse falsch gemacht haben … das paßt so gar nicht zu Rudolf …«, und sie hatten selbstverständlich überhaupt nichts falsch gemacht, aber Orna war ihrer Mutter gegenüber ein bißchen makaber geworden: Wenn eine Koryphäe ihn operiert, kann der alles nehmen, und: Gibts eigentlich auch Rechnungen bei mißlungener Operation, und: Ich werd mich, verarmt durch diese Herzklappe, vorm Karstadt zu den zwei andern Bettlern setzen, eine Mütze vor mir auf dem Boden).

Vordergründig handelte Winnies Brief von Sorgen um die finanzielle Sicherheit der Mutter, erst recht um deren Zukunft, wenn erst einmal das Alter zupackte … Winnie war schon als Kind so gewesen, ängstlich schaute sie auf das, was kommen könnte, ein bißchen unkenhaft, und Orna lebte immer nur von heute auf morgen, und aus der Zukunft pickte sie sich die paar Pluspunkte, die bestimmt kamen, Ferien, den Zirkusbesuch. »Man muß doch auch an eine Pflegebedürftigkeit und all das denken, liebe Mutter«, wurde von Rudolf mit einem Knurren kommentiert und dann mit den kritischen Anmerkungen, Winnie beweise mal wieder, wie schlecht es den Leuten bekäme, wenn sie sich immer nur Kunst und Kultur zu Gemüte führten und weder gründlich die Nachrichten sahen noch gründlich Zeitungen lasen, Wirtschaftsteile schon gar nicht, immer bloß diese Nichtigkeiten aus den Feuilletons.

Deine Schwester hat wohl nie was von Pflegeversicherung gehört. Orna stach es ins Herz, wenn Rudolf nicht *Winnie* sagte. Wenn sie plötzlich *deine Schwester* war.

Warum erinnerte Winnie die Gute denn aber jetzt schon an so was Gräßliches wie Pflegebedürftigkeit! Das gefiel Orna wirklich ganz und gar nicht. Ihre Mutter war stabil und würde vielleicht nie pflegebedürftig.

Rudolf sagte, keiner kenne die Vermögensverhältnisse der guten Frau besser als er, schließlich hatte sie ihm nach dem Tod ihres Mannes eine Bankvollmacht anvertraut, ja, ausgerechnet ihm und keineswegs Winnie, und Orna war es ganz mulmig und wabblig geworden, mit weichen Knien und Herzrumpeln.

Winnie hatte Kaffee gemacht, und ihre Isolierkanne war genauso fleckig und abgefingert und stumpf wie die in Ornas Küche, worüber sie sich beide freuten, besonders als kleine eingeschworene Partei gegen all diese reinlichkeitsfanatischen hundertfünfzigprozentigen Monsterhausfrauen mit ihrem Polier- und Putzzwang und weils schon wieder eine erstklassige Ablenkung vom Reden über Geld war.

Wir sind so was wie Raben-Hausfrauen.

Wenn wir schon keine Rabenmütter sein können.

Sie hatten keine Kinder, nie welche gewollt – oder doch, Winnie vielleicht doch, Orna wußte es nicht genau.

Zu Fritz und Peter waren wir manchmal ein bißchen Rabenmütter. Ich hab meinen Peter wahnsinnig gern geschimpft. Und ihm mal eine geklebt.

Das war der Ausgleich, sagte Winnie. Sie arbeitete als Diplompsychologin mit Kindern. Wir hatten so liebe Eltern, deshalb.

Das kleine Halbrund des Balkons profitierte von einem Dachvorsprung, ging auf den Westteil des hier abschüssigen Gartens, der Winnies Anstrengungen widerstand, ihn einigermaßen zu domestizieren; einzelne Areale mit Lieblingsblumen versuchte sie vor der Verwilderung zu retten, aber sie kam nicht nach, und eigentlich liebte sie alle Pflanzen, also auch das Unkraut. Der buschige und, wie Orna fand, nun schwärmerisch bekundete, verwunschene Garten bekam von einer alten hohen Eibe, Rotahorn und Taxus viel Schatten ab, doch die Sonne beschien den huppeligen Grasboden und blaue Veronikablüten, gelben Hahnenfuß und Löwenzahn im Endstadium mit seinen fasrigen grauweißen Schöpfen (wie die Frisuren von Greisinnen, sagte Orna), und Elie hatte seinen Wunschtraum, einen englischen Rasen, begraben; er selber als Leiter der Forschungsabteilung eines pharmazeutischen Unternehmens konnte sich nicht um den Garten kümmern, besaß auch kein Talent für jedwede Art von praktischer Arbeit, und er verließ sich auf Winnies Leidenschaft für Gärten, Gewächse, Arbeit im Freien. Die Schwestern redeten darüber, es handelte sich dabei um die Nacherzählung einer Nacherzählung einer uralten und viele Male nacherzählten Geschichte, aber immer wieder ein guter Gesprächsstoff, vor allem, seit Orna und Rudolph in ein Haus mit Garten gezogen und seitdem mit ähnlichen Problemen konfrontiert waren. Ornas Nacherzählungen spielten im Gelände um ihr Haus, das sich jetzt im Sommer als Brombeergestrüpp-Wildnis enttarnt hatte; die zweithäufigste Pflanze: Brennnesseln, gleich danach lange, über einen Meter gerade hochstrebende hellgrüne Stengel mit dichten Blättern, eine Art Riesencamille.

Rudolf arbeitete ja immer gern im Garten, schon als Kind, aber jetzt darf ers nicht mehr, wegen ... Orna hörte lieber auf, ehe sie zu nah an Rudolfs reparaturbedürftiges Herz herankäme. Und ich hasse Gartenarbeit. Sie verdreckt dich, und du schwitzt.

Jeder Gesprächsstoff war besser als der, den sie sich aufs Programm gesetzt hatten. Das Geissblatt schimmerte hell, während der Blick durch den Erker ins Wohnzimmer ins Dunkle ging. Der Holunder blühte in diesem Jahr so intensiv, daß zwischen dem etwas vergilbten weißen Schaum der Blütenbüschel das Grün zur Nebensächlichkeit herunterkam. Sie sahen wie dicht über-

und nebeneinandergepackte, weit aufgespannte Sonnenschirme aus.

Orna fiel zu Gärten nichts mehr ein, und nur deshalb sagte sie: In Fällen wie diesem, ich meine, mit dem Geld für die OP, erweist sich unsere gute Mummidadumm wiedermal als die Klügste. (Gute Idee, ihr und Winnies Kindernamen für die Mutter einzusetzen, allerdings hatten sie ihn meistens dann benutzt, wenn irgendwas zu erbetteln war.) Was ich sagen will ist: Sie hält sich zurück.

Was meinst du damit? fragte Winnie, die einen kleinen gelblichen Kuchen mit dunklen Punkten drin aufschnitt. Mit Zurückhalten?

Na, ich hab mit ihr drüber telephoniert, über deine Besorgnis wegen ihrer Finanzen. Orna fixierte den Kuchen, wundervolle Gelegenheit zum Themawechsel: Wo hast du den her? Sieht aus wie Muffin-Teig, nur die Kuchenform ist nicht muffinartig.

Aus dem Katalog. Ich hab auch Cantucci al miele bestellt, Elie hats gern.

Was ist das? Miele weiß ich, aber cantucci?

Toskanisches Mandelbrot. Mich stört der Honig. Und die Espressomischung hier ist auch aus dieser Lieferung. 50 Prozent Tansania-Robusto, 30 Prozent Bolivia-Arabica und noch 20 Prozent Columbia-ich-weiß-nicht-was, glaub auch Arabica. Walnußkuchen und Orangenkuchen haben sie auch. Der Orangenkuchen mit Cointreau. Und Himbeerkuchen. Und Anisgebäck und Kakao-Haselnußtrüffel aus dem Piemont.

Klingt phantastisch.

Und natürlich alle möglichen Weine und Pasta und Risotto-Sachen und extreme Whiskys, Würste, Schinken, Pecorino-Käse. Die Whiskys sind höllisch teuer, schottische und die meisten davon Singles.

Singles! Orna lachte. Hast du nicht zufällig einen Single für uns?

Single bedeutet, daß der Whisky nur in einer bestimmten Brennerei hergestellt und nicht mit Destillaten irgendwelcher anderer Brennereien verschnitten wurde. Elie wollte wirklich wenigstens einen aus dem Angebot, schon wegen der Wahnsinnsnamen. Bruichladdich Cask Strength. Bunnahabhain Single Islay Malt Whisky. Winnie hatte den Katalog aus dem Wohnzimmer geholt, die Namen vorgelesen. Sie reichte Orna das Ringheft mit den interessanten Angeboten. Es wäre leichter, über Geld zu reden, wenn man dabei so tun konnte, als studiere man währenddessen den Katalog. Sie raffte sich auf zur Frage: Was hat sie denn am Telephon zu dir gesagt, unsere Mummidadumm?

Wenig, ich sags dir ja, sie hält sich zurück.

Sie hat sich ans Verdrängen gewöhnt, sagte Winnie.

Du brauchst hier nicht deinen Beruf auszuüben. Orna grinste ihre Schwester an. Winnie, du weißt, ich glaube an dein Talent für die Psychologie, du bist extrem einfühlsam! Sie lachte. Aber übers Verdrängen werden wir uns nie einigen können. Ich halte eine Menge davon. Und das ist gegen die Lehre.

Das ist es.

Vielleicht bei deinen Kinderpatienten, obwohl ... schon als wir klein waren, hätte es uns geholfen, zum Beispiel gegen die widerwärtige Frau Schmerbauch.

Sie mußten beide über Frau *Schmerbauch* lachen. Eigentlich hieß sie Güntzler und war als Deutsch- und Geschichts-Lehrerin vor allem Winnies Schreckgestalt gewesen, Orna kam viel besser gegen sie an als ihre schüchterne Schwester.

Unsere Mummi ist so gern immer so sehr stolz auf uns

gewesen, und ists bis heute, auch darauf, daß wir uns nicht streiten, sagte Orna.

Aber seit wir erwachsen sind …

Wir sind für sie immer noch die Kinder, unterbrach Orna Winnies Anfang einer Besorgnisbekundung, Winnie machte bereits das dazu passende Gesicht, es schien dann immer ein bißchen zu schrumpfen.

Trotzdem, sagte Winnie, jetzt fühlt sie x-mal am Tag unsere Überlegenheit, in allem, was mit der Außenwelt zu tun hat. Die Arme. Und von Geldsachen kapiert sie nichts. Ich finds ja auch schwierig. Bei uns macht das Elie, alles mit Geld.

Bei uns Rudolf. Winnie, wir sind nicht emanzipiert!

Wieder eine Umgehungsstraße, der kleine vergnüglich-zerknirschte Austausch über ihrer beider Mangel an Selbständigkeit.

Nachdem Orna sowohl den speziellen Geschmack der Katalogkaffeemischung als auch den Kuchen – muffinähnlich – gerühmt hatte, gab sie sich einen Ruck: Stolz auf uns, den fühlt sie doch gern. Eine richtige Mutter, das ist sie. Und so eine muß sich freuen, wenn ihre Produktion gelungen ist.

Und was weiß sie diesmal besser als wir? Und schweigt sich klug drüber aus? Winnie klang ein bißchen bitter.

Wie schön das Helfen und das Verschenken ist, und daß man in Wahrheit sich selbst hilft und beschenkt. Hört sich etwas kitschig an, tut mir leid.

Aber der Vater hat auch schon gewußt, daß man auf sie aufpassen mußte, beim Verschenken. Du brauchtest bloß irgendwas begehrlich anzusehen, schon hast dus gekriegt.

Die Schwestern lachten, es hörte sich an, sah auch so aus wie bei einem wissenschaftlichen Versuch über Varianten des Lachens. Sie hatten keinen ihrer Sätze gern. Winnie so wenig wie Orna. Aber wenn Orna sich ins Heikle vorgewagt hatte, konnte sie leichter als Winnie vergessen, wie ungern sie ihren Dialogpart hatte.

Gefaßt auf die plötzlich gewonnene Gesprächsenergie ihrer mutigeren Schwester wurde Winnies Gesicht ganz klein, und sie blickte wie sehgestört.

Die Mumm weiß, wie das ist mit dem Geld und der Liebe. Das Geld stört. Orna dachte, während sie am liebsten aufgestanden wäre, um sich gegen ihre Schwester so zu quetschen wie auf einer Photographie aus dem zwillingshaften Zusammenleben ihrer Kinderszenen: Kaum hat die schreckliche Nachricht über meinen armen Rudolf-Teddy die Runde gemacht, schließlich würden sie in seinem offenen Herzen herumwühlen, Gefahrenstufe I, und alle beängstigten Telephonate haben stattgefunden und die Briefe wurden geschrieben, da legt sich der Sturm, und es wird von Geld geredet. Sie sagte: Es ist grundsätzlich gesehen ganz normal, daß jeder nervös wird, bei aller Liebe, wenns um so viel Geld geht.

Ich gönne euch alles. Winnie sagte die Wahrheit, wußte Orna etwas beschämt, denn sie fragte sich, ob sie selber Winnie und Elie alles gönnte, im Prinzip schon, antwortete sie im stillen auf den unangenehmen Zweifel. Beschämend auch, daß sie ihre Schwester überhaupt mit dieser saublöden Aussprache quälte. Orna überlegte, mit welchen Argumenten sie eigentlich hier eingetroffen war, um Winnie zu beweisen, wie vernünftig in ihrer Güte und Liebe und der Freude am Geben die Mutter handelte. Sie erinnerte sich an ihren Vorsatz, unaufwendig, als gehe es um nichts Aufregendes, von unzumutbaren Vierbettzimmern zu reden, demnach von Zuschlägen auf das, was die Krankenkasse zahlen würde, wenn Rudolf in einem Zimmer mit nur zwei Betten läge, und vom Professor, den sie für die Operation haben wollten, nicht irgendeinen Chirurgen, und der sich drum kümmern würde, möglichst das zweite Bett nicht zu belegen. Und von Geldgeschenken der Mutter an Winnie und Elie.

Ich gönne euch auch alles, Winnie. Und natürlich ist es einfach menschlich, einfach normal, so ein Haufen Geld macht jeden nervös. Wäre mir auch so gegangen. Übrigens war ich auch vielleicht ein bißchen neidisch, als euch damals die Mummidadumm mit Geld für den Dromedar unterstützte.

Dromedar nannten sie die Jugenstilvilla mit ihren Höckern aus Erkern und Giebeln und einer Zinne auf dem Dach. Der Dromedar, fast ein Millionenobjekt. Elie war, als er und Winnie aus dem gemieteten Vorgängerhaus rausmußten und zu wenig Zeit und zu wenig Auswahl hatten, einen preisgünstigeren Besitz zu suchen, noch nicht Leiter der Forschungsabteilung gewesen, und doch fanden Rudolf und Orna, zusammen mit Winnies Einkommen könnten die zwei sich ohne jeden finanziellen Beistand den Dromedar leisten und ein Chalet im Tessin dazu.

Bestimmt, Winnie, ich habs euch gegönnt und war trotzdem ein bißchen sauer, also neidisch oder so was, und beides geht zusammen, wirklich, das Gönnen und diese kleine nagende Eifersucht.

Das weiß ich. Winnie sprach als Diplompsychologin. Aber bei uns waren es damals 15 000, nicht 20 000.

Rudolf sagt, dem Geldwert entsprechend, also dem Geldwertverfall entsprechend … Orna versuchte sich in einem Potpourri von Lachen, Grinsen, Feixen, es war zu dumm, dieses absolut gräßliche Gerede … also eure 15 000 von vor zehn Jahren …

Vor acht Jahren, korrigierte Winnie. Sie sah wieder sehr kurzsichtig aus.

Okay, also müßten wir, wenn sich die Summen decken sollten, 30 000 haben, ist ja auch egal.

Wir habens als zinsloses Darlehen jedes Jahr auf unserer Steuererklärung.

Rudolf sagt, so was gibt es nicht. Zinslose Darlehen ohne Tilgungsplan.

Aber so stehts in der Steuererklärung.

Orna konnte sich nicht ausstehen, eine eklige Empfindung, die sie auf Rudolf abwälzte. Es machte aber auch keinen Spaß, ihn nicht ausstehen zu können. Mein armer unschuldiger Teddy, aufgehetzt hat er mich nicht zu diesem Blödsinn hier, aber es klang so grantig, wie er von meiner Winnie als *deine Schwester* zeterte und warum sie, die auch von Geld keine Ahnung habe, sich überhaupt einmische, und vor allem, warum sie der in diesen Dingen noch unbedarfteren Mutter in den Ohren liegen würde, ihr angst machte, anstatt sich mit ihren Bedenken an ihn zu wenden, den Inhaber einer Bankvollmacht immerhin. Besser, ihn im weiteren Verlauf nicht mehr Rudolf zu nennen, viel besser war *Teddy*.

Teddy sagt, Orna bekam einen fast fröhlichen und ziemlich beiläufigen Ton hin, wenn so ein Darlehen bei euch aufgeführt ist, kann die Mummidadumm mit *ihrer* Steuer Probleme kriegen. Wenn ichs richtig kapiere, muß dann sie Steuern dafür zahlen. Orna machte, während Winnie etwas steif erklärte, darüber müßte sie mit Elie reden, einen Schwenk zum unerfreulichen Anlaß des Geldgeschenks: Mummis Geld wird leider nicht für irgendwas Lustiges und Schönes ausgegeben. Teddy gäbe werweißwas drum, wenn ers ablehnen und die Operation abblasen könnte. (Traurig-mitleidig-kurzsichtig Winnies Gesichtsausdruck und ein paar verschreckte Kommentare, Winnie schien diesen blubbernden blutigen wabbligen Fleischklumpen, das menschliche Herz, zu sehen, während ihr Blick das Messer und die rechte Hand kontrollierte, die beiden Instrumentarien, die den Blaubeerkuchen um zwei weitere Stücke verkleinerten.) Und Orna fand eine andere Fahrrinne, zum Stimulieren von Winnies Rührung über die liebe gute Mummidadumm und ihren lieben guten Schwagerfreund, den armen Teddy mit seiner verschrumpelten und verklebten dreizipfeligen Herzklappe: Ich finde die Vorstellung irgendwie süß, daß die Mumm sich ein Stück von Teddys Herz kauft.

Winnie, aber ziemlich lahm, fand das auch. Wir haben uns eine Pause verdient, dachte Orna und sagte: Absolut herrlich auf diesem altertümlichen Balkon. Sie klang schwärmerisch. Und man sitzt hier so schön über allem drüber, wie auf einer Aussichtsplattform. Auf einem Hochsitz. Orna fühlte sich von Winnies wieder etwas zusammengekniffenen Augen observiert. Als wollte Winnie fern am Horizont etwas Bestimmtes erkennen, Orna mußte ans Meer denken und an die wie mit einem Lineal gezogene scharfe Linie zwischen Himmel und Wasser und an die Schiffahrtslinie.

Das ist die Hanglage. Wir sind eigentlich im Parterre, sagte Winnie. Aber im Süden und Westen ists wie im ersten Stock. Für den Garten nicht so günstig. Ich meine, ihr könnt bei euch aus dem Parterre gleich in den südlichen Garten, aber wir, wir müssen durch den Keller.

Stimmt. Und trotzdem, diese alten Häuser haben nun mal was Besonderes. Häuser wie der Dromedar, wie deins und Elies.

Aber neue Häuser wie eures sind leichter zu handhaben. Den Dromedar kriegst du nie in den Griff.

Ihr habt mehr Atmosphäre, du weißt, was ich meine. Schnitt der Zimmer. Die Erker. Es ist so schön dämmrig.

Die Zimmer sind ziemlich klein. Und Elies Geschmack geht mehr auf Licht und so was, in Zimmern.

Bester Kaffee, wahrhaftig, ja, ich nehme noch. Ich finde, egal, was er über Licht und so was meint, gerade zu Elie paßt das Haus.

Ein Neubau ist hygienischer. Winnie goß auch sich Kaffee ein. Ab wann gehen wir zum Alkohol über?

Jederzeit. A Single oder a married one.

Ich weiß nichts Derartiges über meinen Jim Beam, aber den haben wir da.

Prima.

Winnie ging durch den Erker, im dunklen Wohnzimmer waren ihre hellblauen Jeans kaum noch zu erkennen, und Orna rief ihr nach: Von wegen hygienischer, Ameisen haben wir jetzt auch. Teddy hat schon die zweite Straße entdeckt.

Mit Seven-up oder mit Sprite? fragte Winnie bei der Rückkehr mit einem Tablett, drei Flaschen und zwei Gläser balancierend.

Orna entschied: Pur, natürlich.

Ui jeh, paß auf!

Weil ich ihn süßlich nicht mag. Mir grausts schon bei der Vorstellung, probiert hab ichs nie.

Winnie, von der Orna zuletzt erfahren hatte, sie wäre ihrer Ameiseninvasion auf die Schliche gekommen, hätte den Herd entdeckt, ein dichtes schwarzes übereifriges Gekrabbel in höchster Aufregung, seufzte tief auf, der genüßliche Teil des Seufzers galt dem ersten Schluck, der ungemütliche einem neuen Ameisenbefall. Sie waren wieder in der Küche. Und bis jetzt habe ich ihre Straße, durch die sie in den Mauerritzen reinkommen, noch nicht aufgespürt. Sie wimmeln mir doch tatsächlich gestern morgen aus dem Brotbehälter entgegen.

Du mußt Gift nehmen, Rudolf hats zuerst mit kochendem Wasser versucht, aber das überleben sie bestens.

Du sollst nicht töten. Winnie stöhnte, prostete Orna zu. Aber natürlich muß ich es machen, töten. Nur find ichs jedesmal schrecklich. Sie schauderte: Die ich jetzt habe, tragen ihre langen komischen Eier, oder was das ist, vor sich her, sie halten sie wie Wickelpuppen.

Das hat alles mit der Klimaverschiebung zu tun. Wir kriegen in ein paar Jahren noch ganz andere Unmengen von Käfern und komischem Getier. Es wird sein wie in Andalusien. Der Jim Beam schien in Ornas Kopf Ordnung zu machen. Aber sie wußte, das war nur der vielversprechende Anfang. Nach einem neuen Schluck sagte sie: Beschickert sollte ich nicht nach Haus kommen.

Schon wegen der Autofahrt. Nimm ihn wenigstens on the rocks und mit Soda. Ich habs da.

Orna glaubte, sie könne aufpassen, rechtzeitig Schluß machen.

Die Ameisen machen mich halb verrückt, neulich bekam ich einen Tobsuchtsanfall, sagte Winnie, und ich habe meine Küche dermaßen verwüstet auf der Suche nach noch mehr schwarzem Hin und Her und Kreuz und Quer, daß sie anschließend aussah wie Sarajewo.

Rudolf und ich finden immer, daß man zwar seit Ewigkeit von all diesen Granaten und Bomben – sinds Bomben? – erzählt bekommt, aber die Stadt sieht noch immer ganz ordentlich aus.

Na, dann eben Beirut. Meine Küche. Obwohl das jetzt auch schon besser aussehen soll, oder?

Ihr seht ja doch manchmal Nachrichtensendungen?

Man kommt nicht immer drum herum.

Man muß ja auch Bescheid wissen.

Ich beäuge im Moment jedes Brotkrümelchen, ob sich was drin bewegt, ich meine, ob eine Ameise drin wuselt.

Ekelhaft. Und ich hab in diesem Sommer eine ganz neue Schimmelart, berichtete Orna.

Das Reden-wir-über-Geld-Programm fiel ihr mittendrin und ohne jede Hemmung ein, aber auch ohne die geringste Lust, es nochmals anzupacken.

Mein Schimmel ist eigentlich auch ein bißchen anders als sonst. So merkwürdig grün. Ist grün normal?

Ist er giftgrün?

Auf dem Brot, da ja. Sonst gehts bis jetzt, mit dem Schimmel. Obwohl, der Dromedar ist ziemlich feucht. Auch ohne daß es regnet, er ist von Natur aus feucht. Ich sags dir ja, die alten Häuser ...

Bei mir fand ich auf einem Brocken Gouda in kleine Partien abgeteilt richtig aufrecht stehenden Schimmel, aus hauchdünnen Fasern, wie kleine Gärten von Schimmel, in diesen Parzellen, ich hab mich grausig geekelt.

Kenn ich. Winnie fiel jetzt der Schimmel auf ihrer Salami ein. Ich mußte an einen Drei-Tage-Bart denken. Widerlich.

Im Haushalt muß man sich durch eine Masse Ekel winden. Einen Salatkopf mache ich schon lang nicht mehr unbefangen auf, ich bin beim Auseinanderpflücken bei jedem Blatt auf irgendeine Molluske gefaßt.

Das war neulich peinlich. Wir hatten Gäste, und ich merkte, ich hatte irgendwas im Haar. Winnie verwuschelte ihre dichten blonden Haare, die auf der linken Seite kurz geschnitten ein Stück über ihre senkrechte kurze Stirn fielen. Ich hab hingefaßt, weil sichs bewegt hat, und was fiel aufs Tischtuch? Es war winzig und hellbraun und hat sich bewegt.

Igitt! machte Orna mit kleinem Aufschrei.

Eine winzige Raupe. Blöderweise hat mich die Frau von Elies Kollegen bei der ganzen Schauerlichkeit beobachtet, und auch, wie ich das Ding auf dem Tischtuch neben meinem Teller mit der Zeigefingerkuppe zerquetscht habe. Winnie verlor durch ihren Drink ihre Zurückhaltung, die Scheu vorm Prekären, dem Intimen. Deshalb wunderte Orna sich nicht, als ausgerechnet sie es war, die vorschlug: Du willst dich sicher nicht die ganze Zeit über Ungeziefer und dergleichen unterhalten. Gepriesen sei der Whisky! Winnie, ich habs vom ersten Moment an hier im Dromedar bereut, daß ich überhaupt mit dieser schwachköpfigen Mission angerückt bin.

Nach dem Tod wirds uns allen besser gehen. Cheers! Winnie schenkte ziemlich vorsichtig Whisky in ihr Glas, dann auch in Ornas. Nicht zu viel! Aber pur hab ich ihn auch lieber als mit Seven-up.

Komisch, das mit dem Tod genau das hab ich heut bei der Morgengymnastik gedacht.

Elie macht Morgengymnastik, ich nicht.

Rudolf macht keine, ich aber. Cheerio! Bestimmt wirds uns besser gehen nach dem Tod. Orna kicherte. Und doch läßt mein armer Teddy seine dreizipfelige Klappe klempnern.

Das würde jeder tun. Winnie blickte versonnen übers Balkongeländer, dann auf ihre Geranien, und wieder in den Garten. Aber werde ich dann auch noch zusehen können, wie meine Malve Blüten kriegt? Werde ich Malven und all das haben?

Es wird uns deshalb besser gehen, weil wir dann nicht mehr sterben müssen. Und du wirst Malven haben oder was viel Besseres. Doch, der Tod ist okay, sagte Orna fest in Winnies Gesichtchen hinein, das sich zu einem zweifelnden Ausdruck verzog, ein wenig so, als entdecke sie eine neue Ameisenversammlung. Und auch sie selber war sich, sie wußte es, nur in Momenten wie diesem ganz sicher, daß sie recht hatte. Aber diese Skepsis war furchtbar, und sie wollte, daß ihre Schwester keine Angst hatte. Wärst du gern nie geboren, Winnie? Ich weiß, du sagst jetzt *Ja*, du bist schon immer pessimistisch gewesen und skeptisch, aber ich weiß jetzt, warum ich es gern bin, geboren, zu leben, und ich verrat es dir, damit du es auch bist. Orna kräftigte sich mit einem knappen schnellen Schluck. Denn sonst, ungeboren – wir kämen nie ins Ewige Leben, wenn du weißt, was ich meine. Jenseits und so was alles.

Woher bist du so sicher?

Ich bins in gnädigen Momenten. Ich kriege manchmal kleine Epiphanien, weißt du? Als Zuschauerin der Verwandlung von Winnies Bekümmernis in ein Lächeln erlebte Orna den wohlbekannten Überfall von Liebe zu ihrer Schwester und sie wollte eins drauf setzen. So rede ich nur mit dir, über so was, meine ich. Ich bin wirklich keine Verkünderin, ich lauf nicht mit einer Botschaft durch die Gegend.

Das ist der Jim Beam, sagte Ornas realistischere Schwester.

Nicht nur, aber er hilft natürlich, gab Orna zu. Ich hab einen Haufen Freundinnen, aber mit jeder spreche ich eine andere Sprache und ich habe nur eine einzige, mit der ich überhaupt in meiner Muttersprache rede. Muttersprache! Mummidadumm-Sprache. Orna wußte, sie mußte mit dem Trinken auf der Stelle Schluß machen.

Wir würden auch nicht über alles reden, wenn du mich mit dieser einen einzigen Freundin meinst. Winnie machte vor ihrem Gesicht eine Handbewegung, als störe sie ein Gespinst oder die kleine zerfledderte Qualmwolke von Ornas Zigarette, die jedoch in eine andere Richtung trudelte. Wir sind nicht so erzogen, als daß wir über alles reden könnten.

Du meinst Sex und so was?

Winnie nickte und sah dabei so aus, als handle es sich um ein Problem für sie. Und Orna lachte und fragte sie, ob sie jetzt im Dienst sei.

Dann wären wir beide gleich behandlungsbedürftig.

Ists denn so dringend nötig, über Sex zu reden?

Nein. Winnie hob die Stimme, das tat sie selten: Ich bin jetzt *nicht* im Dienst. Mit dem *Nein.*

Nur, alle tuns. Drüber reden.

Grund genug für uns, es nicht zu tun.

Natürlich. Wir waren schon immer anders als ... Orna spuckte es mit Verachtung aus ... *alle.* »Geselle dich zur kleinsten Schar ...«

Der Vater hatte recht.

Goethe hatte recht.

Und über Geld können wir nicht gut reden, sagte Winnie.

Das schon gar nicht, bestätigte Orna.

Wir sind verklemmt. Ich wüßte das auch ohne meinen Beruf.

Das sind wir. Hoch die Tassen! Ich hab einen sitzen, Winniechen!

Weißt du noch, wir hatten schwer geladen, wir waren wirklich noch nicht im Alter für Alkoholisches, die Mummi hatte irgendwas Schreckliches mit dem Unterleib, mit Blut ...

Natürlich weiß ichs. Der Arzt war im Schlafzimmer und sogar eine Krankenschwester ...

Und wir warteten beim Whisky auf neue Nachrichten

… unser armer Vater, er hats mitgekriegt, zwei Mädchen, elf und dreizehn, stockbesoffen …

Es war wahnsinnig heiß, wir hatten die Läden vom Spielzimmer zu. Oder wars die Mumm, die im Finstern lag?

Bestimmt nicht, wenn der Arzt und die Schwester bei ihr waren.

Nachher, als alles gut ausging, sind wir auf die knallheiße Straße in die Sonnenglut gegangen, ich weiß nicht mehr, was wir da gewollt haben …

Die Sonne hat uns anscheinend irgendwie wieder nüchtern gemacht.

Winnie, würdest du uns aus deiner heutigen Psychologensicht für Patienten halten, zwei Kinder wie uns?

Kinder waren wir ja nicht mehr, mit dreizehn und elf. Aus heutiger Sicht nicht. Trotzdem, der arme Vater, was er sich wohl gedacht hat?

Vielleicht hats ihn sogar amüsiert.

Das glaubte Winnie nicht. Aber sie stimmte Orna zu, als die sagte: Wir hatten Angst um unsere Mutter, deshalb haben wir uns betrunken. Er war so nachsichtig, unser Vater. Orna seufzte. Ich hätte ja jetzt auch den Sorgen-Anlaß, oder nicht, Teddychens Herz, aber mit einem Rausch käme ich nicht gern zu ihm zurück. Nicht mal mit einer Fahne.

Bist du jetzt noch fahrtüchtig? Elie könnte dich bringen, oder ich … ich hab weniger intus.

Oh, bist du sicher?

Winnie war sicher, aber Orna lehnte dankend ab und hielt sich für klar genug im Kopf, und sie hatte ja auch immer Kaugummis im Auto. Winnie brauche nicht nochmal von diesem interessanten Kaffee eine Aufweckportion zu machen, Kaffee auf Alkohol wäre doch nur Selbsttäuschung und ihr würde schlecht schon beim Gedanken dran.

Die Schwestern schlenderten noch ein bißchen durch den wilden Garten, über dem jetzt der Schatten des großen alten Dromedar die Dämmerungen unter Eibe, Rotahorn und beim Taxus ergänzte, der Garten machte einen verschlafenen dösigen Eindruck, schien von sich selber zu träumen.

Bei euch hat sogar das Unkraut mehr Atmosphäre als bei uns, schwärmte Orna. Das Weiße da sieht wie Unterwasserpflanzen aus.

Es sind Kletten, erklärte Winnie.

Ich war heute wie eine Klette, oder? Übers Geld reden, puh. Haben wirs eigentlich zu Ende gebracht?

Blitzschnell ging Winnie in die Hocke: Siehst du das? Wie es hier schwarz wimmelt und kribbelt? Oh, und ich dachte, ich hätte sie endgültig bekämpft! Orna, du weißt jetzt, daß ich euch jeden einzelnen Pfennig gönne. Oh, dieses Ameisenjahr!

Und Schimmel- und Schneckenjahr. Sieht von oben wie Kaviar aus. Wußtest du übrigens, daß Ameisen nach Zitrone schmecken sollen?

Wenn ich nur dran denke, kribbelt mir schon der ganze Schlund. Winnie stand auf. Sie wußte, nun käme Ornas Abschiedsumarmung dran. Winnie, als die Diskrete, stand dann immer stocksteif da, ließ sich die Zärtlichkeit gefallen. Aber sie ahnte, daß sie sogar auch Orna Überwindung kostete. Ihren *ganzen Haufen von Freundinnen* umhalste sie rückhaltlos. Bei Winnie war sie fast zu schüchtern. Bei Winnie nämlich war es ihr ernst. Einmalig.

Malven

Tina legte den Hörer auf; das Telephon war ein altmodisches Modell, noch eins von denen mit Zählerscheibe, und die war grau, abgefingert, das Gehäuse wie ein schlecht gestürzter Pudding, und sie dachte wieder, man könnte das gute alte Stück mal putzen, aber durch sie würde es nicht geschehen. Ihre Putzfrau war auf Böden spezialisiert. Wenn sie im Haus herumfuhrwerkte, erinnerte sie Tina an Adam, Evas großen schwarzen Hund, Adam mit chronisch gesenktem Kopf (außer wenn er zum Betteln an den Tisch kam). Eva war ihre und Mamsies junge Freundin, dreiundsiebzig. Zum Glück wohnte sie nebenan, konnte den Schwestern viel helfen, was Tina immer etwas genierte, und machte alles gern mit. Manche Programme im Fernsehen sahen sie aus Tradition zu dritt, sie tranken beinah täglich, wenn Eva nichts anderes vorhatte, den Tee am späten Nachmittag gemeinsam und so weiter. Voraussetzung: Adam durfte mitkommen. Adam, von dem Mamsie nicht Notiz nahm (und niemals würde sie ihm ein Stück von ihrem Roastbeef in die Schnauze stopfen oder, das kam noch viel weniger in Frage, auch nur einen Krümel vom Kuchen opfern), benahm sich wie ein Gentleman, indem er diskret Mamsies Reserviertheit respektierte. Ein Melancholiker, Evas Adam.

Tina, in gebeugter Haltung, weil trotz vieler Hinweise von Eva der Sessel, von dem aus man telephonierte, und der Apparat zu weit voneinander postiert waren (*ihr werdet nochmal kopfüber vom Sessel aufs Telephon stürzen!*),

Tina also voll Interesse für eine klebrige Acht in der Zählerscheibe (Mamsies Schokoladenzeigefingerkuppe, eins ihrer Kinder hatte viele Achter in seiner Nummer) dachte an Frau Lutz, die Putzfrau, und daß sie an deren nächstem Donnerstag wieder zu feige wäre, sie von ihrer alles andere ausschließenden Leidenschaft für Böden abzubringen. Frau Lutz, wie wärs denn heute mal mit Abstauben? Tina hörte den munteren Ruf wie aus einem zweiten Kopf, ihrer wars und doch nicht ihrer. Schließlich brachte Frau Lutz beinah jedesmal was Gutes mit, im Sommer viel Obst aus ihrem Garten, Süßigkeiten das ganze Jahr über, und immerhin kam sie einmal im Jahr bestimmt, manchmal sogar zweimal auf die nützliche Idee des Fensterputzens.

Tina wurstelte und wuschelte sich zurück in den Sessel, die Stola war heruntergerutscht beim Telephonieren mit dem Mann von der Müllabfuhr (die hießen jetzt anders, Müll kam in ihrer neuen Bezeichnung nicht mehr vor), sie paßte sich in die Sitzfläche ein, die eigentlich nur noch ein Loch war, doch Sprungfedern spürte man keine, und Mamsie und sie waren selber ausreichend gepolstert, Tina fand den Sessel bequem, andere müßten aufgearbeitet werden, eine furchtbare Aussicht. Lieber rutschte Tina von dem einen ab (das ging ganz langsam und allmählich) und nahm andere Unbilden bei anderen Sitzgelegenheiten in Kauf, denn erstens dachte sie immer *Wer weiß wie lang noch*, weil es das Ewige Leben hier in diesen alten Zimmern bei den alten Möbeln nicht gab, obwohl es ihr täglich mehr so vorkam, als wäre es doch so; und zweitens konnte sie jederzeit, wenn sie wirklich bequem sitzen wollte, den Korbsessel nehmen, den sie von der Veranda ins Wohnzimmer geschafft hatte, wo er nicht zur übrigen Einrichtung paßte, was Tina nicht im mindesten störte. Mamsies Töchter, oder wars bloß Regine, die Gesprächige, nicht Elinor, die Stille, sie beide oder eine von ihnen fanden ihr Mobiliar-Kuddelmuddel gemütlich und originell und daß man sich nur bei den ganz wenigen Menschen wirklich wohlfühlte, die in dieser Hinsicht nicht etepetete waren und nicht dauernd aufräumten und bei denen man sich nicht stundenlang vorm Eintreten die Schuhe abtreten mußte.

Tina schrie Mamsie zu, die im angrenzenden Wohnzimmer saß (eine Schiebetür stand immer offen, sie ließ sich längst nicht mehr bewegen): Stell dir vor, warum der arme Kerl unsere Biotonne nicht ausleert! Er ist ein Aushilfsfahrer und war zu ängstlich, in den Weg zu uns reinzufahren! Ich habe gesagt, es ist eine normale Straße, aber dann hab ichs auch schon bereut. Damit der arme Kerl keine Schwierigkeiten kriegt, hab ich gesagt, die Kurve ist etwas eng ...

Von Mamsie kam nichts. Sie war sehr schwerhörig.

Mamsie, he! Die Biotonne ist nicht geleert, weil der arme Teufel zu ängstlich war ...

Mamsie unterbrach Tinas Geschrei, das bei ihr als normale Lautstärke angekommen war, ohne die Stimme zu heben: Sie schreibt wirklich wunderschöne Briefe, das tut sie wirklich.

Tina ergriff ihren schwarzlackierten Stock und ging ins Wohnzimmer. Mamsie saß in der, beziehungsweise in *ihrer* ausgebeulten Sofaecke, Regines Brief lag zusammengefaltet schon wieder im Kuvert, darauf Mamsies Lesebrille im Futteral, an einer Stelle des Tischs (vor Mamsies Sitzplatz), der nicht von Zeitungen, Büchern, Kekspackungen bedeckt war. Mamsies Gesichtsausdruck vermittelte beides, wie immer, wenn sie einen Brief ihrer jüngsten Tochter Regine aus der Hand legte (Regine:

zweiundsechzigjährig, aber für Mamsie irgendwas vielleicht um die fünfzig, ein Alter, das scheinbar alle ihre Kinder nicht überschritten), und immer auch kniffte sie ihn sogleich in die alten Falten und steckte ihn ins Kuvert zurück, was nach der Entscheidung aussah, ihn kein zweites Mal zu lesen – kurzum, Tina bemerkte es stets, Mamsies Ausdruck sagte beides: Ich bin zufrieden und leicht bekümmert.

Komm mit, wir haben plötzlich Verandawetter. Nicht zu heiß und nicht zu kalt. Tina schob Mamsie ihren kleinen, hinten offenen Käfig hin, Tina sagte Käfig zum Gehgestell, das sie bei der Sanitätshandlung gemietet hatten (das ist Leasing, erwähnte Tina ab und zu und verwundert, mit mißtrauischem Stolz nahmen ihre Schwester und sie an der seltsamen Aktualität teil). Übrigens wäre es anderen Leuten auf der Veranda zu heiß, jüngeren Leuten wie Eva, hier sitzt ihr und sogar mit Strickjacke (Mamsie) und Stola aus Wolle (Tina), wie ungesund, es ist stickig! Die Veranda war nur an der Südseite unverglast, eine Holztreppe führte in den pflanzenreichen Garten, aus dem Grün der verschiedensten Schattierungen leuchteten in Blau, Rot und Gelb Tinas jahreszeitlich wechselnde Blumen. Sie glaubte, im nächsten Jahr müßte sie die Gartenarbeit, eine ihrer Lieblingsbeschäftigungen, an den Nagel hängen, und als sie das Eva, die hauptsächlich ihre und nicht Mamsies Freundin war, anvertraut hatte, zerknirscht mit absichtlich übertrieben pessimistischer Grimasse, schockierte sie die Jüngere, die vor lauter Kummer und aus Sorge um ihre geliebte Tina zu wimmern anfing, bis sie dann tröstete: Dann übernehm ichs, mein Schätzchen. Tina setzte sich auf ihren Platz am Holzsims der Plankenbalustrade, sie hatte an diesem Julinachmittag den Malvenblick zwischen dem grünen Laub der Wicken, die weiß und rosaweiß hervorschauten. Mamsie hätte den Rittersporn-und-Fingerhut-Blick, wenn sie nicht wie meistens entweder ins Leere schaute, einfach irgendwohin, oder auf ihren Teller: Bevor Eva zum eigentlichen Tee käme, gönnten die Schwestern sich ein paar Kekse und dazu Haselnußeis aus kleinen Plastiktöpfchen. Tina hatte keine Geheimnisse vor Eva bis auf diese kleinen Vorabschlemmereien. Eva kontrollierte zum Wohl der beiden den Süßigkeitenkonsum. Weil sie mit einem langen Mittagsschlaf bei den Schwestern ziemlich fest rechnen konnte, wußte sie nicht, daß es damit manchmal nicht klappte, und so kam es zu diesen kleinen lustvollen Extratouren. Bei denen sie auch schon erwischt worden waren. Eva, temperamentvoll wie sie war, schimpfte wie ein Rohrspatz, aber ebenso schnell wie sie in Zorn geriet (aus nichts anderem als besorgter Liebe), bezähmte ihre Zärtlichkeit sie mit Geduld für die beiden Sünderinnen, sie wurde sanft, streichelte ihnen die runden Gesichter. Immer wieder erstaunt über deren glatte weiche Haut. Ihr kriegt überhaupt keine Runzeln, keine Fältchen! Ihr seht aus wie Babys, und wunderschön! Gegen euch bin ich ganz verkrumpelt und zerknittert, rief sie.

Was schreibt sie denn so? Ist es interessant?

Es ist sehr interessant. Mamsie antwortete brav wie ein Schulmädchen.

Ihre Schwester wischte im Umkreis ihres Gesichts herum – es war, als dränge Nebel in die Veranda, aber entweder lags an ihren Augen (mit denen stimmte was nicht, Tina hatte nicht behalten, was es war, Glaukom? Einer von diesen Staren?), oder die Luft war dicht vom Hitzedunst.

Lies doch den Brief, sagte Mamsie. Er liegt noch drin auf dem Tisch.

Tina las immer die Briefe von Mamsies Kindern auch. Als lebenslängliche Junggesellin gestaltete sich auch ihr Alter anders als das ihrer frühzeitig in ein Familienleben eingetauchten Schwester, die, falls sie überhaupt je darüber nachdachte (was Tina bezweifelte), fände, damit sei ihr – wie auch der ebenfalls ledigen Eva-Freundin – das Wichtigste entgangen, während Tina im extremsten Kontrast dazu der festen Meinung war, dadurch sei ihr unendlich vieles erspart geblieben. Trotzdem, die Berichte aus dem Leben von Mamsies ewig Kinder bleibenden Nachkommen erweiterten auch ihr Leben, sie interessierte sich für den Sohn Georg und für die Töchter; der stillen Elinor, die zudem Köstlichkeiten aus der Schweiz schickte (neueste Leidenschaft der Schwestern: Zitronenröllchen und winzige zuckrige Schokoladenbaisers), dieser rührenden Briefschreiberin (regelmäßig jedes Wochenende meistens acht Seiten auf dem PC) hatte sie vor Jahrzehnten Musikunterricht gegeben, Klavier, Geige, Flöte, Gitarre, so ziemlich alles. Elinor war mit einem anscheinend ziemlich berühmten Radiologen verheiratet.

Ihre Briefe sind wunderschön, Mamsie meinte immer noch Regines Brief. Weil die Lektüre nun länger zurücklag und Mamsie groß im Verdrängen war, hatte ihre Physiognomie den gewohnten Ich-mach-mir-keine-Sorgen-Gleichmut angenommen, freundlich und ein bißchen stur. Regine war ihr etwas unheimlich. Regine hatte was Überdrehtes und sie schien irgendwie in Gefahr zu sein, als schlüge sie auf undurchsichtige Weise über die Stränge, andauernd und mehr geistig, und Mamsie könnte nie mehr in ihrem schon neunundachtzigjährigen Leben herausfinden, was sie an Regine beunruhigte, aber auch bewunderte. Tina glaubte, sie selber könnte es vielleicht, aber sie war zu faul dazu. Und Regine, die ein wenig

Unheimliche, wurde von ihrer Mutter mit der selbstverständlichen ruhigen Gleichmäßigkeit geliebt wie ihre beiden anderen Kinder. Tina und Eva redeten oft, unter Ausschluß der schwerhörigen Mamsie in deren Beisein, oder wenn sie unter sich waren (vorzugsweise in der Küche, ihrem Lieblingsraum im alten Haus) über die, wie sie wußten, einmalige, auf der Welt wohl so leicht nicht ein zweites Mal aufzutreibende Liebesinständigkeit Mamsies. Worte machte sie keine. Geschenke (oft handelte es sich dabei um beträchtliche Abbuchungen vom Depositenkonto, die Eva seit einiger Zeit für sie erledigte) waren ein Zeichen der Großzügigkeit, aber am allerdeutlichsten verriet ihr Gesicht diese unerschütterliche Kraft im Lieben. Andere Kräfte besaß sie nicht mehr, allein gehen konnte sie kaum noch ein paar Schritte, alles hatte den normalen Altersabbau lehrbuchgerecht mitgemacht – bis auf diese Liebe. War Mamsie auch darin ein bißchen stur? Wie in einer Verriegelung gegen das Sorgenmachen? Regine hatte eine furchtbare Handschrift, aber seit sie selbst sie als *enigmatisch* bezeichnet hatte, imponierte sie Mamsie, und sie sagte nicht mehr *schrecklich* oder *furchtbar*, sondern *schwierig* und ließ dann schnell ihren eisernen Vorhang runter, denn sie bekam ja sehr gut mit: ihre Jüngste war nervös. Eine Spur verrückt, nannte es Tina, der das neugierig gefiel und die alle Dinge realistischer, nüchterner und, wie Mamsie ahnte, aber ungern zugab, klarer sah als sie selber. Sie hätte darin Tina nacheifern können. Vielleicht, viel viel früher einmal hätte sie damit anfangen müssen, es auszuprobieren. Aber seit circa fünfzehn Jahren, es hing mit dem Tod von Heinrich zusammen, ihrem Stützpfeiler, ihrem Mann (im praktischen Leben war sein Stützpfeiler ich, erinnerte sie sich ab und zu doch noch, wenn Briefe der Kinder an frühere

Zeiten appellierten, um ihr Mut zu machen), seitdem hatte sie irgendwas in ihrem Gemüt abgeschaltet, wie einen Heizkörper in einem Zimmer, das man nie mehr benutzen will. Mamsie war fest entschlossen, sich nicht beunruhigen zu lassen. Den Eindruck machte ihre Ruhe auf andere. Aber Tina glaubte eher an irgendwelche Neuronen, die sich gegenseitig auffraßen, und daß ihre Schwester gar keinen Einfluß darauf nehmen konnte. Sie dachte viel über ihren eigenen Kopf nach, weil der oft duselig war und bei ihr etwas Ähnliches wie Seekrankheit auslöste (deshalb benutzte sie den schwarzlackierten Stock), und neuerdings behauptete sie: In meinem Kopf ist irgendwas verstopft. Das steht mal fest. Eva, vor Kummer und Besorgnis zornig, bot ihr immer wieder die wissenschaftlich haltbaren Ursachen von Schwindel an: Du hast nicht genug Mangan. Es kann die Meunière-Krankheit sein. Du brauchst Vitamin B_1, es kann sein, daß es ein anderer Buchstabe ist...

Eva las für ihre Freundin in medizinischen Lexika nach. Aber Tina lehnte sämtliche Offerten ab: Ihr könnt mir alle sagen, was ihr wollt, es ist *mein* Kopf, und ich weiß, daß sich da drin was verstopft hat... Der Arzt, was soll der schon gesagt haben. Mit was du auch zu einem Arzt kommst, er spickt in deine Karteikarte und dann weiß er, was dir fehlt. Wissen Sie, in Ihrem Alter... Muffelig fügte Tina abschließend hinzu: Wahrscheinlich hat er sogar recht. Man kann nicht ewig leben.

Tina schabte die allerletzten Haselnußeisschlieren von den Rändern und aus der Bodenrille des Pappbechers. Bei aller Liebe, Mamsies Mischausdruck reizte sie. Pullovergesicht, melierte Wolle, jetzt in der Verandawärme rötlich und kastanienbraun vermischt, und daß es zu dick geworden war (wie ihr eigenes Gesicht) reizte sie auch.

Mamsie hatte bestimmt wieder Probleme, falls Regine solche aufrührte, schon während der Lektüre sozusagen unterschlagen. Untergebuttert alles, was ihr Beharren auf dem gemächlichen Es-geht-meinen-Kindern-gut-Gedanken stören könnte.

Mamsie war ein paar Jahre nach Heinrichs Tod zu Tina umgezogen. Tina warf für sie zwei Untermieter von Bord und hörte erst mit achtzig auf, Musikunterricht zu geben, ältere Schüler kamen sowieso keine mehr, aber ein paar Eltern aus der Nachbarschaft hätten ihr die Kinder immer noch gern geschickt. Doch Tina fand sich zu alt, und sie wollte auch mehr Zeit für den Garten haben.

Was schreibt sie denn so? Tina zog Regines Brief aus dem Kuvert und faltete ihn auf, schaute hinein. Was soll denn das da mittenrin... »Jetzt sehen wir durch einen Spiegel in einem dunkeln Wort...«

Fang doch beim Anfang an. Mamsie klang leicht ungehalten. Tinas Umgang mit Post irritierte sie immer. Er war nicht korrekt.

Durch einen Spiegel? Durch? Wie soll das zugehen.

Es ist wohl aus der Bibel. Mamsie sagte, ihr würde es gefallen. Sie sah innig und verständnislos aus. Sie lächelte ihr ungläubiges Sphinxlächeln, das sie auch anwandte, wenn Eva ihr befahl: Mamsie, du weißt doch, daß du mehr trinken sollst.

Hast du eigentlich deine Zähne drin? fragte Tina.

Ja, Mamsie hatte ihre Zähne drin. Aber der Oberkiefer war ihr Problem. Sie schob die Prothese anscheinend nicht weit genug vor, entweder das, aber manchmal saß die Prothese zu weit vorne, was ihren Oberkiefer wölbte, und ihre sonst volle, immer noch schöne Oberlippe spannte sich und wurde schmal, sie sah sich von früher dann noch weniger ähnlich als mit dem eingefallenen

Kiefer, immer noch aber etwas patzig-verschlagen, was überhaupt nicht zu ihr paßte, und ihre Sprechweise war verwuschelt. Mit der Prothese stimmt was nicht, sagte Tina zu Eva in der Küche oder in Mamsies Gesellschaft, die von ihnen beiden im geisterhaften Nebel ihrer Schwerhörigkeit abgeschieden war. Eva, aus Gutmütigkeit und Mitleid immer auf dem Sprung zur aufgeregten Verteidigung von Leuten, die sie für nett hielt, widersprach vehement (der Zahnarzt war ein Hundeliebhaber wie sie, und ihr Adam und sein Harro waren dicke Freunde). Der Zahnarzt ist ein Stümper, behauptete Tina ungerührt. Er macht mir allzu viel bei all diesen Jodelkursen und Fiddle-Workshops rum. Es ist ein Weltmusikfest, sagte Eva trotzig. Ziemlich weltumspannend. Puppenspiel und Flamenco ... aber sie verabscheute Umtriebigkeiten dieser Art genauso wie ihre Freundin. Nur mußte sie ihrer Natur folgen und wenigstens zum Versuch ansetzen, Mitmenschen vor Tinas alles wie per Ultraschall bloßlegender Kritik zu schützen.

Von Elinor ist auch ein Brief da, sagte Mamsie. Hast du den schon gelesen? Elinors Briefe las sie lieber als die von Regine. Ihre Erzählungen aus dem Alltag verströmten Geduld und sie versetzten sie (seit Tina es gesagt hatte, wußte sie es) in die mit kühlerer Brise durchlüftete Welt englischer Romane und Erzählungen. (Mich erinnert so ein Elinor-Brief an Katherine Mansfield: Tina hatte ihr das zugeschrien, beim zweiten Mal verstand es Mamsie, mittlerweile aber hatte sie den Namen der Schriftstellerin wieder vergessen.)

Elinor und ihr Mann waren von einer mehrwöchigen Reise aus den USA in ihr Millionenobjekt zurückgekehrt – Goldküste, Küsnacht, Seeblick – und der letzte Brief handelte von Elinors Schwierigkeiten beim Einleben ins enge, alte Europa. Sie hatten auch von Jahr zu Jahr mehr Probleme mit der Zeitverschiebung.

Ja, hab ich gelesen. Das Jet laaag. Tina sprach absichtlich Jet lag deutsch aus, mit allen englischen Wörtern aus Elinors Briefen ging sie so banausisch um, sie machte einfach gern ein bißchen Blödsinn, und ihr Blödsinn enthielt immer eine gute Portion Protest. Wenn sie länger als gewöhnlich gebraucht hatte, um mit ihrem Einkaufswägelchen zurück nach Haus zu kommen, erklärte sie: Es war Rusch Auer. Schtop änt Goh. O Punkt K Punkt?

Morgens kam Frau Krenzmer, die Gemeindeschwester. Mamsie brauchte sie seit einem Jahr, seit sie an Altersparkinson litt, eine Diagnose, die Tina dem ältlichen Hausarzt nicht glaubte, denn zum einen klangen seine Beurteilungen so, als mutmaße er lustlos und ohne Schwung, mit dem er vielleicht doch noch einmal wider alle Erwartung seiner Erinnerung an erworbene Kenntnisse habhaft werden könnte, Erinnerungen an Erlerntes, die er, ein Mensch mit bestandenen Examina, doch immerhin besessen haben mußte; aber die Schauerlichkeiten, die den menschlichen Körper terrorisierten und massakrierten und ihm schließlich den Garaus machten, schienen zur Schemenhaftigkeit ausgeblichen zu sein, Tina kam es so vor, und Altersparkinson war etwas, woran sich der erschöpfte Mann halbwegs erleichtert klammerte.

Frau Krenzmer, eine stramme Person unbestimmbaren Alters, irgendwas zwischen dreißig und Ende vierzig – alle Leute sahen heutzutage so ähnlich aus, konnten alles sein – brauchte bei Tina nur die Haare zu schneiden. Worin sie nicht begnadet war, und Tinas grauweiser Schopf sah punkartig wie bei einem Kibitz nach dem Bad aus. Mamsie mußte ihre Dauerwelle aufgeben und sich von Frau Krenzmer, lieber aber von Tina oder Eva, die glatten weißen Haare in der Mitte scheiteln und am Hinterkopf mit einer Schildpattklemme hochstecken lassen, was jedes ihrer vielen Liege-Ruhe-Päuschen beeinträchtigte. Mamsie hatte sich mit der Dauerwelle besser gefallen, aber Tina, immer bei Fernsehaufnahmen von alten Frauen, stöhnte erleichtert: Mamsie, jetzt sehen wir zwei wenigstens nicht mehr wie alle aus. Guck dir das an, kein einziges von diesen Lockenköpfchen ist auch nur ein bißchen anders als das andere. Wegen der Schildpattklemme und wenn Frau Krenzmer, vor der beide Schwestern sich etwas fürchteten, nicht mehr zu erwarten war, lief Mamsie ganz gern mit offenen Haaren herum, meistens in ihrem Gehgestell oder geisterhaft ohne Gestell mit halbausgebreiteten Armen, stumpfwinklig in Ellenbogenbeuge, für die Balance, und die Haare waren ja auch gerade nur schulterlang.

Tina verstand, daß Mamsie Elinors Briefe lieber waren als Regines, die beunruhigende Meldungen schickte, an denen Tina sich allerdings mit Gruseln weidete. Regine hatte eine Ratgebersendung im Radio, und Leute, die in der Sendung mit ihr telephonieren durften, wurden manchmal persönlich mit ihr bekannt, Schwerstbetroffene mit Krebs oder toten Babys, aber es ging auch sehr viel um Sex und ob Regine dafür sei, wenn HIV-Infizierte ein Kind kriegen, und Regine war streng dagegen, sie sagte den Fragestellern auf den Kopf Egoismus und Sentimentalität auf Kosten ihrer Embryonen zu, und dann erzählte sie ihrer Mutter, diese Leute würden richtig unverschämt, sie bedrohten sie und würden ihr Kälte und Mitleidslosigkeit vorwerfen – und Tina wußte, daß es in solchen Mitteilungen allein schon die Wörter waren, von Sex über Aids und von Krebs bis zu Embryonen, die Mamsie schockierten. Im jüngsten Brief, der auf dem

Verandatisch lag, von dem Tina die leeren Eisbecher weggetragen und im Abfallkübel unter den zuoberst liegenden Abfall gebohrt hatte – Eva käme sicher bald – erzählte Regine von einem Tumor im Gehirn einer ihrer Ratsuchenden, die fast eine richtige Freundin geworden war. Tina sagte:

Ui ui, diese Hanni hat einen Tumor im Kopf! Frag Regine beim nächsten Telephonat, ob diese Hanni unter Schwindel leidet.

Der Tumor ist gutartig, sagte Mamsie.

Das war so einer von den Momenten, in denen Tina es mit Mamsies Alles-in-Butter-Miene nur schwer aushielt.

Noch. Noch ist ers. Er braucht es nicht zu bleiben.

Elinor und ihr Mann haben immer noch sehr unter der Zeitumstellung zu leiden. Mamsie nannte ihren Schwiegersohn selten bei seinem Vornamen, aus Respekt vor seinem komplizierten Beruf, sie scheute die Anstrengung, sich etwas Genaues darunter vorzustellen, und weil sie sich ein bißchen vor ihm fürchtete – oder wars mehr Genieren? Er ist sehr nett, beantwortete Mamsies Pawlow-Reflex solche Fragen. Regines wechselnde Gefährten erwähnte sie gar nicht erst. Früher schon, aber heute nicht mehr machte ihr zu schaffen, daß manche gräßlicherweise verheiratet waren. Nur Georgs Henriette war »Henriette«.

Tina legte den Brief weg und griff nach der Zeitung, Mamsie nahm ihren Roman in die Hand. Bis Tina die Seite mit den Todesanzeigen fand, hatte sie Zeit, sich drum zu kümmern, in welchem Buch Mamsie heute bis ungefähr zum zweiten Drittel gekommen war. Es würde wohl wieder Galsworthy oder Gwen Bristow sein. Sie fragte trotzdem. Alle Menschen, die man *Was liest du denn da* fragte und die genau wußten, was sie lasen, klappten das Buch halb zu, um den Titel vorzulesen. Dabei mußte es sich um einen universalen kreatürlichen Mechanismus handeln. Tina machte die Probe, und es klappte, wie immer. Mamsie schaute nach und las »Schattenreich«: Es ist ziemlich langweilig, sagte sie.

Weil dus in- und auswendig kennst. Kennen *müßtest.*

Mamsie glühte, oder es sah so aus. Tina vermutete, Mamsie habe Hautkrebs. Bei sich selber tippte sie auf Darmkrebs (häufiger Durchfall), wenn es nicht doch was Schlimmeres als Verstopftheit im Kopf war, was sie seekrank machte. Nun, sie beide starben nicht daran, der Zeitpunkt, zu dem sie tödlich getroffen würden, war überschritten, so wie Schlaf, der einen beim Fernsehen überkam und sich später im Bett nicht mehr zurückmeldete, und ihre Körper hatten sich an die Unordnung ihrer Zellen und an all das Gewucher gewöhnt.

Ah! Jetzt ist der Herr Heppinger doch gestorben. Tina klang fast befriedigt. Herr Heppinger hatte für ihre Begriffe von Anstand mit seinen vielen Schlaganfällen zu lang rumgekorkst und Frau Heppinger tyrannisiert. Eva sorgte dafür, daß den Schwestern regelmäßig Mineralwasserkästen geliefert wurden, es war Wasser von der Marke Heppinger, und jedesmal wenn Tina sich zu einem Glas davon überwand (was war langweiliger als Wassertrinken?), sagte sie: Prost, alter Knabe! Obwohl der nun Verstorbene nichts mit dem Wasser zu tun hatte, es war zufällige Namensgleichheit.

»Er lebt fort in seinen Werken«, las Tina vor.

Wer tut das, Liebes? fragte Mamsie.

Herr Heppinger. So stehts in der Todesanzeige. So denkt Frau Heppinger drüber.

Wie schön, sagte Mamsie geistesabwesend und zugleich auf eine abschließende Weise zufrieden.

Tina las vor: »Selig sind die Toten, die im Herrn sterben, von nun an spricht der Geist, sollen sie ausruhen von ihren Mühen, denn ihre Werke folgen ihnen nach.« Und dann hat sie es nochmal nach *erfülltem Leben* und daß sie ihn in Dankbarkeit nie vergessen wird in ihren eigenen Worten gesagt.

Was denn?

Na, daß er in seinen Werken fortlebt. Ich werde nicht draufkommen, was für ein Geist bei Herrn Heppinger spricht. Oder ist es nicht seiner? Ja, wahrscheinlich ist der Heilige Geist gemeint. Mamsie, kannst du dir was unterm Heiligen Geist vorstellen? Konntest du es jemals in deinem Leben?

Mamsie tat einen tiefen gequälten Seufzer. Ja, log sie.

Ich werde Frau Heppinger fragen, was für Werke ihres Mannes sie meint, beschloß ihre aufmüpfige Schwester.

Nur in Ausnahmefällen kamen von Mamsie realistische, vom Laßt-mir-meinen-Frieden-Gefühl nicht wie eingeweichte Brötchen aufgequollene Reaktionen, und jetzt sagte sie mit bei ihr seltener energischer Entschiedenheit: Tina, das wirst du nicht tun. Du wirst die arme Frau Heppinger ganz bestimmt so was nicht fragen. Andere Ausnahmen von der Regel des alles gutheißenden Einklangs durch Abwimmeln von Kritik machte sie sonst beinahe nur bei Büchern, auf Lektüre war sie angewiesen, denn seit sie sich kaum noch bewegen konnte, mußte sie beinah den ganzen Tag über lesen, bis es abends etwas im Fernsehen gab, fast egal was. Ihre Töchter schickten Bücher, und selten entsprachen sie Mamsies Ansprüchen, erfüllten ihre Lesewünsche. Sie waren beinah immer zu schwierig, deshalb langweilig. Am liebsten las Mamsie romantische Liebesgeschichten. Sie durften unter gar keinen Umständen ordinär sein. Über ihr Buch, in dem sie gerade las, hatte Tina gestern gesagt: Es ist furchtbar unanständig. Und nach dieser Bemerkung den Kopf geduckt, die Schultern hochgezogen, neugierig und nach unartigem Kind, übertretenem Verbot ausgesehen. Mamsie würde das Buch nicht lesen. Fünfzehn Jahre kein Heinrich mehr weit und breit, und doch hielt sie seine Gebote. Auch er lebte fort in seinen Werken. Ausgesprochen wurde es in ihrer Ehezeit nie, aber Mamsie wußte, und da war sie schon über sechzig gewesen, daß Heinrich, wenn sie vertieft las, ein ungutes Gefühl zusetzte gegen gewagte Passagen, gegen irgendwelche Aufklärungen, die nicht auf sein Konto gingen.

Er hat diese sehr köstlichen Ingwerbisquits gemacht, sagte Tina versonnen. Sie fächelte mit der aufgeklappten Zeitungsseite den Stillstand der dicken warmen Verandaluft vor ihrem Gesicht weg.

Eva kommt heut spät, sagte Mamsie aufs Stichwort *Ingwerbisquits*. Es war längst Zeit für Kaffee und ein paar süße Sachen.

Vielleicht meint Frau Heppinger das mit seinen Werken. Nur daß er in denen nicht fortlebt.

Aber wenn man sich dran erinnert? Und seine Brötchen waren immer schön kross.

Wenn man sie aufgebacken hat, dann ja. Trotzdem, ein Bäcker lebt nicht in seinen Werken fort. Erinnerung ist nicht gemeint. Von wem eigentlich? Wart mal, da: Geheime Offenbarung des Heiligen Johannes, 14, 13.

Er war noch nicht alt. Wie alt war er wohl, was meinst du, Tina?

Moment, hier stehts. Dreiundsiebzigstes Lebensjahr. Das ist kein Alter.

Für Männer schon. Mamsie mußte aufpassen. Sie machte ihr Es-geht-Heinrich-gut-Gesicht.

Die Nachwelt ist gemeint. Berühmte Physiker leben fort in ihren Werken, Einstein oder Goethe, solche Leute tun es. Charles Dickens. Mozart. Galilei, obwohl er sich geirrt hat. Tina war sich ziemlich sicher, daß ihre Schwester Galilei dem Namen nach noch kannte. Aber wie das Sonnensystem funktionierte und wie unendlich das Universum war und daß Sonne und Mond nicht einfach so selbstverständliche Anblicke waren wie das Nachbarhaus mit Eva in der Mansardenwohnung und die Biotonne (ob der ängstliche Aushilfsfahrer jetzt schon wegen morgen unter Lampenfieber litt?), das hatte sie vergessen. Vielleicht sogar, daß die Erde keine Scheibe war.

Herr Heppinger war mehr als nur ein Bäcker, sagte Mamsie. Er war Konditor außerdem.

Auch ein Konditor tut das nicht, in seinen Torten und Plätzchen fortleben. Alles, was er gemacht hat, ist längst verdaut und im Kanal, das aus der letzten Zeit. Tina überlegte, ob Herrn Heppingers frühere Werke in ihrer Zerkleinerung durch Reusen gefiltert worden waren und wohin damit, und sie dachte an ihre eigenen Abwässer und ans Meer. Es brachte sie auf den Gedanken, in der Programmzeitschrift nachzuschauen, was Mamsie und sie heute abend sehen würden. Zur Auswahl standen nur vier Programme. Die Anfrage der Post wegen eines Kabelanschlusses hatte Tina verneinend beantwortet. Mamsie, etwas enttäuscht, nahm es gefaßt. Tina wollte keine Handwerker, das war der Grund.

Und dann haben doch viele Leute solche Schüsseln? Mamsie tarnte ihre Hoffnungen.

Diese Schüsseln sehen abscheulich aus. Und auch Eva fand das, genau wie Tina. Tina bevorzugte Tiersendungen, irgendwann fraßen Tiere einander auf oder wurden ordinär, meistens kam beides vor, auch in »Naturwelt«, deshalb sah Mamsie die nicht so gern, manchmal zappte Tina ihr zuliebe, wenn es prekär wurde, Mamsie bevorzugte außer den Nachrichten, ein *must* und pro Abend sahen sie mindestens zwei Nachrichtensendungen, sentimentale Spielfilme und Serien. Mamsie erinnerte mit ihren lautverstärkenden Kopfhörern an eine Wissenschaftlerin beim Experiment. Sie fand es unbehaglich, was Tina zu Herrn Heppingers in den Abwässern fortlebenden Werken sagte, und war drauf aus, ihre Es-ist-alles-in-Ordnung-da-draußen-Ruhe wiederzufinden. Am besten, Tina würde schweigen.

Anscheinend kommt Eva heute gar nicht, sagte sie. Sie hoffte, Tina erkenne das auch, zöge mit ihrem Einkaufswägelchen im Schlepptau bis zum Heppinger, der Laden hieß natürlich weiter so, obwohl Frau Heppinger ihn nach dem zweiten Schlaganfall an ein junges Ehepaar verpachtet hatte. Mamsie liefe bis zu Tinas Rückkehr mit Gebäck ein paar kurze Strecken zwischen den mit Möbeln zugestellten Zimmern Slalom in ihrem Gestell, dann würde sie sich auch was anderes als »Schattenreich« zum Lesen holen, einen von den Schmökern, vielleicht »Herz, sag mir den Weg«. Sie las es zum zweiten Mal, aber wie neu, und daß es nichts taugte, keinesweg Literatur oder so was war, wußte sie selber, das brauchte ihr niemand zu eröffnen. Übrigens teilte Tina ihre Vorliebe für Herz-Schmerz-Kitsch, nur las sie nebenher auch immer wieder Dickens und manche Bücher sogar auf französisch und auf englisch. Mamsie nahms gelassen. Sie war ein neidloser Mensch.

Dann kam Eva doch noch. Schuldbewußt, weil es beinah schon sechs Uhr war und erst recht wegen ihrer Freundin Inge, die sie mitbrachte, eine ehemalige Schülerin; als ehemalige Oberstudienrätin lebte Eva im Ruhestand und unterhielt noch viel Kontakt mit einstigen Kollegen, eine Menge Schülerinnen hatte für sie anscheinend geschwärmt. Eva wußte, daß man Gäste bei den Schwestern nicht erst ankündigte, damit die zwei sich nicht aufregten. Sie hatten ungern Besuch, Tina erst seit ihrer Seekrankheit: Sie erklärte, ihr wärs schummrig, und das gäbe Probleme mit ihren Synapsen. Mamsie strengten andere Menschen schon viel länger an, eigentlich seit Heinrichs Tod, und in ihrer Schwerhörigkeit saß sie fest wie eine Fliege im Spinnennetz; ihr blieb nichts anderes übrig, als ein gleichmäßig liebes Gesicht zu machen und zu hoffen, daß niemand sie anredete, irgendwas fragte. Aber Eva und Inge brachten Apfelkuchen mit, und aus einer silberglitzernden Gefriertasche zauberte Inge eine 750-Gramm-Packung Vanilleeis hervor, traumhaft, außerdem gabs Sahne in einer Art Siphon: Die weiße Pracht rutschte, wie aus einer Pistole abgefeuert, auf Kuchen und Eisbrocken.

Heißes Wasser ist in der Küche, sagte Tina, füllte Pulverkaffee in ihre Tasse.

Ist es auch wirklich abgekocht? Eva klang sehr mißtrauisch. Tina glaubte nicht, daß das Wasser irgendwann gekocht hatte, sagte aber: Ja ja. Hat wie wild gekocht.

Wie gehts Ihnen bei der Hitze? Inge störte die in ihren süßen Kuchen-Eis- und Sahneschmelz versunkene Mamsie so nicht, aber Tina tat es mit der Übersetzung aus der Fremdsprache *Inges leise Stimme*, sie schrie: Wie es dir geht? Während Mamsie nur freundlich lächelnd aufblickte, gab Tina die Antwort für sie beide: schlecht.

Aber ihr seid wieder angezogen wie im tiefsten Winter, protestierte Eva.

Wie gehts Ihren Töchtern? Und Ihrem Sohn? Diesmal hatte Inge ihre Sprechwerkzeuge angestrengt.

Sie haben alle sehr viel zu tun, sagte Mamsie. Georg hat eine sehr gute Praxis, und Regine macht ihre Radiosendung. Meine Tochter Elinor und ihr Mann haben es nicht leicht, wegen der Zeitumstellung. Mamsie hatte für ihre Verhältnisse ungewöhnlich viel gesprochen und hoffte, sich damit für den Rest der Besuchszeit freigekauft zu haben.

Das Jet laaag. Sie waren in Amerika, erklärte Tina. Sie hat Post von beiden Töchtern. Georg schreibt so gut wie nie.

Mamsie hätte Georg verteidigt, blieb aber von der kritischen Bemerkung in ihrem Gewebe aus leise säuselnder Stille verschont, und Eva, wie um Mamsies Harmonieschutzhülle zu schonen, sagte: Tina, glaubst du, euer alter Doktor Hauser schreibt seiner Mutter Briefe? Gut, Georg ist noch ein paar Jahre jünger, fügte sie schnell hinzu. Aber seine Praxis geht auch besser.

Georg sagt seiner Mutter am Telephon, wenn sie sich über ihre Schwäche beklagt: Mutter, du mußt mehr trinken. Und dann sagt sie, daß das nicht stimmt. Tina lachte wieder mit der Gebärde *Unartiges Kind*, dem sein Verbotsverstoß aber auch Spaß macht, die Schultern hochgezogen, den Kopf wie reingesteckt, wie bei einem Vogel, der in der Hitze Mittagsschlaf macht. Wir sollen mehr als zwei Liter trinken, wir zwei alte Hutschachteleulen.

Georg hat recht. Wie kann sie bloß zu einem Arzt sagen, das stimmt nicht, Eva stöhnte, und Inge rief: Sie und alte – was für Schachteln ...!? Auf mich wirken Sie jünger als viele junge Leute.

Na klar, sagte Tina unbeeindruckt.

Mamsie ist wirklich schwach, sagte Eva zu Inge. Das Gehen ...

Ich bin so froh, daß wir Ihren Geschmack getroffen haben, sagte Inge zu Mamsie mit einem Kopfnicken zu Mamsies Teller hin, der allmählich leer wurde, wundervoll liefen Eis, Sahne ineinander und rannen zum Ufer Apfelkuchenstück, und Mamsie hörte nichts. Außer dem Geheimnisvollen, das sie vielleicht doch hört, dachte Tina, die Inge erklärte: Mamsies Töchter sind sehr verschieden. Wenn Regine am Telephon hört, daß ihre Mutter sich furchtbar schwach fühlt, dreht sie durch, ich kann sie, wenn ich nebendran sitze, rufen hören: Hör auf! Sag mir so was nicht, schon gar nicht abends.

Inge lachte höflich. Um meine Oma mache ich mir auch Sorgen, sagte sie. Aber meine Oma ist geistig voll da, einfach großartig.

Tina dachte, was heißt denn hier *aber*. Regine behauptet dann, sie läge nur noch todkrank da und könnte die ganze Nacht nicht richtig schlafen. Tina sprach gegen Evas Kopfschütteln an, dessen Bedeutung sie verstand, aber ignorierte: In milderer Form handelte es sich um Regines Hör-auf-damit-Mama-Gefuchtel. Mit einem *Na schön* bugsierte sie ihre übrigens von keinen Fehlern der Synapsen getrübte Rede – trotzdem hätte sie lieber den Mund gehalten und ohne die freundliche junge Inge, Ende fünfzig? jünger?, mit Mamsie und Eva geschlemmt – in sanftere Gefilde: Und wenn Mamsie zu Elinor am Telephon sagt, daß sie furchtbar schwach ist, kriegt sie zur Antwort: Ach, du Arme! So verschieden sind ihre Töchter.

Vielleicht ist in Wirklichkeit Regine nicht Mamsies Tochter. Du hattest mal was mit Heinrich. Weil das ganz und gar nicht in Frage kam und Mamsie es nicht hören könnte, war Evas Lust auf etwas Witziges nicht riskant.

Tina fand es nicht komisch, weil plötzlich ihre Gedanken wieder beim Ewigen Leben waren. Das hier jetzt, sogar auch mit Inge und den luxuriöseren süßen Sachen auf dem Verandatisch, es könnte vor zwei Jahren gewesen sein, oder in zwei Jahren, gestern oder übermorgen, und so wirds weitergehen bis an der Welt Ende. Es wäre spannend, der Welt Ende mitzumachen. Am Überleben der Menschheit war Tina nicht interessiert. Gibts wieder einen Knall, der kontrapunktisch zum Urknall Endkall hieße? Nun, es bliebe keiner übrig, ihn überhaupt zu benennen. Oder schrumpelte die Sonne, und der Planet würde in tiefer Finsternis den Kältetod sterben? An einem Nachmittag wie diesem leuchtete das Verglühen bei ungeheuerlichsten Hitzegraden eher ein. Und Eva und Inge würden es erleben, Mamsie und sie nicht.

Fest steht, daß beide Töchter gleich stark unter den Beschwerden ihrer alten Mutter leiden, dozierte Inge, sagte *oh nein, nichts mehr*! zu Eva, die sie mit einer zweiten Portion Kuchen, Eis und Sahnegeschoß verwöhnen wollte, worauf die schon vorbereitete Fracht, angefangen beim Kuchenstück, auf Mamsies stumm hingehaltenem Teller landete.

Inge war irgendso ein Zwischending von Sozialpädagogin und Therapeutin, Tina konnte es nicht behalten (gab sich auch keine Mühe). Während Inge der sanften Elinor, die einfach *Ach du Arme* sagte, keine Therapie empfahl, wenigstens nichts Akutes, hielt sie Sofortmaßnahmen bei der aufgeregten Regine für dringend angebracht. Sie berichtete von Fritz Glaser und seinen Seminaren. Zufällig hatte sie sein Photo bei sich, und es ging reihum. Eva kannte es, sie erwartete angespannt Tinas Kommentar, der sich zum Glück auf einen Knurrton beschränkte, und Mamsie lächelte lieb und zusammenhanglos, schob Eis gegen Teig und Apfelschnitze und die schöne Ladung in den abgeflachten Sahnehügel, dann in den Mund, den sie immer schon öffnete, wenn Löffel oder Gabel erst auf der halben Wegstrecke zwischen Teller und Lippen waren.

Inge erzählte, Fritz Glaser fange mit ganz kleinen Schritten des Erkennens an. Erkennen: Für was kann ich, in welchem Moment, dankbar sein. Über was glücklich? Alle fassen sich bei den Händen, und man sitzt im Kreis, und plötzlich werden die Hände warm von der Nähe des anderen Menschen ... Bei einer Hitze wie heute wären sie es schon vor dem Anfassen, warf Tina ein. Ich würde mich nie in einen Kreis setzen.

Es ist ja auch auf dem Boden, und das könntest du gar nicht mehr, Eva beeilte sich mit der Unterbrechung. Tina wäre nicht beleidigt, aber mit Inge kannte sie sich nicht ganz so gut aus.

Es geht ums durchflutete Sein. Das Sein des andern vermischt sich mit dem eigenen.

Wie unangenehm. Wer will denn so was? Tina mißachtete Evas Feixen.

Annehmen und Abgeben. Die Lehre ist: Du sollst weg von deinem Egotrip. Diesmal hatte Inge sich Eva zugewandt. Und der Wunsch, andere Menschen nicht zu kränken, bewirkte, daß Eva Einverständnis und Interesse simulierend nickte. Mit der Zeit verehre man diesen Glaser wie einen Heiligen, erfuhren Tina und Eva, während Mamsie, zu deren Korbsessel in diesem Augenblick der große schwarze Adam-Hund herantrottete, das depressive Gesicht ausnahmsweise bis in Tischhöhe gehoben, genau so wie das Tier von Fritz Glasers Wundern ausgeschlossen blieb. Adam bettelte nicht bei Mamsie, von der er sich nichts versprechen konnte, er schien zu ahnen, daß auch Tina ihm heute nichts spendieren würde, hielt sich an Eva, deren Hingabe ihm sicher war, obwohl er gleichbleibend so aussah, als erwarte er nichts, vom ganzen Leben: so gut wie nichts.

Dann gehört zu den Anfangsspielen im Seminar, das er gibt, das mit den gläsernen Murmeln. Jede Murmel steht für einen Moment des Glücks – oder der Dankbarkeit, ist ja ungefähr dasselbe, geht ineinander über. Und die Murmeln der Teilnehmer da im Kreis am Boden, wir sitzen im Schneidersitz, und das Gefühl für den Boden ist wichtig, Fritz läßt ihn mit Erdreich bestreuen...

Eieiei, machte Tina, von Eva hypnotisiert: vergeblich.

Irgendwie liefs darauf hinaus, daß diese Murmeln zusammenstoßen wie beim Boule-Spiel und daß die Murmelbesitzer ihre Glücksdankbarkeitssymbole austauschten... Tina hörte nicht mehr richtig zu, sie sagte: Wir haben früher Klicker gesagt. Sie stieß Mamsie an und rief: Weißt du noch, unsere Klicker. Eva war zu früh erleichtert, denn jetzt kams: Dieser Fritz Glaser ist kein Mann. Wer solchen Zinnober macht...

Sags nicht, sag nichts mehr! Evas hinter dicken Brillengläsern vergrößerte Augen fixierten Tina mit Drohflehen.

Sie kennen ihn nicht. Inge lächelte verliebt in sich hinein.

Dem Himmel sei Dank. Er ist nicht sexy.

Bei ihr muß man Spaß verstehen, du weißt es ja, Ingelein, tirilierte Eva, sie schien im Begriff, überzuschnappen und mit einem Koloratursolo loszulegen, um das Thema von der Bildfläche zu jauchzen.

Er ist mein Freund, sagte Inge. Gut, er ist einige Jahre jünger...

Tina gelang es oft, übergangslos mit allerbestem Benehmen die durch ihre Karikaturen Gekränkten oder bloß Verblüfft-Amüsierten zu versöhnen, sogar eine andere Stimme hatte sie dann, so wie jetzt: Ich rede manchmal dummes Zeug, aber das wissen Sie ja. Im übrigen: Mich interessiert alles, was den Gegenwartsmenschen heute so einfällt. Und Sachen wie die, von der Sie erzählt haben, sehe ich wahnsinnig gern im Fernsehen.

Der Nachmittag war gerettet, bloß nach Tinas und Mamsies Geschmack zu lang, sie verpaßten die erste Nachrichtensendung, und vorher mußte Mamsie telephonieren, turnusgemäß war Georg dran. Tina setzte sich so, daß sie ein bißchen mithören konnte, wenigstens alles, was Mamsie sagte. Von Georg hörte sie immerhin gleich als Eröffnung *Ach du bists, Mutter, spät geworden* (klang etwas zerstreut, ungehalten, fahrig, fand Tina), wir essen nämlich gerade zu Abend. Mamsie störte das nicht. Auch Georg hatte selbstverständlich ein transportables Telephon und sich jetzt wie gewöhnlich nach dem Befinden seiner Muter und ihrer Schwester erkundigt, denn Mamsie sagte, die Hitze sei fürchterlich und sie selber vollkommen kraftlos. Während Georg daraufhin ziemlich ausführlich wurde und gewiß wieder sein erstes Gebot predigte, *Du sollst 2,5 Liter pro Tag trinken*, flüsterte Mamsie mit stolzem Respekt Tina zu: Sie sind bei Tisch, und er telephoniert mit diesem Telephon, das man überall rumtragen kann.

Frag sie, was sie essen, sagte Tina, und Mamsie tat es, sagte wie immer *Dann laßts euch schmecken*, Tina würde erst später erfahren, was Henriette fabriziert hatte und worauf sie stolz war (oft Fisch wegen Fischeiweiß und vorher *cruditée*, wie sie ihre Rohkostsalate nannte, wenn Nachtisch, dann Obst, unverfälscht, langweilig). Und wie ein normales Telephon funktioniert, wissen wir auch nicht. Tina stellte sich Georg vor, mit dem Handapparat, Georg, dem der Fisch kalt wurde. Mamsie machte sich keine Gedanken darüber, aber Tina fand es manchmal fast peinlich, wie beschränkt sie beide Anteil an der Gegenwart hatten. Sie waren nur, beispielsweise als Fernsehzuschauer und gelegentlich am Radio Nutznießer, sie verstanden nicht, wie es funktionierte, daß sie ihre Lieblingsprogramme sehen konnten, und Elinor hatte in ihrer liebevollen Geduld zigmal gründlich ihren PC beschrieben, die Maus (die Tina sogar interessierte, was aber nichts half), den Drucker – sie kapierten es einfach nicht. Tina bekam wieder mit, was Mamsie sagte: Ich konnte heute gar nicht aufs Klo, aber Tina muß dauernd. Wenns nur nicht Durchfall wird. Dann hörte sie Georg zu, der sicher wie üblich tröstete (alle drei Tage Verdauung genügt, aber würdest du deine Wasserration trinken…), und obwohl Tina die Tragikomik – Georg wollte *essen* – bei leichtem Genieren genoß, raunte sie ihrer Schwester zu: Mamsie, sie sind dort beim Abendessen. Mamsie verstand das aber nicht in Tinas Sinn, das Verdauungsthema behandelte sie mit allen ihren Kindern arglos und weil es sie stark beschäftigte.

Später in der Küche lehnte Tina den Stock gegen Mamsies Gestell, sie saßen sich am Küchentisch gegenüber und bereiteten ihren kleinen Abendimbiß vor, mit Käse und Lachsschinken belegtes Brot, für jeden eine halbe Tomate, eine Dose mit Ingwerplätzchen für hinterher. Sie waren noch von Inges und Evas süßen Wohltaten satt, aber mit etwas zum Essen war Fernsehen doppelt so viel wert wie ohne.

Was meinst du, wie leben wir in unseren Werken fort, wir zwei, eines Tages, wenn der überhaupt je kommt. Mamsie, ich fürchte, wir zwei sind nicht sterblich. Nicht mehr.

Mamsie widersprach nach einem tiefen Seufzer. Ihre

Schwester, die sie liebte, weil das völlig selbstverständlich war, kam immer wieder auf verquere Ideen und war oft anstrengend.

Du lebst in deinen Kindern fort, sagte Tina. Und ich in den paar Kratztönen und im Klaviergeklimper und Blockflötengequietsche von den paar Ex-Schülern, die noch ein Weilchen mit der Katzenmusik weitermachen.

Ja, ich habe meine Kinder, sagte Mamsie, es klang ergeben. Dank Georg und Henriette gab es sogar einen einzigen Enkel. Er arbeitete in einem Museum für Altertum, eigentlich war er Archäologe, ein Wort, das Mamsie möglichst nicht in den Mund nahm, und hielt sich am liebsten an antiken Stätten in Griechenland oder Rom, Pompeji auf. Mamsie empfand Stolz auf ihn und eine sehr viel größere Respektdistanz als gegenüber transportablen Telephonen, Georgs gutem Ruf als Internisten, Regines Radiosendungen, Elinors Radiologen-Mann – am konkretesten wurde ihr Stolz auf Elinor, die als hochbegabte Dilettantin und nur für sich oder für Geschenke innerhalb der Familie wunderschöne Aquarelle zustandebrachte.

Tina schnitt die Plastikpackung mit dem Appenzeller auf, den Elinor schon vor ihrer Amerikareise geschickt hatte, er war überfällig und sofort dominierte sein starker Käsegeruch die Küche.

Die Rinde riecht schon ein bißchen kloakig. Tina schnupperte. Mamsie sag mal, kannst du dich überhaupt noch dran erinnern, wie du zu deinen Kindern gekommen bist?

Aber Tina! Mamsie holte wieder tief Luft, stieß sie aus.

An die Geburten würde Mamsie sich erinnern, ungefähr, und die Schmerzen in den Hintergrund drängen. Es gäbe nichts Schöneres als den ersten Augenblick mit dem Baby im Arm, hatte sie einmal gesagt. Aber die unästhetische Gewalttätigkeit des Fortpflanzungsvorgangs, durch den es zu ihren drei befruchteten Eiern, Georg, Elinor, Regine gekommen war, hatte sie verklärt, um ihren Glauben an die romantische Liebe und an Heinrich nicht zu stören. Als vertraue sie lieber wie ein Kind (aber Kinder taten das wahrscheinlich nur in den Köpfen der Erwachsenen) dem Klapperstorch. Und so ähnlich mußte es sich abgespielt haben. Mit irgendwas Sanftem wie bei Schnecken würde Heinrich seine junge Frau geschont haben. In einer Geschichte über einen Schneckenforscher hatte Tina gelesen, die Schnecken würden es geradezu platonisch mit ihren einander vorsichtig betastenden Fühlern schaffen, sich zu vermehren, doch sie schätzte diese Fortpflanzungsästhetik als Erfindung ein und setzte mehr auf schleimige Prozesse; in diesem Schneckenjahr mußte sie im Garten dauernd eng ineinander gerollten Tieren ausweichen. Sie ekelte sich, der lautlose Exhibitionismus überzog die Platten zwischen den Blumenbeeten mit einer Galerte, und lieber als an den Vergleich mit den Mollusken dachte sie: Bei Mamsie und Heinrich wars so distanziert wie bei den Fischen. Ihre Assoziationen ärgerten und interessierten sie. Wahrscheinlich waren alle diese Tiersendungen und der Hochsommer dran schuld. In ihren Augen war Mamsie wirklich reichlich prüde, aber sie selber, nicht so reichlich, war es im Grunde auch, und sogar Eva wars, trotz ihrer Jugend: noch nicht mal richtig Mitte Siebzig! Laß uns rüber aufs andere Trottoir gehen, drängte sie, als sie neulich, bevor Tina aktiv werden konnte (um sich anwidern zu lassen und aus akademischer Wißbegier), die Gruppe höchstens sechsjähriger Kinder erspähte, die schon an den Gummistrupps ihrer Spielhosen zerrten, um sie in Nachahmung erwachsener Exhibitionisten vor ihnen runterzulassen, und Tina hatte es natürlich mitgekriegt und wiedermal tragikomisch gefunden, was für Eva ausschließlich abscheulich war, zum Fürchten wie diese gesamte Gegenwart, vom zerlöcherten Ozon bis zur Demontage aller Lieblichkeit.

Kaum saßen sie endlich auf ihren Stammplätzen vorm Fernsehapparat, ihre Teller auf dem Schoß, Mamsie, in die Mitte einer Familientragödie versetzt, betrachtete nur und hörte nicht die Auseinandersetzung einer hübschen Mutter mit ihrem halberwachsenen Sohn – es war ihr zu heiß für die Kopfhörer – da richtete auch schon Tina die Fernbedienung wie eine Schußwaffe aufs Bild (der Sohn taumelte und schrammte ein Küchenbuffet, anscheinend gings um Drogen, oder er war betrunken), und Mamsie dachte, Tina zappe nur wie so oft in ein anderes Programm, aber diesmal drückte sie die AUS-Taste.

Was ist los? fragte Mamsie.

Wir zwei haben keinen blassen Schimmer davon, wie das alles funktioniert. Wir sitzen in unseren kaputten Polstern und wissen nicht, warum wir überhaupt fernsehen können.

Ja und? Mamsie verstand kein Wort.

Du könntest nicht mal erklären, warum das Licht angeht, wenn du den Schalter anknipst. Und ich könnts auch nicht.

Mamsie wollte wieder ein Bild. Egal was. Wie gut, daß sie die Programmzeitschrift studiert hatte. Sie sagte, heute abend seien wieder die Spinnen dran, der dritte Teil oder der vierte, und sie erwähnte sogar den Schwerpunkt, das Paarungsverhalten der Labyrinthspinnen, sie selbst war darüber erstaunt, wie flüssig sie zwei ziemlich komplizierte Sätze hinkriegte. Und sie brauchte ja nicht hinzusehen, wenn es schockierend würde, was eigentlich bei Spinnen nicht zu erwarten war. Tina brummelte: War sowieso nur ein Test. Ich stell ja auch nicht den Kühlschrank ab, obwohl ich nicht weiß, wie man alle diese Leitungen verlegt. Die meisten Leute diesseits der Steinzeit schmarotzen von den Errungenschaften, die andere Menschen für sie erfunden hatten. Auf mich geht gar nichts zurück, dachte sie, ehe die Labyrinthspinnen sie in ihre seltsame, intelligent geplante Geheimwelt gleichsam abtransportierten, als wäre ihr interessiertes gebanntes Gehirn ein Beutetier.

Am nächsten Tag kulminierte die Hitze, brachte es auf 36 Grad im Schatten auf dem Thermometer vor der Haustür; die beiden Schwestern mieden die Veranda, Tina faltete ihre Stola zusammen, Mamsie hängte ihre Strickjacke weg, kein Wölkchen am Himmel, aber in den Zimmern schlossen sie die Läden und hatten es schön dämmrig, und Eva kam rüber, um einen großen weißen Ventilator zu installieren, der sich sacht hin- und herneigte und bald Tina, bald Mamsie anfächelte. Adam wirkte heute behandlungsreif depressiv, Eva stand seinetwegen schon um sechs auf, um mit ihm spazierenzugehen, so lang es noch wenigstens unter 25 Grad warm war. Ehe sie ging, sagte sie: Tina, deine Malven haben lauter gelbe Blätter und die Blüten verkümmern. Wenns nicht bald regnet, sind sie hin.

Eva hatte Tina verboten, bei diesen mörderischen Temperaturen mit dem Einkaufswägelchen ihre Runde zu machen, und nachdem Tina die paar Besorgungen dort untergebracht hatte, wohin sie gehörten, kehrte sie in die Wohnzimmer-Dämmerung zu »Delilahs Verlangen« auf Seite 103 zurück, aber sie konnte sich nicht konzentrieren. Mamsie hatte nebenan im Erker des Eßzimmers den Laden geöffnet und saß bei offenem Fenster in der Nähe des Telephons, das weiterhin ungereinigt und feindselig stur aussah, als hätte es den Vorsatz gefaßt, heute kein einziges Mal zu klingeln. Mamsie könnte man eine Million mal vorhalten, durchs offene Fenster komme nur Gluthitze rein, sie würde es so wenig glauben wie ihrem Arztsohn Georg die nach blankem Unfug klingenden 2,5 Liter Flüssigkeit, die sie in ihren Organismus zwingen sollte. Als Mamsie auf Tinas rübergebrüllte Anfrage, was sie lese, wahrscheinlich den Buchtitel umklappte und sich zu »Am Kreuzweg der Leidenschaften« unschuldig brav bekannte, brüllte Tina zurück: Wir beide verblöden. Von Mamsie: nichts.

Tina fühlte sich zu seekrank und zu faul, um sich jetzt ein Buch im englischen oder französischen Original vorzuknöpfen, doch etwas Widerstand sollte sie leisten: Sie stakste mit dem Stock zum Rollpult, fand einen Papierblock mit vergilbtem zu oberst liegendem linierten Papier, und fing an, den deutschen Text ins Englische zu übersetzen: Aus »Es tut mir so leid, Delilah« wurde mühelos: »I am so sad, Delilah.« »Der Tag war aus den Fugen geraten« verlangte aber bereits nach dem idiomatischen Wörterbuch, falls Tina nicht sehr frei übersetzte. »The day was rotten. Demolished?« Tina überblickte den Rest von Seite 103 und erkannte, daß sie mit all den nun folgenden Naturschilderungen nicht zurande kommen würde. Sie verlor die Lust. Aber der Bleistift in der Hand, der angebrauchte Schreibblock – irgendwas löste das in ihr aus. Im Gegensatz zu Mamsie, die mit ihren Kindern regelmäßig korrespondierte und übriggebliebenen Verwandten und Bekannten zu Geburtstagen gratulierte, Weihnachtskarten verschickte, schrieb Tina keine Briefe mehr. Für an sie adressierte Post und Geschenke – sie haßte ihre Geburtstage jährlich mehr, Weihnachten gleichbleibend seit vielen Jahren – dankte sie telephonisch; und nur mit Widerwillen, wenn die Absender weit weg wohnten, wegen hoher Telephongebühren auf Karten. Deshalb war, als Mamsie, um nicht steif zu werden, das Lesen durch einen Rundgang im Gestell unterbrach, Tinas Mitteilung verblüffend: Ich werde mal einen Brief schreiben.

Oh, wie schön! Schreibst du Elinor? Oder Regine?

Aber nein, Mamsie. Und auch nicht an sonstjemand, den wir kennen. Ich werde einen Brief an den Papst schreiben. Und ich werds für dich mit tun. Für uns beide.

Kaum erstaunter als über andere Kauzigkeiten sandte Mamsie diesen speziellen Du-bist-mir-ein-Rätsel-Blick zu ihrer Schwester, die schrieb: »Sehr geehrter Johannes Paul der II., lieber Papst. Vorbemerkung: Falls mit der Anrede was nicht stimmt, liegt es daran, daß ich es als Protestantin nicht besser weiß, vielleicht sollte ich Eure Heiligkeit sagen. Nun zu meiner Frage: Wie stellen Sie sich das Himmelreich eigentlich vor? Sagen Sie es mir bitte in einfachen Worten, nicht theologisch und nicht irgend etwas von unserem geistigen Hinübergehen und Einswerden mit Gott, denn darunter konnte ich mir nie etwas vorstellen. Ich wüßte gern etwas Konkretes darüber, so in der Art, wie ich es jetzt habe, mit meiner uralten Schwester im uralten Haus mit den uralten Möbeln, auch unser Garten ist uralt, aber die Pflanzen kommen jedes Jahr neu aus der Erde, nur welken sie dahin; verwelken tun wir auch, meine Schwester und ich, doch wir sterben und sterben nicht. Mir kommt das immer mehr wie Ewiges Leben vor, aber ich bin nicht sicher, ob Sie diese Ansicht teilen.«

Legt man Rückporto bei? Nein, es ist Italien, Eva müßte einen Antwortschein oder wie die Dinger hießen besorgen, rief Tina ihrer geisterhaft im Gestell umherkutschierenden Schwester zu, ohne Hoffnung auf eine Antwort.

Am Abend wagte sich Tina bei immer noch 28 Grad in den Garten, um ein besseres Gewissen bei ihren zwei belegten Broten und der ersten ihrer mindestens zwei Nachrichtensendungen zu haben, weil sie dann wenigstens den Malven ein bißchen gegen den größten Mangel beigestanden hätte.

Mamsie sagte: Wie bitte? Tina schien irgendwas gemurmelt zu haben.

So was brüllt man nicht gern, dachte Tina, aber sie übertönte den Bericht über einen schweren Verkehrsunfall auf der A 3, der einen zwanzig Kilometer langen Stau verursacht und außer vielen Verletzten zwei Tote gefordert hatte: Genierst du dich auch vor den Malven?

Vor den Malven? Hast du *genieren* gesagt?

Hab ich.

Ja warum denn aber?

Sie welken.

Das tun sie immer, wenns soweit ist. Und dann gehen sie ein. Mamsie verstand nichts von den Parlamentsquerelen über irgendein Steuerpaket, aber sie wollte zusehen.

Allerdings, sagte Tina. Sie setzte jedes Wort voneinander ab: Und dann gehen sie ein. Und wir, Mamsie? Was machen wir?

Jetzt, glaub ich, wollte ich fernsehen, sagte Mamsie, ungewöhnlich spitz.

Der Briefkastenhund

Es war der letzte sorglose Tag, sie habe es schon gestern gewußt. Meine Tante Marcia seufzte, aber das mit ihrem letzten sorglosen Tag hatte sie im selben Ton gesagt wie vorher zu mir: *Hallo Partner*, und zu meinem Vater: *Schon über dreißig Grad in deinem Auto*, und daß sie mal vollklimatisiert eiskalt durchs siedende Texas kutschiert und zwischen San Antonio und Austin zum Gefrierfleisch erstarrt wäre. Und sie fragte mich wieder, ob ich wirklich für meine langen Beine da hinten genug Platz hätte, was ich bejahte, ich saß etwas schräg. Es war gut, sie bei uns zu haben. Obwohl sie bestimmt oft zwischendurch schreckliche Sätze wie den mit dem letzten sorglosen Tag einfach so vor sich hinreden würde. Auch auf der Hinfahrt hat sie das gemacht. Dann habe ich immer irgendwas in mein Notizbuch gekritzelt; bestes Beispiel: M. ist eine Übersetzerin. Übersetzt unser Schweigen. Die zwei vorne kriegten mit, daß ich oft etwas notierte, und zum Teil machte ich es deshalb.

Mein Vater fädelte sich aus der rechten Fahrbahn raus und in die Zufahrt zur Raststätte, weil Marcia vorhin *Ich glaub ich muss mal* gesagt hatte.

Sorglos? Du behauptest doch nicht, daß du es erst jetzt nicht mehr bist? Natürlich, mein Vater mußte ihre verrückte Äußerung so muffig kritisieren, er hält sich immer an der Logik von irgendwas fest, und seine Schwägerin ist ihm zu unüberlegt, ihre Gedanken machen Sprünge, aber ich kenne ihn gut, es ging ihm wie mir und schon auf der Hinfahrt wars ihm leichter als sonst zumute, weil sie mitkam. Äußerlich hätte ihm das keiner angemerkt, keiner außer mir.

Marcia fragte sich: *Ob ich Kaffee nehme? Oder ein Eis? Für Eis ists vielleicht noch zu früh.* Und völlig klar, sorglos war ich schon lang nicht mehr, aber man macht sich doch immer ein Verdrängungsbild zurecht, und danach ... was dann? Puh, ich denke, ich nehme ein Pellegrino, wenn sie es haben.

Mit diesem Durcheinander aus ihrem Kopf schaffte sie es wieder, mich zu beruhigen, sogar das mit dem Verdrängungsbild hat mich nicht gestört. Mitten im Hochsommer mußte ich plötzlich an letztes Weihnachten denken, das erste ohne meine Mutter, und wie Tante Marcia uns auch da aus der Patsche geholfen hat, und daß sie das ausgerechnet durch ihre konfuse Art hinkriegt, so etwas wie eine Normalität reinzubringen, vielleicht sogar Frieden, wo sie doch mit ihrer Quirligkeit alles aufwirbelt. Unter einem Friedensengel stellt man sich wahrhaftig was anderes vor. Mein Vater und ich, wir hätten es unterdrückt und einander angemerkt, daß wirs unentwegt unterdrücken, und so ein Verschweigen hört man laut dröhnen. Aber sie sagte schon beim Mantelausziehen: *Das kann ja nur in die Hose gehen* ... oder so ähnlich, wird ohne sie ein Trauerspiel, irgendwas Vernichtendes, *oh je, ihr habt sogar einen Christbaum!* Und sofort schmetterte sie und schwenkte dazu ihre zwei von Geschenken ausgebeulten Plastiktaschen: *Vom Himmel hoch da komm ich her ... Warum hast du einen Baum dieses Jahr?* wollte sie von meinem Vater wissen, und er konnte es nicht erklären.

Weihnachten mit Rita wäre ein Alptraum. Alles korrekt und ein Riesenelend. Kein Wort über ihre Freundin, meine Mutter, die ich deshalb erst recht vermißt hätte. Und sie einfach totzuschweigen ganz schön gemein gefunden. Tante Marcia hat aus Versehen die Kalbsbratwürste gekocht und aufplatzen lassen und irgendwann *Ach mein armes Schwesterchen* gerufen und gleich drauf gesagt: *Andererseits, sie muß nichts feiern. Als Kinder liebten wir Weihnachten, wir waren furchtbar neugierig drauf, aber das ist passé, und vielleicht weils so ideal war, haben wir seitdem ein Problem damit. Ich finde, wir sollten ihr jetzt gleich einen richtig grotesken Brief schreiben. Übrigens, mit viel Relish drauf schmeckt diese komische Wurst ...*

Alles in allem war Weihnachten fast besser als sonst. Wie wenn man fühlt, man erledigt einen schwierigen Auftrag gut. Für Rita ist Weihnachten sowieso in Ordnung, einfach, weils im Dezember im Kalender steht.

Nach der Rast saß ich wieder auf meinem Rücksitz hinter Marcia rechts von ihren für unsere anderthalb Tage zu vielen Gepäckstücken, und wenn ich auf ihr von der Kopfstütze verwuscheltes braunes Haar mit etwas Grau drin und Rostschimmer sah, habe ich mich richtig wohlgefühlt, für meinen Vater gleich mit, denn der mußte auf den Verkehr achten, und das ist noch nie passiert, wenn ich mitgefahren bin, Wohlfühlen, schon gar nicht auf den Rückreisen. Bestimmt komme ich nie mehr mit, wenn Rita fährt, eine Freundin meiner Mutter, und das habe ich meinem Vater auch erklärt, und ich bleibe dabei, obwohl er gesagt hat: *Rita meint es gut.* Das weiß ich selber, noch viel besser weiß ich, daß mein Vater sich das auch nur vorsagt; Rita ist hilfsbereit, und deshalb findet er es mal wieder logisch, daß sie es gut meint und wir gerecht sein müssen. Trotzdem macht er, wenn wir uns entweder in ihren Golf zwängen oder sie ihn in unserem Toyota Combi am Steuer ablöst, einen verklemmten Eindruck.

Von der praktischen Seite betrachtet nützt Rita ihm mehr als Marcia, die jüngere Schwester meiner Mutter, denn sie kann nicht autofahren, ich kanns auch noch nicht, beziehungsweise ich könnte es, habe aber noch keinen Führerschein. Rita macht sich mit ihren Fahrkünsten wichtig: *In einer Situation wie der von deinem Vater wärs mir sicherer, wenn ich nicht selbst fahren müßte oder wenigstens einer da wäre, der mich jederzeit ablösen kann. Bei dem heutigen Straßenverkehr mußt du in jeder Sekunde deinen ganzen Grips total beisammen haben und dich konzentrieren, da darfst du keine Sekunde abschweifen.* Sie redet nichts als solches Zeug, dummes Zeug und selbstgerecht, ganz anders närrisch als das Gerümpel aus Marcias Kopfsammelsurium, bei dem ich immer an ein Würfelspiel denken muß. Ihre zusammengeschüttelten Einfälle würfelt sie vor sich hin und liest dann einfach ab, was oben auf den Würfeln steht, so wie sie liegengeblieben sind. Rita auf der Hinfahrt: Wie schlecht die andern Autofahrer sich benehmen, nein, Lust zum Einkehren hat sie keine, aber sie schaut uns gern zu, macht ihr nichts aus, oder es geht um ihre öden Berufsprobleme aus der Relocation GmbH, tatsächlich, wir sollen den Kleinkram als Probleme und stressig anerkennen! Wir sinds, die Probleme haben, und sie hat keinen Maßstab und erst recht ist sie taktlos. Rückfahrt: *Aha, da haben wir plötzlich unser Riesenproblem!* Rita predigt uns, immer nachdem sie gesagt hat (oder sie sagts abschließend) daß es sie ja nichts angeht, was wir alles falsch gemacht haben und immer noch machen und wie viel öfter wir meine Mutter besuchen müßten, und dann betont sie jedesmal: *So lang es noch geht. Ehe es zu spät ist.* Ich kann nur beschließen: Nie wieder mit Rita.

Bei Marcia habe ich schon gleich nach der Abfahrt

gewußt, wie gut uns ihre Gesellschaft tun würde. Schon als sie das erste Mal in ihrer Handtasche wühlte. Sie hat das noch sehr oft getan, glaubt ständig, sie hätte irgendwas vergessen und kramt alles raus, und mir machte es ein heimatliches Gefühl. Hauptsächlich natürlich wars, weil wir drei im Auto an einem Strang ziehen, oder alle drei gleich stark leiden, jeder auf seine Weise und in den Hauptpunkten ein bißchen vom andern verschieden, aber das Gemeinsame überwiegt, hauptsächlich deshalb ist so ein Besuch bei meiner Mutter zum ersten Mal überhaupt nicht bloß deprimierend gewesen, wir haben sogar oft richtig gelacht, nicht nur unterwegs, auch dort mit ihr, und wie lang habe ich das nicht mehr erlebt: Meine Mutter muß lachen!

Wieder fanden wir keinen Parkplatz im Schatten, wieder schimpfte Marcia: *Es gibt zu wenig Bäume auf der Welt, in südlichen Ländern haben sie mehr Sinn für Bäume an Straßen*, und es würde schon, nach nicht einmal drei Stunden Fahrt, unsere zweite Pause. Alles immer wegen Marcia, sie kriegt plötzlich Lust auf was zu trinken oder Hunger, oder sie muß aufs WC, und mein Vater erinnert sie dran, daß sie vor kurzem erst war und klingt knurrig, aber er genießt es, garantiert, das tut er. Marcia verkündet: *Wir brauchen unbedingt einen Lustanteil dabei*. Dolly sähe das genauso. Dolly ist meine Mutter. Ich habe irgendwann in mein Heft notiert: M.: menschlich, menschlich schwach und menschlich stark, sie ist beides zusammen.

Rita hält freiwillig nur zum Tanken. Sie sagt: *Ich bin Selbstversorgerin*. Irgendwann hat das, auf der Hinfahrt, mein Vater erwähnt, er wollte wissen, ob Marcia nicht was zum Unterwegsessen eingepackt hätte, damit wir Zeit sparen und so weiter, und Marcia hat das verneint: *Was denkst du? Erstens wäre ich zu nervös gewesen. Zwei-*

tens … weiß ich auch nicht. Ich glaube, ich kehre gern ein. Auch ihre Bedürfnisse würfelt sie so dahin, und auch mit denen schaffte sie es, daß sich ziemlich sofort im heißen Auto eine häusliche vertrauliche Atmosphäre ausgebreitet hat. Es fällt ihr ein, daß sie in ihrer immer halbwegs gepackten Reisetasche irgendwelche Riegel und so was mit sich rumträgt, beruflich ist sie oft unterwegs, und dann zwängt sie sich stöhnend zwischen den Vordersitzen mit Kopf und verrenktem Oberkörper durch und wühlt in einer der Taschen, die neben mir aufgebaut sind, und wenn sie Kekse ertastet hat, sind es bestimmt nicht die richtigen, nicht die, auf die sie jetzt Lust hätte, sie fragt: *Und ihr? Hobbits? Migros-Riegel mit Zitronengeschmack? Mich würden sie niederdrücken, Farmer-Soft-Lemon, mir würden sie nicht bekommen, Dolly hat sie mir geschickt, lang her, als sie es noch konnte.* Diese Offenbarung macht sie nicht jammersusig, sie lacht ein bißchen.

In der Raststätte saßen wir schon mit unseren Tabletts an einem günstigen Tisch mit Blick zum Auto, was mein Vater bevorzugt, aber da entdeckte Marcia das Schild *Nichtraucher* über unserem Sektor, und sie rückte aufgescheucht ihren Stuhl ab, bahnte sich, ihr Tablett vor sich her tragend, und ihre Umhängetasche baumelte komisch über der linken Hüfte, einen Weg zum Rauchersektor, wir hinterher, und mein Vater erwähnte nur pro forma, weil es in sein Programm gehörte, daß er jetzt den Toyota Combi nicht im Auge behalten könne.

Marcia schob ihre Sonnenbrille über die Stirn und den Haaransatz, wodurch sich ihre Ponyfrisur aufstellte, und ich mußte lachen, weil es verrückt aussah, und da schob sie die Brille noch weiter zurück, und die Ponyfrisur klappte glatt nach unten, mein Vater fragte: *Warum setzt du diese Brille nicht einfach ab? Damit ich sie nicht liegen-*

lasse, antwortete Marcia, und dann will sie tatsächlich von mir wissen, ob ich sie mit dem Ponyschwupp besser fände als ohne, und ich könnte schwören, daß sie das ernst meint und wirklich an meiner Meinung interessiert ist und nicht fragt, weils ihr plötzlich eingefallen ist, es könnte nett sein, mich mal einzubeziehen. Ich kenne mich mit Erwachsenen gut aus und merke es immer, wenn sie bloß Theater spielen. Ich glaube, *mit* dem Pony, sagte ich, aber es sieht beides sehr gut aus, nur habe ich ohne Pony zu kurz gesehen. Es war meine ehrliche Stellungnahme zu diesem Thema, doch die sprunghafte Marcia, ich nahm es ihr nicht übel, wurde völlig abgelenkt von dem Schrecken, den sie bekam, als ihr nämlich einfiel, was sie da gerade machte, und sie quietschte ein bißchen beim Jammern über sich: *Da löffele ich doch wahrhaftig mit Genuß mein Vanilleeis, obwohl ich zur Zeit ein Diätprogramm durchziehe. Beziehungsweise ich versuchs. Oh verdammt.*

Wenn ich über all diese kleinen Explosionen in Marcias Kopf, diese Einfallsrutscher mit irgend jemandem reden würde, der sie nicht kennt und der auch uns nicht kennt, meinen Vater zum Beispiel, der würde bestimmt an ihr rummeckern und sie für unstet und leichtfertig halten: Auf einer Reise wie eurer schrecklichen! Vorher und nachher müßte sie, sie ist schließlich ihre Schwester, stumm oder wenigstens ernsthaft einsilbig vor sich hin sinnieren und leiden und bestimmt nicht immer wieder wegen Vanilleeis oder sonstwas in Raststätten einkehren wollen. Großer Irrtum! Marcia ist genauso kummervoll wie wir, wenn man Traurigkeit wiegen könnte, wäre ihre kein halbes Gramm leichter als unsere. Was wichtig ist für meinen Vater und mich. Ritas Leichenmine erspart sie uns, und wie sie das hinkriegt, ist ihr Geheimnis. Noch etwas, das ich auch gern an ihr habe: Wenn wir meine

Großeltern besuchen und sie mitkommt wie jetzt manchmal, seit meine Mutter weg ist, steckt sie ihnen halbheimlich (nur mein Vater und ich wissen es) Sachen zu, die ihnen meine Großtante verweigert: Pralinés oder sonst Süßes für meine Großmutter, Schnaps für meinen Großvater. Gut, meine Großtante muß auf die beiden aufpassen und kriegt dann Scherereien, weil bei meiner Großmutter die Verdauung nicht klappt und sie Klistiere braucht, was bei meinem Großvater mit dem Schnaps passiert, weiß ich nicht, und meine Großtante ist auch kein Rita-Typ, am Ende lacht sie doch. Und mein Vater erklärt Marcia immer wieder, warum sie diese Sachen nicht haben sollten, aber Marcia winkt ab: *Weiß ich ja alles auch. Und ich sehs trotzdem nicht ein. Sie sind alt, was haben sie sonst schon noch? Von Zeit zu Zeit eine kleine Dosis Unvernunft, ich finde das muß sein, und ich kann besser einschlafen, wenn ich mir vorstelle, wie sie unter ihren Bettdecken den schönen Frevel entdecken und sich freuen. Übrigens hatte Jesus Christus was gegen die Pharisäer. Er hielt zu den Sündern.*

Marcia ist eben keine Geradlinige, Rita ist eine, und ich frage: Ist das Leichtsinn? Was sie mit den Großeltern macht? Und wie sie sich auf unserer Fahrt zu meiner Mutter benommen hat? Nein. Es ist vielleicht Sinn für Humor, ein bißchen ists das auch, aber nicht alles. Wahrscheinlich ist es die Liebe.

Nachdem Marcia ihr verkorkstes Diätprogramm wieder eingefallen war, habe ich ihre restlichen zwei Eiskugeln bekommen, sie suchte nach dem Getränkeautomaten, das macht sie meistens, oder mein Vater geht, weil sie sich wie bei Rast Nummer ich-weiß-nicht-wieviel verirrt hat, und dann haben sie kein Diät-Sprite oder Pepsi und so weiter. Nicht weiter schlimm, findet Marcia und daß zuckriger Geschmack sowieso nicht zu ihrer Celtique Caporal passen würde und holt sich Espresso, zwei Täßchen auf einem Tablett, dann qualmt sie eine von ihren Celtique, die sie sich aus Belgien mitbringt und so dick sind wie Zigarillos, und sie schneidet meinem Vater eine komische kleine Grimasse: *Gräßlich unvernünftig, deine Schwägerin, hm? Dolly hat auch wiedermal den Kopf über mich geschüttelt, sie hat* du bist eine Apotheke *zu mir gesagt, als ich mir meine anderthalb Nachmittags-Serestra reinwarf. Sie hat sich drüber aufgeregt, und genau deshalb hab ichs ja auch nur gemacht, ich meine, vor ihren Augen.*

Diesmal war ich schneller als mein Vater, der zuerst noch etwas entsetzt *Wie bitte?* oder so was sagen mußte und ihre Erklärung brauchte, um zu verstehen. Die ging ungefähr so: Dolly ist der mütterliche Typ, sie wars von jeher und schon in der Kindheit für Marcia als kleinere unvernünftige Schwester, und es würde ihr gut tun, sich Sorgen zu machen, es würde sie nämlich von sich selber ablenken. Nur hatte dann mein Vater doch auch wieder recht, er sah das mit der Ablenkung zwar ein; aber vergaß denn Marcia, daß meine Mutter schon genug von Sorgen um andere geplagt würde, zum Beispiel, wie ohne sie unser Haushalt funktionierte? Man könnte ihr hundertmal versichern, alles läuft prima, wir kommen zurecht, und deinen Eltern gehts gut, deine Tante hat alles im Griff und so weiter - hilft nicht viel, Sorgen macht sie sich trotzdem. Gut, auch Marcia kann sich mal irren. Und ich glaube, mit dem Serestra und den dicken Celtique und wenn sie so was sagt wie das von der Apotheke, die Marcia ist, das sind andere Sorgen, irgendwie abgehoben, jedenfalls, bis ich mir ganz darüber im klaren wäre, habe ich mir das in mein Heft gekrakelt, und Marcia hat so getan, als wollte sie spicken, wie ein Schulkind, und mich als zukünftigen Dichter meinem Vater angepriesen.

Übrigens macht es mir nichts aus, wenn sie und mein Vater zwischendurch über Trauriges reden. Es ist wirklich alles total anders als mit Rita. Die kommt schon mit einem finsteren Gesicht bei uns an, und wenn wir losfahren, wird sie zum Stein; aber Trösten ist bei Rita eigentlich viel schlimmer. Sie weiß immer was von irgendwelchen Patienten, die man schon als hoffnungslos abgeschrieben hat, und von anderen, denen man noch ein Jahr gegeben hat und die immer noch leben, und was man mittlerweile alles heilen könnte, so daß wir schließlich überhaupt nicht mehr wissen, in welche Kategorie wir meine Mutter einordnen sollen. Wirklich, das, was Rita unter Trösten versteht, ist einfach verheerend. Bei Marcia: nichts Derartiges zu befürchten. Schon deshalb nicht, weil sie ja selber getröstet werden müßte, keine Außenstehende ist. Sie riskierts, Sachen auszusprechen, die wir nur denken, oder nicht mal gedacht haben, sie schweben in uns herum wie Bilder vorm Einschlafen, und dann erkennen wir sie als unsere Gedanken, und um es nicht zu vergessen, habe ich mir beim Weiterfahren aufgeschrieben: »Vielleicht ist das mein letzter sorgloser Tag.« In Klammern: Marcia gleich am Anfang auf der Hinfahrt. Und: »Morgen werde ich Dolly gesehen haben, ich werde sie erlebt haben, meine Phantasien sind noch nicht neu zusammengeflickschustert, und ich werde unseren Eltern was vorschwindeln müssen.«

Ich machte mir auch eine Notiz über Marcias Wühlen in ihrer Tasche, ich weiß nicht, wie oft sie auf dieser Fahrt ihre Tasche aus- und wieder eingeräumt hat, und ich vermerkte: »Macht den Toyota-Innenraum häuslich, oder menschlich.« Dann ein paar Fragezeichen und: »Überlegen, wie es richtig auszudrücken wäre.« Was ich mit meinem Reiseprotokoll anfangen würde – keine Ahnung, ich weiß es bis heute nicht. Aber dort unterwegs hatte ich Größeres damit vor. Es ging mir gut dabei.

Und mit ihrem Taschenspleen brachte Marcia meinen Vater und mich wirklich zum Lachen. Macht nichts, daß sie ihre Würfelspielideen auf uns losließ: *Es wird nichts gewesen sein, worauf man sich freut, wenn man unter Freude etwas Harmloses versteht. Und doch habe ich mich, seit wir den Termin abgemacht haben, auf die Fahrt mit euch gefreut.* Daß mein Vater, der schließlich bloß ihr Schwager ist, vielleicht schimpfen könnte, befürchtet sie nie, sie ist nicht im mindesten nervös oder ängstlich bei ihren Offenbarungen. Mit meiner Mutter spricht sie ganz genau so. Ich denke, das ist besser für sie als irgendwelches Gesäusel. Mein Vater und ich waren ohne Marcia immer eingeschüchtert, wir haben eigentlich bloß ein feiges Gewäsch zusammengebracht. Mir sind durch Marcia die Augen aufgegangen für das, was meiner Mutter nützt. Vielleicht aber bloß, wenn diese Cocktails ehrlicher Empfindungen von Marcia serviert werden. Wir dürfen nicht plötzlich wie Marcia rufen: *Hau bloß nicht vor mir ab, kapiert? Ich hab wahrhaftig keine Lust drauf, die Eltern trösten zu müssen. Dolly, du erinnerst mich an eine Märchenfigur.*

Meine Mutter lacht, sie war schon amüsiert über das Abhauen und Elterntrösten, hat gelächelt, und nun lacht sie und schlägt vor: An eine Hexe. An die böse Fee, irgendeine dreizehnte. Daran erinnert sie mich jetzt auch: mit ihrem Kopftuch, weil sie von den Bestrahlungen links keine Haare mehr hat, das Kopftuch ist hinten gebunden und sitzt ein bißchen schräg, und rechts sind ihre Haare lang und grau geworden und auch dünner und sie gucken hervor, ebenso wie rechts auf der Stirn ein kleines Haarbüschel, als wollte sie alles, was doch noch an Haaren da ist, zeigen und sehen, obwohl sie behauptet: *Um Spiegel mache ich einen weiten Bogen.* Als wir vor vielen Wochen schon mal mit Marcia da waren, ohne Autofahrt, bei uns in der Stadt in der Uni-Klinik, haben wir vor den verschlossenen Milchglastüren der Onko-Radiologischen Abteilung gewartet, und was macht Marcia? Zuerst schimpft sie über eine Frau, weil sie keine Haube aufhat, kann man sie nicht als Krankenschwester erkennen, außerdem findet Marcia sie großspurig, und dann: *Onko ist eine Kaffemarke.* So was sagt sie nicht albern, obwohl es ja albern ist, sie ist genau so beklommen wie wir, wir stehen verdattert vor dieser Tür mit dem Schild Onko-Radiologische Abteilung, als erführen wir in diesem Moment zum allerersten Mal, was mit meiner Mutter passiert ist.

Meine Mutter erholt sich jetzt im Chalet von Freunden, Erholung heißt es jedenfalls, aber erholt aussehen tut sie nicht. Mein Vater kann frühstens im September Urlaub nehmen. Die Freunde machen in einer Scheune dicht nebenan Ferien und kaufen für meine Mutter ein, besuchen sie, wenn sie es wünscht; uns sagt sie, daß sie am liebsten allein ist, aber aus Höflichkeit nicht den Freunden. Sie ist sehr blaß, mit einem bräunlichen Streifen unter dem linken Auge, sie erzählt, das wäre ihr Andenken an ein riesiges Hämatom und anfangs rabenschwarz gewesen bis zum Hals runter ... *aber heute habe ich schon das siebzehnte Kreuzchen gemacht*, meine Mutter redet ernst und trotzdem wie über was Normales, es ist für sie inzwischen der Alltag, und das Kreuzchen bedeutet, es sind schon siebzehn Tage ohne Attacke vergangen, ich bin seitdem nicht mehr gestürzt. Über so was, das ja für uns selbstverständlich ist, uns macht kein Hirntumor von morgens bis abends angst, aber über sowas – sie ist nicht hingefallen – geraten wir alle drei aus dem Häuschen, und bei diesem etwas sonderbaren Jubelchor singt Marcia am lautesten mit.

Überhaupt hat sie die besten Einfälle, meiner Mutter, die Pflanzen liebt, zu helfen: Sie rennt plötzlich in den Garten, wo irgendwelche Blumen die Köpfe hängen lassen, und meine Mutter kann das schwer vertragen, aber noch weniger an ihren Krücken was dagegen tun, und mit einem ziemlich chaotischen Strauß kommt Marcia zurück zu uns.

Ich merke, daß meine Mutter viel zu dünn ist und ihr Gesicht zerfließt ein bißchen. Sie hat einen Kaffeetisch gedeckt, die Freunde haben Gebäck und eine Menge Schweizer Wähen besorgt, meinen Lieblingskuchen, ganz flacher Teig; Marcia sagt, es wäre auch ihre Leidenschaft, Wähen, und meine Mutter hat einen mit Äpfeln und Aprikosen belegten und einen mit Zwetschgen bestellt, Rahm ist auch da, Marcia, die vor unserer Ankunft noch über ihren Magen rieb und sagte, er wäre ganz zu, hat sich nichts anmerken lassen und ziemlich reingehauen, was dann wieder meinen Vater und mich dazu brachte, es genau so zu machen, und meine Mutter hats gefreut. Sie selber knabberte nur ein bißchen an dem Sprüngli-Gebäck herum. *Nein, das wage ich nicht*, sagte sie zu Marcia, die sie zu einem Drink überreden wollte. *Auf den Beipackzetteln meiner Medikamente heißts: Kein Alkohol. Nichts als Produkthaftung*, rief Marcia. *Alkohol hat dich immer aufgestellt. Er wäre so gut für dich.* Ich dachte genauso wie Marcia, aber obwohl ichs hoffte: daran, daß sie meine Mutter zu etwas Riskantem überreden könnte, glaubte ich nicht. Mein Vater hielt sich raus, weil er die

Bedenken meiner Mutter teilt und wußte, daß sie standhaft bleiben würde. Ich fand, daß er nicht ganz so furchtbar mitgenommen aussah wie bei früheren Besuchen. Vielleicht lag das unter anderm am Chalet, das Wohnzimmer war gemütlich unordentlich mit alten Sofas und Sesselchen und Teppichen vollgestopft und mit Bücherregalen und schön dämmrig, eine Erholung nach der vielen Sonne, die wir unterwegs abgekriegt hatten; es kam uns hier auch kühl vor, im Vergleich zum heißen Toyota wars das auch, also alles viel besser als ein noch so angenehmes Klinikzimmer.

Doch hauptsächlich ging es meinem Vater besser als sonst, weil die Reise dank Marcia besser verlaufen war und Marcia auch jetzt hier immer etwas einfiel, was gegen ein Abebben der Unterhaltung zu machen war. Plötzlich tat sie mir leid, ich hatte diesmal ausnahmsweise noch Platz fürs Bemitleiden, das früher ganz und gar von meinen Eltern beansprucht wurde, ich meine, die Menge Mitleid, die ein Mensch empfinden kann, habe ich für meine Eltern gebraucht (ob ich selbst mir leid tue, weiß ich nicht genau, ich habe hauptsächlich einfach Angst).

Marcia bedauerte ich, weil sie sich mit ihrer Quirligkeit bestimmt überanstrengt hat, es fällt mir immer nur so zwischendurch ein, wie eng sie und meine Mutter liiert sind und daß die eine um die andere bangt, hin und her. Meine Mutter haßt es, Menschen, die sie liebt, in ihr Elend reinzuziehen, ihnen Sorgen zu machen und so weiter, sie hat von Anfang an gesagt, für sie mit ihrem verdammten Schicksalsschlag wäre es immer noch etwas leichter als für die andern. Das meint sie ernst, obwohl sie uns auch sicher beneidet, zum Beispiel, wenn jemand schnell von seinem Sitz aufspringen und was, tapp tapp, ganz selbstverständlich holen kann, dieses Kommen und

Gehen, wie es für sie selbst vor weniger als einem Jahr auch noch ganz selbstverständlich war. Aber das sind garantiert nur so Splitterchen von Beneiden, beinah unpersönlich. Wenn mir was Schlimmes passieren würde, oder meinem Vater oder ihrer Schwester: Das wäre, was ihr am allermeisten zusetzen würde, das wäre ihr Allerschlimmstes. Eigentlich so, wie es uns jetzt mit ihr geht. (Doch ehrlich gesagt: Ich drücke mich davor, mir wirklich genau klarzumachen mit allem Drum und Dran, ob ich im Ernst dazu bereit wäre, mit ihr zu tauschen.)

Irgendwann bin ich mal mit Marcia in der kleinen, auch dämmrigen Küche zusammengewesen und hab ihr das halbwegs angedeutet, daß ich sie bemitleide und so … und da hat sie mich ganz entgeistert angesehen und fast angeschnauzt: *Verkehrte Welt! Das ist das Allerletzte! Kinder bemitleiden Eltern, eine Tante! Andersrum wird ein Schuh draus!* Ich war nicht beleidigt von wegen *Kindern*, zu denen sie mich einordnete, weil ich sie gut verstanden habe. Und *Kinder* als Sammelbegriff, im Gegensatz zu Eltern bleiben sie Kinder. Mein Großvater fragt heute noch: Wie gehts dem Kind, und meint seine Tochter Dolly, meine Mutter. Bester Beweis dafür, daß Marcia mich nicht für ein Kind hält (hätte ja sein können, Erwachsene sind oft flüchtig und nehmen einen gar nicht wirklich wahr und tun dann schnell mal mittendrin in was anderm so, als würden sie es doch), also bester Beweis: Marcia hätte niemals mich gefragt, welche Frisur ihr besser steht, sie hätte dann ja wohl meinen Vater gefragt, und daß sie ihm gern gefallen möchte, bleibt mir auch nicht verborgen. Aber das alles nur nebenbei.

Ich habe nachts in meinem Hotelzimmer 305, (mein Vater hatte 308, Marcia 310) noch was über diese Erleuchtung aufgeschrieben, ist mir aber nicht mehr richtig gelungen, nur etwa so: »Mitleid ist das Amt der Eltern.« Ich plane, darüber zu grübeln. Marcia bringt mich immer auf solche Fährten, zu meinen eigenen Gefühlen, von denen ich vorher nur dumpfe Ahnungen hatte und die nichts weiter als schrecklich waren. Mein Vater wäre für so was kein Gesprächspartner, so gut wir auch miteinander auskommen. Als meine Mutter noch gesund war, haben wir nicht viel einer vom andern gemerkt, oder ich nicht von meinen Eltern, Hauptsache, sie waren da. Und dann wurde es von einem zum andern Tag, es ging ja so schnell bei ihr, hat sich nicht langsam angebahnt wie andere Krankheiten, sehr kompliziert, keiner hat dem andern was vorgemacht nach der Masche *Halb so schlimm, wird schon wieder*, und gegenseitig erschreckt und Angst eingejagt haben wir uns erst recht nicht, wir sind irgendwie mehr höflich gewesen, in Deckung gegangen, Abstand zwischen uns, über unsere Gefühle kein Wort.

Seit Marcia das vom Mitleid sagte, ging mir dieses berühmte Licht auf, und es schien über die gesamte Zeit vorher, und ich erkannte klar, was mir immerzu fast am meisten angst gemacht hat, das ist dieses verfluchte Mitleid. Für einen anderen Bammel müßte ich mich wahrscheinlich schämen, und der wächst wie ein Kürbis in der Sonne, und nur zu Marcia wird es möglich sein, über den zu reden: Ich habe Angst davor, wenn meine Mutter wieder zu uns nach Haus kann. Und das wird wohl ziemlich bald sein, es gibt keinen Zeitplan, sie soll, so lang sie es für gut hält, in diesem Chalet bleiben, nur, ihre Freunde nebenan können nicht ewig Ferien machen, und sie braucht von morgens bis abends Menschen, die ihr helfen. Es ist verdammt schwierig, mir einzugestehen: Hoffentlich bleibt sie noch lang weg. Ich will sie nicht zu Haus.

Marcia gehts ganz ähnlich. Anfangs war ich überhaupt nicht mit ihr zufrieden, manchmal sogar wütend auf sie, denn an praktischer Hilfe kam von ihr so gut wie nichts, und da mußte ich wirklich widerwillig Rita die besseren Noten geben. Auch besucht hat sie meine Mutter so gut wie nie, die heißgeliebte Schwester, Briefe geschrieben und telephoniert, das wars stattdessen. Mittlerweile ist mir aufgegangen, warum. Vor lauter Liebe, zu viel Liebe, nehme ich an, da kann man schließlich nur noch Abstand halten und bibbern. Es geht ihr wie mir. Natürlich vermisse ich meine Mutter, aber die gesunde von vorher. Bei der alles funktioniert hat, meine Großtante staunte oft: *Wie sie das nur schafft!* Halbtagsberuf, Haushalt, Garten, und dauernd diese Gäste zum Abendessen! Die Gäste: Das waren Kollegen meines Vaters und ihre Frauen. Mir ist nie was von besonderen Strapazen aufgefallen, man hat es überhaupt nicht gemerkt, wie glatt alles ablief. Vor einer gebrechlichen und deprimierten Mutter zu Haus fürchte ich mich, übrigens auch vor den *Attacken*, wie sie es nennt, wenn sie von jetzt auf eben hinknallt (zum Glück war ich nie dabei, als es passierte). Und dieses verfluchte Mitleid mit den Eltern, die Not, in der die zwei sind, damit würde es noch schlimmer, wenn sie wieder bei uns ist. Ich bin leider auf dieser Reise doch nicht dazu gekommen, diese Dinge mit Marcia zu besprechen, wir waren nie lang genug irgendwo allein.

Habt ihr nicht Lust, ein bißchen spazierenzugehen, nach der langen Sitzerei im Auto? fragte meine Mutter.

Wir hatten alle Lust, aber nur Marcia war so mutig, sofort aufzuspringen und loszuziehen, und wenn sie mich gefragt hätte, ob ich nicht mitkommen wollte, ich wäre mit ihr abgehauen. Ich hatte gehofft, sie würde fragen, weil ich dachte, sie spürt genauso wie ich etwas von unserer Ähnlichkeit. Aber na schön, sie hats nicht getan, wahrscheinlich brauchte sie diese halbe Stunde für sich solo, länger blieb sie nicht weg.

Auf unserer Rückfahrt hat irgendwann auch wieder Marcia exakt das, was ich immerzu vor mir sah, in Worte gefaßt: *Dolly bewegt sich wie ein langer dünner Schatten langsam durch diese engen Zimmer und den schmalen Gang. Die Arme angewinkelt, das erweckt den Eindruck, als wollte sie im nächsten Moment jemand bei irgendwas helfen, und beim Gehen schaufeln diese angewinkelten Arme sie leicht mit vorwärts, und habt ihr gemerkt, sie scheute kein Chaos in der kleinen abgedunkelten Küche, weil sie uns so ideal bewirten wollte wie früher immer.* Mein Vater knurrte irgendwas Trübes, und Marcia sagte: *Beim Sprechen bewegt sie kaum die Lippen. Ihre Stimme ist noch leiser, als sie es schon immer war, noch weniger Druck dahinter. He Schwager, paß auf, Rasthof Mövenpick 1000 Meter! Ich lade euch ein! Puh, ich hab nicht vor, depressiv zu werden! Im Mövenpick haben sie absolut herrliche Apfelkuchen, und ich werde mir links und rechts je eine Kugel Vanilleeis danebenlegen lassen.*

Damit bot sie wieder das Durcheinander, bei dem mir das Herz aufgeht. *Dolly findet das gut, den Lustanteil bei unserer Fahrt,* erzählte Marcia. *Ich hab zu ihr gesagt: Schwesterchen, wir machen eine Menge Unsinn unterwegs, wir sind ein vergnügtes Reiseteam. Es ist ganz leicht, sag ich euch, sie zum Lachen zu bringen.* Und Marcia hatte meiner Mutter auch gesagt: Ich bin oft aggressiv zu Leuten, mit denen ich befreundet bin und die von mir wollen, daß ich sie wegen irgendwelcher Bagatellen bedauere, ich soll mit ihnen stöhnen und vor Mitgefühl zerfließen, aber rechtzeitig fällt mir ein, daß dir jetzt so oft diese Arie aus dem *Rinaldo* im Kopf rumgeht: »Laß mich, mit Tränen, mein Los beklagen, Ketten zu tragen, welch grausam Geschick…« (Diese paar traurigen Takte hat Marcia gesungen.) Und dann werde ich bitterböse, saustreng. Oder: Plötzlich merke ich, daß ich zu nett war zu jemandem, der nicht in den harten Kern der Familie gehört, nett zu jemandem einfach bloß Nettem. Und so ein Nettsein tilgt zu viel von dem dort bei uns. Es zapft von meinem Freundlichkeitspotential zu viel ab.

Und Dolly, wie reagiert sie auf so etwas? erkundigte sich mein Vater. Ich glaube, jedes noch so verrückte Wort tat ihm gut.

Dolly ist wie immer. Sie verstehts, aber sie bleibt die vernünftige ältere Schwester wie in der Steinzeit, als wir Kinder waren. Rät mir davon ab, es mir mit allen möglichen Leuten zu verderben. Aber gleich drauf berichtet sie mir von dem idiotischen Quatsch an Vertröstungen, mit dem ihre eigenen netten Freunde sie belästigen: Bis Weihnachten ist alles gut. So was zum Beispiel!

Das haben wir gehört, sagte mein Vater. *Das war beim Abendessen, als Dolly es erzählt hat.*

Diese kleinen Spinatkuchen waren wundervoll, sagte Marcia. *Und sie hatte dran gedacht, wie gern ich das echte schweizerische Bircher-Müesli habe, ihrs war altrosa wie das damals im Café Gloor. Ich hab mich dran überfressen. Und noch Rahm reingerührt. Du auch, hm?* Marcia verrenkte sich mal wieder den Hals nach mir, sie grinste mich an und rückte ihre Sonnenbrille rauf und runter, bestimmt als Anspielung auf den Tip, den ich ihr in Sachen Ponyfrisur geben sollte. An das Weihnachtsthema denke ich übrigens beinah am liebsten, wenn ich unsere Reise durchgehe. Wir saßen noch beim Abendessen, für das meine Mutter erst ein paar Zeitungsstapel und Bücher vom Tisch schaffen mußte, und Marcia sagte, *ich lasse dichs ausnahmsweise allein machen, jetzt erinnerst du mich an einen großen geheimnisvollen Vogel.* Und meine Mutter war wieder erheitert: *Du meinst wohl, an eine Vogelscheuche!* Sie freute sich, weil ich nochmals vom Nachtisch nahm, was ich, längst viel zu satt, ihr zuliebe gemacht habe, und das hat sie auch gefreut: *Deinen rosa Himbeergrieß-Schaum habe ich eigentlich noch lieber,* behauptete ich, darüber nachgedacht hatte ich nicht, doch das Original-Bircher-Müesli war gekauft, den Grieß-Schaum macht sie selber. Und Marcia rief: *Ach, Weihnachten! Ich an deiner Stelle wäre froh, wenn mir Weihnachten endlich mal erspart bliebe!* Marcia kam sich wohl unvorsichtig vor, obwohl mein Vater mit viel Verständnis lachte, und sie hat erklärt, sie meinte die Befreiung vom Geschenke-Einkaufen.

Den ganzen Streß verabscheut meine Mutter auch, ich habs oft genug mitgekriegt, andererseits will sie unbedingt mich und die Großeltern und die Großtante überreichlich beschenken. Mein Vater hats lieber, wenn er nichts kriegt. Er ist halbjüdisch, was ein zusätzliches Problem ist, und aus Taktgefühl hat meine Mutter mit Christbäumen und Adventsliedern und so weiter aufgehört, aber erst seit ich erwachsen bin. Dort im holzgetäfelten Chaletzimmer am Tisch sagte sie: *Sowieso muß ich mir ja wohl dieses Jahr überlegen, ob ich Grund habe, Gott für Christi Geburt zu danken.* Der Ausspruch war für ihre Verhältnisse viel zu gewaltig, deshalb hat sie ein kleines Lachen vor sich hingemeckert, leise wie alles von ihr, und zu mir hin, damit ich nicht erschrecke, eine lustige Grimasse gezogen.

Aber Dolly, den hast du! Und wie du den hast! rief Marcia.

Mein Vater hielt sich mal wieder raus. Bisher habe ich

nur erwähnt, wie leid er mir tut, noch nicht, daß er mich auch ärgert. Bei entscheidenden Arztvisiten hätte er dabei sein sollen, zum Beispiel. Und meine Mutter in den langen Klinikwochen, ja Monaten, nicht nur immer abends besuchen sollen. Gut, ich war ja auch nicht da und Marcia auch nicht, ich sollte wohl geschont werden und ließ mir das gern gefallen, über Marcias Kneifen ist mein Richterspruch bereits gefallen, Freispruch, aber mein Vater ist der Ehemann und immer von seinem Fulltime-Beruf blockiert gewesen. Und meine sanfte Mutter fand das ganz in Ordnung so.

Also: Meine Mutter hätte massenhaft Grund, Gott und diesem Weihnachtsbaby dankbar zu sein.

Nur … *Marcia, ich bin noch nicht gesund, ich weiß nichts über meine Zukunft, ich bin von gestern auf heut eine Behinderte, von A bis Z abhängig von Freunden …*

An dieser Stelle fiel mir ein, daß zu diesem miserablen Punkt die ahnungslose Rita mal einen Riesenblödsinn von sich gegeben hat: *Sei froh, Dolly, daß du gute Freunde hast. Und wozu sind denn Freunde da, wenn nicht zum Helfen?* Oh nein, wirklich nicht, Rita hat wirklich nichts verstanden. Ich möchte *sie* sehen, an Krücken, mit Angst vor Attacken, ohne Zukunft, unselbständig geworden wie diese hilflosen Greise in den Pflegeheimen, die ich auf dem Bildschirm sehe, kurz bevor mein Vater sie schnell wegzappt. Marcia kann ganz schön überdreht sein, sie posaunte: *Grund, Gott zu danken, hat sogar in seiner Todeszelle der Kandidat für den elektrischen Stuhl! Ja der erst recht, der vor allem! Ein schönes Leben hat Gott uns ja mit keiner Silbe versprochen, aber den Himmel! Auferstehung! Dann erst erfahren wir, was das Glück ist. Auf der Erde ist das Glück, wenn das Unglück schläft. Schwesterchen, klingt gut, Glück, wenns Unglück zufällig mal schläft, und neulich im Remake von* Die Versteigerung *hats der Kommissar Maigret gesagt.* Marcia mußte Luft holen und schloß ihre Predigt ab: *Und das ist schon alles. Aber es ist ja wohl das Entscheidende. Amen.*

Es hat mir wahnsinnsmäßig gut gefallen, jedes Wort von Marcia und ihre leichte Durchgeknalltheit, und dann kein bißchen weniger, daß meine Mutter gesagt hat: *Hallelujah!* Meine Mutter hat einen besonderen Humor, etwas pessimistisch bitter, wahrscheinlich schwarzer Humor. Ich bin felsenfest davon überzeugt, Marcias Übereifer war das Beste für sie, seit sie krank ist. Und daß sie sich immer wieder dran erinnern wird. Auch ich werde mich drauf stupsen beim Versuch, vorm Einschlafen irgendwas für meine Mutter Günstiges zu beten, das sich nur drauf bezieht, es soll ihr besser gehen und sie soll keine Angst und keine Depression haben, ich werde immer denken: Verkehrt! Lieber Gott und meinetwegen auch Jesus Christus, organisiere ihr und uns andern einen richtig guten Platz im Himmel, wo und was immer der Himmel ist.

Marcia hat, da gab es dann Schweizer Kreuzer Wein, Weißwein, übrigens auch für mich, dank Marcia (meine Eltern sind aber nicht von der Sorte, die dann Einspruch erhebt), sie hat noch was aus der Bibel zitiert, das mit »Sorget nichts« anfängt, und ich muß es irgendwo zu finden versuchen; jedenfalls läuft es darauf hinaus, daß der Mensch alle seine Bitten in Danksagung unterbringen soll. Und im Gebet. Ich hätte ohne Marcia und den Kandidaten in der Todeszelle die ganze Sache niemals kapiert.

Das und der Briefkasten-Hund sind die wichtigsten Beutestücke dieser Reise mit Marcia, irgendwie gehören sie zusammen, wie die ganze übrige Ausbeute. Manchmal sind wir auf dem Rückweg auch kilometerlang still gewesen, eine zeitlang rutschte Marcias struppiger Hinterkopf komisch nach links ab, mein Vater sah hin, damit ers mitkriegte, wenn sie gegen seine Schulter prallen würde, aber sie hats immer gemerkt und sich hochgerissen und dann ists wieder passiert. Ich mußte lachen, in mich reinlachen, um sie nicht zu wecken, es hat mich gerührt, und da rief sie auch schon: *Ihhh – ich hatte plötzlich eine richtige Schlafsauce im ganzen Kopf!*

Sag ruhig, daß du geschlafen hast, riet ihr mein Vater. Weils nachmittags war, hatte wieder er das Pech mit der Sonne, sie schien in seine Seite vom Toyota Combi rein wie auf dem Hinweg am Vormittag, und Marcia und ich saßen in der schattigen Hälfte. Später kamen wir in einen Stau, aber Marcia war zuversichtlich, weil sie wieder einen Raststättenhinweis gelesen hatte.

Und dann wurde auf einmal ich schläfrig, die zwei vorne haben leise miteinander geredet, und ich wollte mitkriegen über was, es ging um die nächsten Termine für EEGs vom Kopf meiner Mutter und um CTs, genau wollte ichs eigentlich nicht mitkriegen. Über die Krankheit meiner Mutter weiß ich nicht alles. Nicht, weil meine Eltern mich raushalten und schonen wollten, sie selber wissen nicht genau Bescheid. Von den Erklärungen der verschiedenen Ärzte verstehen sie nicht genug. Ich hörte gerade, wie Marcia zu meinem Vater sagte: *Warum hast du nicht gefragt, was ist das bitte? Oder dir das Wort aufgeschrieben, du hättest es dann im Pschyrembel nachlesen können.* Dann dämmerte ich wieder weg. Manchmal scheints ganz gut auszusehen, manchmal etwas schlechter. Meine Eltern finden sich mit dieser Unklarheit ab, das ärgert mich, aber mehr aus Mitleid mit ihnen, denn besser Bescheid wissen will ich auch nicht.

Pah! Ich hab so ein Gefühl, als hätte ich meine Jacke liegenlassen! Ich bin ziemlich sicher. Marcia rief es und merkte zu spät, daß sie die Jacke in ihrer kleinen Umhängetasche nicht finden würde.

Halb so schlimm, sagte mein Vater, *bei Dolly geht sie nicht verloren. Bring mich nicht dazu, diese ganzen sonnigen Kilometer zurückzufahren.*

Es war aber meine Lieblingsjacke, klagte Marcia.

Lieblingsjacke! Ich verstand das sofort, mein Vater nicht, und Rita, mußte ich in dem Moment denken, Rita wüßte nicht mal, was das ist.

Und dann kam das mit dem Briefkastenhund. Diese letzte Raststätte unserer Tour war besonders schick mit richtigen Einkaufspassagen und einem Andenkenshop, und da entdeckte Marcia den Briefkastenhund, blieb wie gebannt stehen. Es dauerte ein paar Sekunden, bis mein Vater realisierte, worum es ging, er war schon weitergegangen, und ich mußte ihn zurückholen.

Schaut euch den an! Ein Briefkasten in Hundeform. Den muß ich, glaub ich, unbedingt haben.

Die Hundeform hat nicht ganz gestimmt, der Briefkasten war wie die amerikanischen tonnenförmig, also hatte der Hund, ein braun-weißgefleckter mit Mopsgesicht, einen Tonnenkörper, unten eckig flach, drüber das Gewölbe. Komisch war er wirklich. Komisch wars auch, daß mir wieder die geradlinige Rita einfiel. Völlig ausgeschlossen, besonders wenn sie in ernster Mission unterwegs war, einen solchen Scherzartikel auch nur zu beachten.

Ich kauf euch auch einen. Ist er nicht wundervoll?

Marcia, wir haben einen Briefkasten, sagte mein Vater.

Aber er ist genau Dollys Geschmack. Ich weiß es.

Mein Vater fand den Briefkastenhund ziemlich scheußlich. Er kam Marcia auch mit Bedenken: Passanten würden Unsinn mit dem Ding machen und dergleichen. Mir war der Briefkastenhund auch zu spleenig, und er wäre mir total gleichgültig gewesen ohne Marcias Begeisterung. Aber diesen hier, den wollte ich sofort.

Als noch am Abend unserer Rückkehr Rita telephonierte und sich nach unserer Reise erkundigte, verbiestert klang sie, zu jedem Thema hat sie eine Spezialstimme, und ich sollte wohl merken, das hier jetzt war bitterernst, denn zufällig war ich dran, da sagte ich, und zwar mit *meiner* Spezialstimme für gute Stimmung: Alles prima, bestens. Wir hatten viel Spaß.

Ich vertrete die Ansicht, deine Tante Marcia sollte längst zu euch umgezogen sein, und auch bleiben, wenn deine Mutter erst zurück ist und Hilfe braucht, sagte Rita.

Ich haßte den Abgrund, der sich vor mir auftat. Ich nicht, sagte ich. Es war mein voller Ernst. Für immer Marcia, das wäre etwas zu unruhig. Kochen kann sie auch nicht. Von Zeit zu Zeit wärs gut mit ihr. Meinen Vater und mich und, wenn sie erst wieder zu Haus ist, meine Mutter würde Marcia gewaltig auflockern. Auch mit ihrer Art, traurig zu sein.

Übrigens hat Marcia keinen Briefkastenhund gekauft. Für uns keinen, für sich selber keinen. Das verstehe ich nicht ganz. Beim Weiterfahren habe ich sie gefragt, warum. Irgendwie wäre plötzlich bei ihr die Luft rausgewesen, so ähnlich. Aber es tat gut, ihn gesehen zu haben, sagte sie. Ich wollte ihn so dringend. Sich was wünschen, mir tut das gut. Oft muß ichs dann schon gar nicht mehr unbedingt haben.

Die Landschaft rollte an uns vorbei, die Berge im Osten wurden flacher und sie schienen es zu sein, die sich bewegten, nicht wir, sie fuhren in der Gegenrichtung auf uns zu, glitten hinter uns weg, und ich überlegte, ob

Marcia meinte, der Hundekasten wäre ihr sicherer als der gute Platz im Himmel, den Gottvater und Sohn uns einstweilen organisieren sollten, und ich hätte bestimmt, wenn es mir auch wegen meinem Vater nicht ganz leichtgefallen wäre, mit Marcia darüber Witze gemacht, aber wir waren schon zu nah am Ende der Reise, wir alle veränderten uns, und Nachhauskommen finde ich immer kompliziert.

Es war Rush hour, und im Tunnel vorm Abzweig City-Ring blieben wir im Stau stecken. Genau da fing Marcia mit dem Absingen von Weihnachtsliedern an. *Es ist noch nicht so weit*, sagte mein Vater, er trommelte aufs Lenkrad. Weihnachten im Sommer, sang sie auf die Melodie von »Ihr Kinderlein kommet«, brach ab, erklärte, immer in Tunnels, aber nur im Sommer, hätte sie Weihnachten gern, und ging zu »Herbei, oh ihr Gläubigen« über. Texte konnte sie immer nur zwei Zeilen lang, aber das war mir egal. Weil in diesem Augenblick etwas Bewegung in den Stau kam, mein Vater anfuhr und uns langsam ein Stück voranschob (wir waren jetzt in der Kurve, das Tageslicht schimmerte am Tunnelende), konnte ich Marcia nicht mehr verstehen, was mir auch wieder egal war. Mir genügte das bißchen Gesang. Und als ich ans Nachhauskommen dachte, sagte ich mir: Ist schon okay. Beim Bahnübergang hinter dem Westbahnhof senkten sich unter Gebimmel die beiden weiß-rotbemalten Schranken, wir mußten warten, vier Autos vor uns, und Marcia war bei »... der heut schleust auf sein Himmelreich ...« angekommen, und mir ging auf, wie viel wir ihr wirklich zu verdanken haben. Wird schwierig sein, ihn zu beschaffen, aber du kriegst deinen Briefkastenhund: Verraten habe ich das Marcia natürlich nicht. Und ob ich damit bis Weihnachten warten kann? Wir werden sehen.

Martha und Ottilie

Aber wenn es draußen feucht wäre, würdest du über die Schnecken schimpfen. Die gute liebe Ottilie klang sanft selbst beim Vorwurf und hatte recht. Dir paßt doch immer was nicht, fügte sie hinzu, diesmal mit einer Betrübnis, die Martha mitten in ihrem Zorn sogar leicht erschreckte. Wahrscheinlich war sie für ihre geduldige Schwester eine Plage und, was schlimmer wäre, ein Anlaß für Kummer. Aber konnte sie oder irgend jemand auf der Welt Ottilies prinzipielle, zufriedene Genügsamkeit überhaupt erschüttern?

Die Schnecken, allerdings, donnerte Martha los. Keine Ahnung, so wahnsinnig wie die sich im Mai vermehrt haben, wo sie sich vor dieser fürchterlichen Sonne jetzt hinverkrochen haben.

Im regnerischen Mai konnte man kaum vor die Haustür gehen, ohne auf eine Schnecke zu treten. Gräßlicher: auf eine ineinandergerollte Ansammlung von Schnecken. Zusammengekuschelt, geringelt wie ein gut gelungener Hundehaufen, ein schöner glatter Erfolg aus glitschiger Materie in hellem Rostrot, vertieften die Schnecken sich regungslos in ihren Fortpflanzungsakt; Stille und Melancholie ging von ihnen aus, aber wenn Martha auch nur Spuren von der Faszination dieser Aura (obwohl sie sich gleichzeitig ekelte) zu empfinden anfing, kehrte sie lieber schleunigst zu ihrem Ärger zurück. Die Stufen runter zum Briefkasten und den Zeitungsröhren sind so gut wie unbegehbar, schimpfte sie, wenn sie mit der Post ins

Haus zurückkam. Diese Schnecken benehmen sich schamlos. Doch dann bot Ottilie, ihre mit der Schöpfung im Einvernehmen lebende zwei Jahre jüngere Schwester, bloß gutmütig an, an Marthas Stelle morgens für die Zeitungen und die Post zu sorgen. Für sie waren das alles, die kohabitierenden Schnecken, wenns feucht war, die Dürre bei sonnigem Wetter, Wunder der Natur oder der Wille der Natur, und demnach dazu da, dem Menschen Freude zu bereiten. Und jetzt war nun mal Hochsommer, und Ottilie dämpfte Marthas Katastrophenstimmung überhaupt nicht, wenn sie sagte: Hitzewellen hats schon immer gegeben. Wochenlang keinen Regen, das gehört dazu. Geduldig ging sie alle paar Stunden in den glühenden Garten, um den Sprinkler an den nächsten vertrockneten Platz zu bugsieren, damit er auch dort seinen Feuchtigkeitsfächer schwenken konnte. Martha sah ihr oft vom Fenster aus dabei zu. Ottilie mühte sich mit dem roten Gartenschlauch ab, sie zerrte ihn hinter sich her, plazierte den Sprinkler. Den Schlauch sah man dann nur noch da und dort aus dem Unkraut hervorschimmern. Es war alles so furchtbar vergeblich. Der Garten ist unser Gegner, dachte Martha, Ottilie tat ihr leid. Sie bot längst diesen heißen Sommermonaten keinen Widerpart mehr. Und sie fanden keinen Ersatz für den früheren Gärtner, der Ottilies Blumenbeete in Schuß gehalten und das Gras gemäht, die Gewächse geschnitten hatte und ihnen wegen seiner zerrütteten Wirbelsäule den Laufpaß geben mußte. Martha half nicht im Garten.

Auch heute wußte Martha nicht, was sie mehr erboste: Der heiße Tag, der bevorstand, oder Ottilies freundliche Demut. Seit Wochen brannte jeden Tag eine die verwelkende Gegend häßlicher machende Sonne bis in die letzten Winkel der großen, eigentlich schönen und blauweiß an den Wänden und am Boden rot gekachelten Küche; Ottilie ließ den Rolladen hoch, Martha ließ ihn runter, ein dauerndes Auf und Ab. Martha erduldete die Hitzetage gereizt, sie war zu klug für Ottilies viele kleine Freuden. Dem Ausblick vom Küchenfenster über die braunen Erdflecken zwischen den versengten Unkräutern hätte sie am liebsten zugerufen: Bekannt! Bekannt! Ich habe euch und alles andere längst zur Kenntnis genommen!

Als später am Frühstückstisch Ottilie sanftmütig die Himbeermarmelade mit dem kanadischen Honig verglich (was schmeckte köstlicher, wo doch beides so köstlich schmeckte?) und fragte, ob Martha denn vorm Einschlafen auch für sie mitbetete, so wie sie selber es für ihre Schwester tat, da war bei Martha das Maß der Erbitterung voll. Sie beabsichtigte nicht, über Ottilie gerührt zu sein. Ottilie ist albern, prägte sie sich ein, so viel Naivität grenzt an Verrücktheit, sie wird noch eines Tages überschnappen. Martha packte die Angst davor, sie werde diejenige sein, die überschnappte.

Ottilie wiederholte ihre Frage, die Himbeermarmelade, Honig und Abendgebet zusammenmischte, und Martha fauchte die zimtfarbenen welken Blütenbüschel des Holunderbuschs an, um Ottilie nicht ins Gesicht zu sehen: Ja ja, der Honig schmeckt wundervoll nach Vanille, es muß der aus Kanada sein und kein anderer, ja ja, die Himbeeren schmecken köstlich nach Himbeeren, wie soll man Vanille mit Himbeeren vergleichen, hm? Und Beten, das ist was Diskretes. Ich finde nicht, daß man drüber sprechen sollte.

War Ottilie verletzt? Aber nein! Ihr liebes rundliches Gesicht lächelte unter der graubraunmelierten Wuschelfrisur, die wie die von Martha an einen benutzten Staubwedel erinnerte; und wenn sie ihre Haare wuschen, wurde es auch nicht viel besser, nur sauber, weiter nichts, sie schienen ausgediente Perücken über die Köpfe gestülpt zu haben.

Wir müssen zum Friseur, sagte Ottilie in diesem Moment, und: Ganz schön merkwürdig, dachte Martha, wir sind uns doch verdammt unähnlich, unähnlicher gehts ja kaum, und dann denken wir doch plötzlich wie aus einem einzigen Kopf. Kriegen irgendeinen banalen Einfall in einundderselben Minute. Fast unheimlich, fand Martha, und sie überlegte, ob sie vielleicht wie Ottilie geworden wäre, wenn sie nicht von Kind an dringend eine andere hätte sein wollen. Jemand Aufsässiges. Der sich wehrte, manchmal war gar kein Gegner greifbar, und sie boxte ins Leere. Vielleicht bin ich zu meinem Nachteil *Martha*, schloß sie ihren Gedanken ab.

Beim Abräumen des Frühstückstischs klagte Ottilie wie jeden Morgen: Zu schade, daß du diese wundervollen Sachen nicht genießen kannst. Den kanadischen Honig, die Himbeermarmelade, und jetzt noch auf echte Muffins, ich weiß nicht, wie lang die amerikanischen Wochen im Supermarkt noch gehen …

Mach dir nichts draus, knurrte Martha. Sie war ziemlich hungrig, aber viel zu schlecht gelaunt, um zu essen.

Manchmal glaub ich, du *willst* es nicht mitgenießen. Ottilie klang noch betrübt, zugleich aber auch ein bißchen spitz.

Martha ließ das Abwaschwasser laut, vollaufgedreht, in die Plastikschüssel pladdern (sie lebten wirklich furchtbar primitiv in diesem alten Haus, aus Treue zu den Eltern bei Ottilie und bei Martha aus Abneigung gegen Handwerker, die schon um sieben Uhr morgens klingelten, hatten sie alles so altmodisch gelassen, wie es war und außerdem, Ottilie erwähnte es oft und immer schwärmerisch, erinnerte es ja an ihre Kindheit.)

Ottilie sprach dann meistens noch ein bißchen länger über ihre Gefühle unter dem Titel *Dankbare Wehmut*. Martha hatte eine Antwort für Ottilie parat, und es würde keine freundliche Antwort sein, deshalb machte sie wenigstens ein bißchen mehr Lärm mit Wasser und Geschirr, und Ottilie bekäme trotzdem immerhin mit, die Ansprüche ihrer Schwester ans Genießen seien um Beträchtliches höher. Gleichzeitig dachte sie: Was für ein Schwachsinn. Wie vergeblich. Wir bringen die immer gleichen Gegensätze unseres Wesens aufs Tapet und daraus ergeben sich die immer gleichen Dialoge, wir wüßten seit Jahrzehnten alles voneinander, selbst wenn wir diese ganzen Jahrzehnte hindurch kein Wort mehr miteinander geredet hätten. Aber Ottilie sah das nicht so und griff in diesem Dauerbrenner ihres Zweipersonenstücks, in diesem Evergreen, der niemals vom Spielplan verschwand, pünktlich ihr Stichwort auf, es erfolgten die gutgemeinten Ermahnungen zur Freude ausgerechnet am Kleinen, Unscheinbaren ... und während Martha sich fragte, warum sie überhaupt antworte (*ja ja, die wundervolle Himbeermarmelade und der herrliche Honig und die Sonne scheint nun mal, weil wir Hochsommer haben* usw.), kam ihr ein schwerwiegender Verdacht. Gewiß, Ottilie *war* töricht, sie *stellte* geringe Ansprüche – aber fing es nicht mit den Ansprüchen an, die bei Ottilie bescheiden und bei ihr selber zu hoch waren (wenn ich sie mir auch längst als etwas, das erfüllbar wäre, abgeschminkt habe, aber sie rumoren noch in mir, idiotisch), ja fings nicht mit diesen gegensätzlichen Ausmaßen der Ansprüche an, daß Ottilie sich eigentlich als die Schlauere erwies? Obwohl sie ein wenig einfältig war – oder vielleicht nur wirkte? Hatte ihre Schwester ihrer beider Leben und was von dem noch bliebe und darin zu erwarten wäre durchschaut? Martha durchschaute es auch, blieb aber bockig und erbost. Und das war bestimmt nicht schlau. Es war eine einzige Überanstrengung für nichts und wider nichts. Und nach dieser Erkenntnis ärgerte Martha sich erst recht. Schon gar nicht hätte jetzt Ottilie sich aufreizend liebevoll nach ihrer Allergie erkundigen dürfen (Martha knurrte: Alles beim Alten) und erst recht nicht auf diesen für den Nachmittag bevorstehenden Besuch hinweisen sollen, auch noch mit dem Zusatz: Heinz und Tucki werden dir guttun.

Mir guttun? Martha war entsetzt und so hörte sie sich auch an. Mir tun sie ja auch gut: Ottilie machte ausnahmsweise einen erschrockenen Eindruck. Gar nicht ihre Art sonst. Sie kannte doch die chronisch abweisenden Reaktionen ihrer Schwester.

Ich glaubs gern, daß sie *dir* guttun, wenn ich auch keinen blassen Dunst davon habe, wie du das hinkriegst. (Aber was tut dir eigentlich nicht gut? Diese Frage unterdrückte Martha immerhin und sie lobte sich für ein paar Restbestände an Takt und Selbstbeherrschung.)

Ich habs einfach gern, wenn ab und zu noch mal Besuch zu uns kommt.

Dieses *noch mal* bekümmerte Martha plötzlich. Sie haßte es, wenn Mitleid mit Ottilie aufkam, aber das trübsinnige *noch mal* verriet leider, daß sogar Ottilie am gemeinsamen Alltag einiges auszusetzen hatte.

Zum Glück klang Ottilie dann wieder besser: Junge Leute bringen frischen Wind hier rein. Ich bin auch immer neugierig drauf, was Tucki Hübsches anhat und wie ihre Haare sind, und Heinz ist so erfolgreich mit seiner Praxis. Es hat sich wirklich ausgezahlt, daß ich ihn damals finanziell unterstützt habe.

Für ihn vielleicht, sagte Martha. Ottilie, halt den Besen nicht schon wieder falsch rum. Siehst du nicht, daß du den Staub nur aufwirbelst, siehst du das denn nicht?

Er wird mir alles auf Heller und Pfennig zurückzahlen, wenns erst richtig läuft. Und ich komm mit dem Besen nicht in diese Ecke, wenn ich ihn nicht so rum halte.

Man kehrt immer auf sich zu. Besenborsten ziemlich flach angeschrägt. Ob du Heinz genau genug kennst, ist noch sehr die Frage.

Ottilie bezeichnete die Familienmitgliedschaft von Tuckis Mann als *angeheirateter Neffe*. Und Martha sagte dann immer, das gibts nicht, er ist der Mann deiner Nichte, und meiner Nichte, und wir beide kennen unsere Nichte nicht wirklich und ihren Mann schon gar nicht.

Martha war von zwei Eigenschaften gleichermaßen überzeugt: von Ottilies Eitelkeit, daß sie gegenüber Komplimenten anfällig war (schließlich war das beinah jeder Mensch) und von der Gerissenheit des sogenannten angeheirateten Neffen. Beide Eigenschaften paßten ineinander wie Haken und Öse. Der Haken konnte Ottilies dreiundsiebzig Jahre *einfach nicht fassen (ich glaubs nicht, Tantchen)* und versprach ärztliche Dienstleistungen honorarfrei (*ich nehme nur, was die Krankenkasse nicht übernimmt*), und die Öse lief auf die Bank, drehte den Geldhahn auf, und der spendete nicht zu knapp (die Schwestern hatten außer dem alten Haus von den Eltern auch ein paar Aktien geerbt, und vor zwei Jahren konnten sie die Liegenschaft eines Onkels (begehrte Wohnlage) günstig verkaufen. Miete und Inventar der Praxis waren gesichert. Als analytischer Psychologe und Psychotherapeut, der neuerdings auch mit Naturheilspuk und irgendwelchen dynamischen Gruppentherapien seine Klientel bearbeitete, brauchte Heinz nicht all die teuren Geräte, wie sie beispielsweise in der Praxis eines Internistendebütanten meistens jahrelang abverdient werden mußten.

Martha hielt ihre Nichte Tucki für übergeschnappt. Sie war eigentlich ein eher schläfriger Mensch, so war es etwa furchtbar anstrengend, zusammen mit ihr eine Mahlzeit einzunehmen, weil sie so ermüdend langsam aß, immer wieder ihr Besteck ablegte, die Ellbogen aufstützte und in die Runde am Tisch blickte, um dann zu reden, reden, reden, und man mußte warten, warten, warten, bis Tucki sich endlich entschloß, ihren Teller wieder ins Auge zu fassen und die nächsten paar Bissen zu nehmen – aber das machte die Übergeschnapptheit nicht aus, die äußerte sich in den wechselnden Objekten ihrer Wißbegierde, denen sie mit ihrem wie beim Essen langsamen, aber zielstrebigen Bemühungen zusetzte, zur Zeit wars der Islam, und zwar der *wahre*, mit dem man sich *dringend auseinandersetzen* mußte: Es ist nicht auszuhalten, wie man in Europa und bestimmt auch in den USA den Islam verteufelt, und das, ohne jede genaue Kenntnis des *wahren* Islam, keiner von all den Kritikern hat sich je wirklich mit dem Koran beschäftigt ...: So Tuckis Herunterleiern ihrer Landung auf einer Religion nach dem Absprung von irgendeiner Ideologie à la Keyserling oder Swedenborg.

Geradezu aufsehenerregend klug fand Martha ihre kleine Schwester, die doch jedem seine Freuden ließ, als sie bei Tuckis letzter Predigt gefragt hatte: Aber meine Liebe, warum nur bist du immer auf der Suche? Wir hier, wir sind doch Christen, wir haben doch bereits alles, was wir brauchen, oder nicht, Gott und Jesus Christus, und die Katholiken haben noch die Madonna und ihre Heiligen und wir noch den Heiligen Geist, der ist schwer zu verstehen, ich gebs zu, habe auch meine Probleme damit, aber das macht mir überhaupt nichts aus, und du mit deiner Intelligenz könntest dich ja mit all dem gründlich beschäftigen, ich meine, es ist unsere Tradition. Jedem das Seine, oder? Oder nicht?

Natürlich: nicht. Nicht für Tucki. Zu diesem Zeitpunkt – sie leierte was runter, Intoleranz ausgerechnet der Christen, Faszination des Orient auf ihre kleine germanische Hirnhälfte, die linke, da wo sie ihre Seele vermutete – da spätestens sprang Heinz ihr bei und berichtete eifrig, wie nützlich ihm Tuckis jeweilige Erforschungen speziell der östlichen und fernöstlichen Kulturen und ihrer Rituale in der Praxis schon oft gewesen seien, und ganz erstaunlich viele seiner Patienten sprängen auf den Islam an wie hochfrisierte Motoren von Rennwagen aufs Umdrehen des Zündschlüssels.

Martha hielt Heinz (aus der Not seiner Kleinwüchsigkeit geboren: er war mehr als einen Kopf kleiner als Martha – trotz Altersschrumpfung, sie trug den Kopf hoch! und trotz leichtem Geigerbuckel) für einen kleinen Geck, der sich, um seine Körpermaße auszugleichen, verbal großtun mußte. Er behandelte sie, die ihm nicht wie Ottilie Geld gegeben hatte (in seiner Sprache hieß das *Vorfinanzierung* und *Kredit* beinah ebenso nett wie Tuckis spendable Tante, wenn Martha ehrlich war: genau so nett, man merkte keinen Unterschied, aber sie traute ihm nicht über den Weg.

Denk dran, ihn mal an deinen Kredit zu erinnern. An den *zinslosen*. Du schwärmst mir selbst dauernd vor, wie toll seine Praxis floriert, kein Wunder, bei all dem Mummenschanz. Die Leute fliegen heutzutage auf so was.

Aber Martha wußte, niemals würde Ottilie es über sich bringen, von sich aus den Geldtransfer anzumahnen. Das müßte wohl eines Tages sie übernehmen, und den Tag sah sie kommen, aber nur, wenn Heinz nicht mit Tucki bei ihnen war, dann wars wieder nicht der Tag. Zu schade, aber wir werden wohl nicht im Freien sitzen können, sagte Ottilie.

Viel schlimmer, daß wir uns irgendwas anziehen müssen. Eigentlich wollte Martha weg von ihrem Schimpfton, aber sie packte und packte es nicht. Draußen verbrannte die Sonne den Garten, doch warum rottete sie dann nicht wenigstens das Unkraut aus? Es gedieh prächtig über Ottilies Kulturpflanzen, vom niedrigen Immergrün sah man überhaupt nichts mehr.

Ich dachte, wir ziehen unsere Zwillingskleider an, sie sind leicht wie Federn, und es ist nett, du bist die Blaue, ich bin die in Rosa, sagte Ottilie. Sie wischte im Wohnzimmer Staub, und ihr verschwitztes Gesicht glänzte, die Oberarme und die Schultern und alles, was man von ihrer Haut bis zum Ansatz des kurzen nußcremefarbenen Unterrocks sah: Die ganze kleine Ottilie schimmerte. Im Schweiße ihres Angesichts, mußte Martha denken, und wieder wollte sie nicht gerührt und traurig werden, aber Ottilies runde weißhäutige Beinchen mit den bläulichen, an Flußläufe erinnernden Adern und dem dicken Krampfaderknubbel rechts in der Wade und der sich anbahnenden Krampfader in der linken Kniekehle, die wie ein Gesicht aussah, die machten sie nun einmal traurig. Deshalb verwarf sie die Idee von den Zwillingskleidern höhnisch: Sollen wir den beiden die zwei putzigen schrulligen alten Schwesterchen vorspielen? Da mach ich nicht mit.

Was willst *du* anziehen?

Ich zieh das Gefängniskleid an.

Oh, das ist vielleicht die noch bessere Idee. Ich werd das auch tun. *Mein* Gefängniskleid anziehen.

Gefängniskleider: So nannten sie ihre ärmellosen, weiten, am Körper locker runterhängenden Gewänder, die Martha an einem Tag mit guter Stimmung in einem Kaufhaus entdeckt und für sie beide gekauft hatte. Für Ottilie ein Braunes, Größe 42, für sich das gleiche in Grau, Größe 40: Sie war etwas dünner und außerdem größer als Ottilie, bei der sogar Größe 42 leicht an den Hüften hängenblieb.

Dann hätten wir wieder diesen Zwillingseindruck. Zieh du das rosa Kleid an, ich das Gefängniskleid. Oder meinetwegen andersrum. Martha hatte ihre Anweisung verhältnismäßig neutral rausgebracht. Dann aber stöhnte sie schwer, als nämlich Ottilie sie bat, noch ein paar Sachen im Supermarkt zu besorgen. Nur Martha konnte den alten R16 fahren. Dem R16 blieben sie treu, obwohl er längst nicht mehr hergestellt wurde und jede kleinste Reparatur zum Problem wurde. Zum Glück war er nicht mehr sehr anfällig. Wie ein sehr alter Mensch, der den kritischen Zeitpunkt überlebt hat, von dem aus schwerwiegende Krankheiten nicht mehr zu erwarten sind. Ein paar Macken und Wehwehchen, doch wie diese sehr alten Menschen schien auch der R16 die Hürde zur Unsterblichkeit genommen zu haben.

Die Mutter der beiden Schwestern hatte noch mit siebenundneunzig Jahren mit gesundem Herzen, aber so gut wie taub und kaum mehr erkennend als das farbige Hin- und Hergehusche auf dem Bildschirm ihres Fernsehapparats in ihrer eigenen Wohnung im Rollstuhl gesessen, und bis heute – sie redeten nicht darüber, wußten es trotzdem voneinander – glaubten sie der Pflegeperson, die zur Morgenschicht kam, kein Wort, als sie am Telephon, vor anderthalb Jahren, erklärt hatte: Ihre Mutter ist sanft und friedlich eingeschlafen.

Ottilie war dran gewesen und hatte gesagt: Dann lassen Sie sie weiterschlafen, sicher war die Nacht nicht besonders.

Allerdings lasse ich sie weiterschlafen. Ottilie hörte das kurze spöttische Lachen der Pflegeperson bis heute immer mal wieder, und das vertraute sie Martha gelegentlich an. Es klang sehr häßlich. Die Pflegeperson hatte gesagt: Die weckt nichts mehr auf. Das würde nicht mal ein Erdbeben schaffen. Erst dann besann sie sich auf ihre Berufspflicht, und die angelernte Pietät drang durch: Sie ist für immer von uns gegangen.

Manchmal, kurz nach diesem Tod, hatte Martha einen Verdacht gegen die Nachtschwester oder gegen die Morgenfrau geäußert. Alles in allem können wir für unsere Mutter froh sein, das war ja kein Leben mehr … Martha fühlte den leichten Betrug, der sich in der Bekundung vom Frohsein für die Greisin versteckte. Hauptsächlich war *Martha* froh, das endlose Leben, dieses Übernuppen der Sterblichkeit, hatte sie oft gegen ihre Mutter geradezu erzürnt, bei aller Liebe, aber wars nicht auch ein bißchen frivol? Und so überaus hartnäckig?

Ach, es war doch noch Leben, sie aß so gern Zitronenröllchen und den krümeligen Schokoladenkuchen und sie hat so gern ferngesehen, widersprach Ottilie. Ich finde immer noch, wir hätten eine Autopsie veranlassen sollen. Ich kanns nicht glauben, daß sie eines natürlichen Todes gestorben ist.

Vorher wars unnatürlich, ihr Leben, vorher. Der Tod war natürlich, belehrte sie Martha. Aber auch sie mißtraute der ganzen Angelegenheit. Und ähnlich erginge es ihr, wenn der gute alte R16 eines Tages durch nichts mehr dazu zu bewegen wäre, daß er, nach all den oft mit ihm veranstalteten Manipulationen, anspränge. Gute alte

Familienkutsche. Man sank tief in die ausgesessenen Polster. Der R16 war so gemütlich wie ein Wohnzimmer, das man ein halbes Leben lang benutzt und abgewetzt und zur Heimat runtergewirtschaftet hat.

Zum Supermarkt? Ja muß das denn sein? Weißt du, wie viel Grad Hitze wir haben?

Ich glaub, annähernd 30.

Ha ha, annähernd 30! Es sind *Ein*unddreißig!

Aber der R16 wird in der Garage ungefähr 26 haben. Und ich brauchte noch so einiges.

Diesmal sprach wirklich barmherzige Schwesterliebe aus Martha: Ich sehs nicht ein, warum du dich für die beiden immer mit dem Essen verrückt machst. Heinz tut so, als fände er alles, was bei uns auf den Tisch kommt, irgendwie drollig und läßt durchblicken, daß er in seinem Lion's Club elegantere Sachen verdrückt.

Er ist ein Rotarier. Ottilie sprach das mit so viel hoheitsvoller Würde aus, als gehöre sie selber zu dieser Crème de la Crème, und sie fügte wie jedesmal hinzu, es seien ausschließlich die Rotarier, die ausschließlich die Besten ihres Fachs in ihren ehrfurchteinflößenden Zirkel aufnähmen. Darauf Martha, auch wie jedesmal: Es ist eine Mafia, Freunde wählen ihre Freunde, und es sind Klosettverkäufer drin und den Chef vom Kairos-Verlag kennt man jenseits unserer Stadtgrenzen so wenig wie deinen *angeheirateten Neffen* eines Tages der Nobelpreis dekorieren wird.

Und dann mußte Ottilie wenigstens beim Kloverkäufer widersprechen, Theo Wilms war immerhin der Verkaufschef seiner Firma und besaß Anteile.

Na schön, aber Tucki pickt an den Sachen rum, sie merkt es gar nicht, was sie da im Schneckentempo in den Mund schiebt, wenn er ausnahmsweise mal zum Aufnehmen einer Ladung auf ihrer Gabel offensteht. Sie will reden, schwatzen will sie und nochmal schwatzen. Martha sagte, sie sei sicher, sie hätten genug fürs Abendessen im Haus, und außerdem gäb es ja bereits zum Tee Biskuits und sie würde sogar ihr bestes geliebtes schottisches Butter shortbread opfern oder die Ingwerplätzchen. Und du weißt, das ist ein Opfer.

Aber dann blickte Ottilie so enttäuscht, weil sie ihre Menü-Idee entschwinden sah. Sie sagte: Ich glaube doch erstens, daß es ihnen bei uns schmeckt, und zweitens, wir haben keine Kinder.

Was mich mit am meisten erleichtert, und es gibt nicht viel, was mich erleichtert, sagte Martha. Bin ich froh, daß ich immer zu sehr mit meiner Geige liiert war, um an so was wie Kinderkriegen überhaupt nur einen Gedanken zu verschwenden.

Ich hätte gern welche gehabt, sagte Ottilie. Und Tucki ist ein bißchen eine Entschädigung. Ich sag nicht: Ersatz. Und Heinz ist es auch. Er hat mir mit diesen Übungen sehr geholfen, ich habe seitdem so gut wie nie mehr Kopfweh. Und du mußt ihm heute endlich das mit deiner Allergie sagen, überwinde dich doch und probiers wenigstens mal, und daß du immer so nervös bist.

Du kennst mich, ich kann an diesen Hokuspokus nicht glauben.

Weil du dich weigerst, Du *willst* es nicht. Und deshalb kannst du es nicht.

Erraten. Ich wills nicht.

Aber man kann, was man will.

Es hat nur ein Wort gefehlt, das Wörtchen *alles*, daß man alles kann, was man will, und du hättest Adolf Hitler zitiert. Laß das bitte, Ottilie, *etwas* Wissen schadet keinem. Ohne etwas Wissen wirds manchmal ganz schön peinlich.

Aber schließlich hatte Martha nachgegeben, weil ihr Gott eingefallen war, nicht viel mehr als das Wort, doch dazu hatte sie am Ende eines Gottesdienstes nach dem letzten Lied ihren Vater gesehen, so kurz wie die Miniaturrückblende in einem Film, wenn die Hauptperson sich an ein einschneidendes Ereignis erinnert und es noch nicht in die allgemeine Konfusion einordnen kann; ihr Vater breitete beide Arme aus, die schwarzen Talarärmel hingen festlich herab, eine wunderschöne Vogelscheuche da oben am Altar, dieses Ausbreiten der Arme hatte sie an ihrem Vater wie eine Mutprobe die er bestand bewundert, und sie liebte bis heute den Augenblick und die merkwürdig sperrige Ausdrucksweise des Segens, mit dem er die Gemeinde zu ihrem Sonntagsbraten entließ. »... lasse sein Angesicht leuchten über euch ... erhebe sein Angesicht auf euch ...« Das »über« nach dem Leuchtenlassen war korrekt, aber »erheben *auf*«? Und doch war es so reizvoll. Und zuerst kam die Bitte, der Herr möge *gnädig* sein, dann, als Steigerung, die Bitte, er möge *Frieden* geben. *Gnädig* war wichtig, gewiß, aber man sah Wartende vor sich, geduckt, dankbar fürs Gnädigsein. Doch Frieden! Wer Frieden hat, empfängt nicht etwas mit eingezogenem Genick, so etwas wie eine Quäkerspeisung, wer den Frieden bekommt, der streckt sich zum Endgültigen hinauf.

Ottilie plante ein einfaches Essen, so nannte sie die Speiseabfolge, die für Martha den widerlichsten Streß bedeutet hätte. Zuerst Tomatenscheiben mit Mozzarella und Basilikum, referierte Ottilie, während Martha in ihr graues Gefängniskleid stieg, beim Zuknöpfen die Autoschlüssel suchte, einen Bürstenstrich über die staubwedelartige Frisur raufte und die nackten mageren Füße in offene Slipper schob, und dann doch wieder gezwungen war zu murren: Diese Vorspeise essen die zwei-, dreimal pro Woche in ihrem italienischen Restaurant. Und den Mozarella krieg ich außerdem nicht beim MINUS.

Den hab ich ja auch da, und außerdem hast du mich nicht ausreden lassen. Es gibt dazu noch diese kleinen italienischen Käse, die in Öl eingelegt werden, Tucki fand sie schon mal so göttlich, und die hat der MINUS, und zwar stehen sie neben den kleinen Gläsern mit dem auch in so einem Gewürzöl eingelegten Knoblauch. Von dem hab ich noch.

Und sonst? Sonst noch irgendwelche Göttlichkeiten?

Ottilie kicherte und sie zwinkerte ihrer strengen, aber jetzt eigentlich doch umgänglichen Schwester zu, sie flüsterte, als könnten Heinz und Tucki sie bereits belauschen: Ich greif mal vor, zum Dessert, weil du schon vom Göttlichen sprichst. Ich mache eine Götterspeise.

Nicht übel, sagte Martha so trocken wie es ging. Und nichts ging so leicht über Götterspeise nach Art der Ottilie. Wenn sie Götterspeise machte, war es ausgemachte Sache, daß sie eine nicht zu kleine Portion von der offiziellen Portion, die auf den Tisch kam, für Martha abzweigte. Und eventuell, wenn Martha gnädig gestimmt war, bekam Ottilie etwas davon ab.

Ottilie referierte ihre Speisefolge weiter: Nach der Vorspeise Baked potatoes, du weißt schon, diese Kartoffeln in Alufolie, die werden nur in den Backofen gelegt und circa fünfundvierzig Minuten oder eine Stunde lang gegart, und ich serviere sie ja sogar in der Folie ...

Immer ein fürchterliches Gefummel, und die Hälfte bleibt an der Folie kleben, dachte Martha, die nicht umhin konnte, ihre mutige fleißige kleine Schwester zu bewundern. Und zu beneiden. Ottilie stand mit dem

Leben auf vertrautem Fuß. War sozusagen seine Duz-Freundin. Ich lebe seit wer-weiß-wann eigentlich gar nicht mehr, empfand Martha, und beruhigte sich beim Gedanken an den R16 und daß nur sie von ihnen beiden imstande war, ihn zu fahren. Einen gewissen Anteil am Leben hatte sie also schon noch.

... und diese Baked potatoes kann man ja verpackt, fix und fertig so kaufen ... Auch die Sauerrahmsauce, die dazu gehört. Und dann noch Schweinsfiletplätzli ...

Warum ist bei dir neuerdings alles schweizerisch oder englisch? Hast du das ganze Zeug im Haus?

Ja, ich habs eingefroren, es ist von den Schweizer Wochen. Und außerdem hab ich noch von der Tomatensauce, die mir gestern nicht auf den Boden fiel, das heißt, ich hab einiges gerettet, der Boden war relativ sauber.

An das Tomatensaucenmalheur erinnerte sich Martha ungern. Der gestrige Vormittag: Ein Mißgeschick jagte das andere, eine einzige Pechsträhne – aber *Mißgeschick* und *Pech*, das traf es nicht, war viel zu hoch in irgendwelche obwaltenden Mächte gegriffen. Es handelte sich um schäbige Verhunzungen des Alltags, die von den Patzern fremder Menschen angerichtet wurden. Nur die Gluthitze mit der Dürre war unmenschlich. Was Martha auf die Palme gebracht und dadurch Ottilie schließlich nervös und zittrig, so daß ihr die Sache mit der Tomatensaucenschüssel passierte, die ihr – und sie konnte nicht rekonstruieren, wodurch genau, klatsch! – vollgefüllt auf den Küchenboden kippte, begann am frühen Morgen mit der ersten außenweltbezogenen Handlung: Mal wieder zweimal die regionale Zeitung und die überregionale fehlte in der Röhre. Martha haßte die ewige Anruferei beim Vertrieb der regionalen Zeitung, durch die sie auch die überregionale bezogen. *Bitte warten*, *bitte warten*, äffte sie die Tonbandstimme so laut und eklig nach, daß Ottilies rundes Gesicht ängstlich zusammenschnurrte und sie wie eine kleine erschrockene Katze aussah, wie sie an ihrer grimmigen Schwester vorbei die köstliche Himbeermarmelade und den wundervollen kanadischen Honig und was nicht noch alles aus der Küche ins Eßeck trug. Laute Seufzer Marthas, während sie den Hörer hielt, aus dem jetzt Mozarts »Kleine Nachtmusik« piepte, immer wieder dieselben paar Takte, und dann schnauzte sie einen Mann an, der Stimme nach jung, höflich war er auch, und meldete den Schaden knapp, fügte aber hinzu: Ich bins leid, alle paar Tage reklamieren zu müssen und Ortsgespräche zu führen. Es ist doch nicht alle paar Tage, hätte daraufhin Ottilie nicht beschwichtigend tuscheln dürfen. Gestern morgen hatte Martha sich nicht mal hingesetzt, um wenigstens Kaffee mit ihr zu trinken, wenn sie schon keinen Bissen runterbrachte (*nur Tiere können eben noch schlafen und gleich drauf fressen!*). Jemand mußte auf die Bank, und natürlich wäre Martha das, weil *sie* wenigstens den glühenden Fußweg mit Hilfe des R16 vermeiden konnte, und so hatte sie weiter vor sich hingeschimpft.

Vielleicht wäre sie halbwegs gefaßt nach Haus zurückgekommen, wenn nicht in der Bank auch noch der Computer versagt hätte. Er spuckte nur einen Schein mit der Aufschrift *Leer* aus, und dann, nach zu langer Wartezeit an einem der drei Schalter, verwechselte auch noch eine Anfängerin (*scheint Ihr erster Tag hier zu sein*) ihre Konto-Nummer, gab falsche Auszüge raus, suchte wieder, alles mit der Langsamkeit eines narkotisierten Faultiers. Und durch so viel Zornesstau, der sich in der Küche bei Ottilie entlud, war es zum Unfall mit der Tomatensauce gekommen. Keine x-beliebige Tomatensauce verspritzte da bis in die hintersten Winkel des gekachelten Bodens! Ottilie hatte sich mit einem neuen italienischen Rezept Mühe gegeben, und die zerbrochene blauweiße Schüssel liebte sie (Martha ebenfalls), sie stammte noch aus ihrer beider Kindheit, und ihr Vater hatte sie (wie in einem anderen Zeitalter, einer Ära ohne Hader und Verunstaltungen) einmal auf einer Sommerferieninsel in Holland gekauft.

Ottilie bedankte sich für Marthas Besorgungen, was Martha vom altmodischen Badezimmer aus als kleine freundliche Zurufe hörte, während sie aus dem Gefängniskleid stieg und dann ihre Füße unter den kalten Wasserstrahl in die Badewanne mit den ockerfarbenen Rinnsalspuren stellte: Die Wasserhähne waren nicht dicht. Martha war in Sorge um ihre Gemütsverfassung. Ottilies unerschütterliche Gutartigkeit reizte sie zum Guten wie zum Bösen gleichermaßen. Nur zu gern würde sie sanft, auf der Stelle, sofort! Andererseits ärgerte es sie, daß Ottilie nicht ein einziges Mal auch, wenigstens in Ansätzen, aufsässig sein konnte. Am besten für sie beide, dachte Martha, wenn ich jetzt einfach ein paar Tonleitern auf der Geige runterkratze.

Tucki sah wie eine Mohrrübe aus, in orangerotem und zu engem Kleid, Sommersprossen auf Armen, Beinen und rundem, dauernd wie vor Überraschung und ironischer Nachsicht lächelndem Gesicht, und die Mohrrübenaufmachung gipfelte in einer drolligen krausen runden Frisur von etwas knalligerem Orangerot. Eigentlich hätte auf eine richtige Gemüserübe ein grünes Büschel obendrauf gepaßt. Aber Tucki hatte sich für diesen Rotton entschieden. Eine der ersten Botschaften nach dem Begrüßungsküßchen (*Tagchen, Hallöchen, ihr zwei Süßen!* Bei diesen Standard-Starts in Worten offenbarte sich jedesmal eine Art von belustigtem Mitleid, *süße Altchen* hießen die beiden Schwestern auch manchmal, aber immer zärtlich und von Schmusereien und ein paar *hmmmm!* umrahmt und untermalt, das *hmmmm* wirkte auf Martha, als halte Tucki sie und ihre Schwester für eine Leckerei, beziehungsweise ihre Wangen, die Tucki mit kurzen Küßchen abstempelte) – also: Hauptbotschaft gleich zu Besuchsbeginn: Ich bin ganz schön im Streß. Das hörte sich, weil Tucki eine langsame singende Sprechweise bevorzugte, wie langsames Essen an: ihre Spezialität, überhaupt nicht alarmierend. Streß bei Tucki müßte etwas Langhingezogenes, Genüßliches sein. Es wird entweder ein Buch, oder eine Magisterarbeit, und daraus könnte sich mehr entwickeln. Tucki hielt viel von ihrem Verstand, hielt ihn für überlegen. Sie sagte, so komme sie bestens durch den Winter. Gut versorgt mit Arbeit.

Winter! Der ist aber noch ganz schön weit weg. Mich wundert, daß ihr uns nicht abgesagt habt. Müssen mittlerweile mindestens fünfunddreißig Grad im Schatten sein, sagte Martha.

Wir wollten euch nicht enttäuschen … Tucki strahlte ihr Tucki-Strahlen.

Was für ein Glück! rief Ottilie, die bei Marthas Sätzen Angst ausgestanden hatte. Und das mit dem Nichtabsagen war ziemlich nah an der Taktlosigkeit gewesen.

Wir hätten uns nicht anziehen müssen, sagte Martha.

Wir haben den Hochsommer im Prinzip gern, sagte Heinz.

Im Prinzip: mußte wohl sein, Wichtigtuerei schien den Kleinen ein paar Zentimeter größer zu machen.

Natürlich ging es bei Tuckis Buchprojekt um Religionslehren. Zuerst einmal vor allem um den Islam, aber um den *wahren*, richtig verstandenen.

Gibts da nicht bereits eine Menge drüber? erkundigte sich Martha scheinheilig, was ihre Schwester durchschaute. Ottilie schloß sich deshalb nahtlos an: Aber doch nichts aus Tuckis Sicht, oder?

Natürlich nicht, sagte Martha. Wie sollte es.

Der Buchmarkt ist gefräßig, orakelte Heinz und verstand sich vermutlich selber nicht. War das nun ein gutes oder ein schlechtes Zeichen für die Mohrrübe? Vorerst noch knapst sie sich gottlob Zeit ab, um mir in der Praxis zu helfen. Heinz packte bereits seinen dritten Biskuitkrapfen, wie den ersten und den zweiten zu fest, so daß die rötliche undefinierbare Marmeladeschicht aus dem Teig quoll, wie Blut aus einem Schnitt in den Finger.

Ich finds irre gemütlich bei euch Süßen, singsangte die Mohrrübe und schaute sich im weitgehend verdunkelten großen Wohnzimmer mit der Holztäfelung und den etwas düsteren hohen Bildern um, ihr wißt das, aber nehmts mir nicht krumm, eines Tages wird es euch ein Heidengeld kosten, wenn ihr nicht möglichst gestern noch mit dem Renovieren anfangt. Stimmts, Heinz?

Stimmt. Genau. Heinz stippte diesmal seinen Biskuitkrapfen in den Tee. Er beugte sich über die Tasse, um das aufgeweichte Gebilde in seinen Mund zu labbern. Kurz drauf, er wälzte das Zeug dabei durch seine Mundhöhle, erläuterte er, Tucki habe die Anregung von ihm.

Welche? Den Islam?

Das Renovieren.

Ich habs aber auch schon lang gefunden, ihr zwei Goldstücke, ihr lebt einfach zu düster. Nur dachte ich nicht an die wahre Ursache. Daß ihr neue helle Tapeten oder meinetwegen weißen Verputz braucht, und die Holztäfelung, von der dachten Heinz und ich, die sollte man unbedingt auch weiß anstreichen. Man hat das heute viel.

Es ist nur düster, weil Martha die Sonne nicht reinlassen will, ihr seht ja, die Läden sind beinah ganz unten, sagte Ottilie, und mit einem besorgten Blick auf ihre Schwester ergänzte sie: Ich bin ganz ihrer Meinung. Es wird furchtbar heiß in den Räumen, mit Sonne.

Ihr seid wahrscheinlich zu pietätvoll, um irgendwas zu verändern, die Mohrrübe verstand das. Dann jedoch mahnte sie: Aber vergammeln lassen dürft ihr es trotzdem nicht.

Sie wollen hier rein, merkst du was, Otti? Martha lachte bissig.

Aber die beiden jungen Leute lachten ganz vergnügt mit, wodurch Martha der Genuß genommen war, nur blieb ihr Ottilies erschrockener Ausdruck, der die Sehnsucht nach Harmonie mit so viel Eindringlichkeit verströmte wie ein besonders nachhaltig ergreifender Sonnenuntergang, und den Anblick genoß Martha gar nicht.

Erzählt uns besser was aus eurem Leben, schlug sie vor.

Sie erfuhren von einem Seminar, das Tucki mit einem ominösen Religionskreis, geleitet von einem, der sich *Denker* nannte, mitgemacht und tief beeindruckt hatte. Und von einem zweiten Seminar, nützlich für ihre Mitarbeit in der Praxis von Heinz, der ebenfalls als Meister in der Vermischung der Lehren wirkte. Dabei gings um Entspannung, berichtete die Mohrrübe und machte wie immer einen äußerst entspannten Eindruck.

Es irritierte Martha, wie viele von ihren Streichhölzern Tucki verbrauchte, weil sie immer wieder ihr Zigarillo, an dem sie nuckelte, ausgehen ließ.

Soll ich dir das Rauchen beibringen?

Laß dir lieber von ihr beibringen, wie man sich entspannt, riet Heinz munter.

Oh, das wäre gut, rief Ottilie. Sie *müßte* sich entspannen!

Also, dann hör mir aufmerksam zu. Die Mohrrübe brauchte schon wieder ein Streichholz, und Martha stand auf, um die Streichholzschachtel gegen eins der Einwegfeuerzeuge aus dem Supermarkt auszutauschen. Die Streichholzschachtel war ein schönes Erinnerungsstück aus Frankreich (ein wahres Wunder, daß die Reibfläche an den Hölzchen noch funktionierte), sie stammte von Marthas letzter Reise, über zehn Jahre her.

Du solltest Tucki wirklich zuhören. Du solltest dich konzentrieren.

Wegen ihres Hin und Her hagelte es tadelnde gute Ratschläge auf Martha. Gerade behauptete Tucki mit ihrem erstaunten Lächeln: Ich wollte es ja selber nicht glauben, aber es stimmt, der Leistungsdruck ist weg.

Wer hat Leistungsdruck? Martha sah sich der Reihe nach um. Ich hab eigentlich keinen. Und ihr? Ottilie hatte welchen, mit dem Abendessen, das sie euch vorzusetzen gedenkt.

Jeder hat ihn, rief Ottilie, bei dir ist es mehr allgemein und diese Hitzewelle, denk doch, und deine Allergie. Und Tucki, sie will dieses Buch schreiben, Heinz hat die Praxis …

Ottilie will sagen, Heinz machte einen kleinen albernen Diener mit dem bißchen Oberkörper, das über den Tisch ragte, in Ottilies Richtung: Gelobt sei dein Instinkt! Sie will sagen, Leistungsdruck ist was völlig Subjektives.

Zu zwölft saßen wir im Kreis auf dem Boden, wir hatten zwischen den Knien Bongos, das sind nordafrikanische Trommeln aus Ton, berichtete Tucki. Diesen Kreis leitete ein Dozent von der Musikhochschule in Schwäbisch Gmünd, oder war er der aus Saarbrücken, und der

Carsten war der aus ... na, ist ja auch egal, jedenfalls hat Michael uns in die musikalische Selbsterfahrung eingeweiht. Zuerst in die Trommeltechnik. Man muß ganz locker aus dem Handgelenk den Rhythmus mit den Händen schlagen, zuerst auf die Knie, dann lernt mans, ihn auf die Bongos zu schlagen.

Nach welcher Musik? Auch afrikanisch? Martha fragte scheinheilig. Ottilie, wir müssen da wohl ein paar Anschaffungen machen.

Solltet ihr. Mohrrübe und Gernegroß entging Marthas Sarkasmus, oder sie waren an ihn gewöhnt, er war Marthas zweite Natur, wenn nicht die erste. Und die einzige, die andere Menschen kennenlernten. Musik braucht ihr nicht, der Rhythmus ist das Tha-ka-tha-ka der indischen Silbensprache. Und jeder findet seinen eigenen Rhythmus, verliert ihn, kommt wieder in den Rhythmus zurück ... langsam werden die Trommeltöne leiser und schwingen dann aus ...

Ottilie verstand kein Wort, und Martha sah es ihr mit Vergnügen an. Die Rhythmusgeschichte erklärst du nicht besonders gut, Kleines, sagte sie, doch als Tucki es gründlicher wiederholen wollte, rief sie: Um Himmels willen, nein!

Martha! rief Ottilie und sandte einen flehenden Blick an ihre Schwester ab. Die deshalb, Ottilies Harmoniesehnsucht zuliebe, hinzufügte, sie hätte alles verstanden und könnte es Ottilie erklären. Falls die es nicht auch kapiert hat.

Hab ich, log Ottilie. Es ist interessant, wirklich, Tucki.

Als nächstes Instrument kam die Ocean-Drum dran, fuhr Tucki fort. Micha hat ein Wahnsinnsreservoir an Trommeln.

Wir sollten Anschaffungen machen, für die Praxis,

meldete sich Heinz. Tucki wird solche kleinen Gruppen leiten.

Tuckis über ihre eigenen Qualifikationen erstaunter Ausdruck wurde in diesem Moment so intensiv, daß sie mit dem Lächeln aufhörte und sehr ernst zu sich zu sagen schien: Du bist beachtlich in jeder Hinsicht. Du bist eine hochbegabte, über dein jugendliches Alter weit hinaus geistig gereifte Person, im Grunde allen, beinah allen Hominiden überlegen. Martha stellte immer wieder mit interessiertem Unbehagen fest, wie fabelhaft Tucki sich fand, auch mit ihrem Äußeren war sie hochzufrieden. Kleine affige Mohrrübe, grollte sie, mit wirklichem Geschmack würdest du dir über deinem runden Kopf die Haare nicht auch noch rund und kurz schneiden lassen und schon gar nicht in diesem orangerot färben. Wenn schon, dann sollte dieser Strunk grün sein. Das wäre intelligent und außerdem wirklich originell. Mohrrübeneinsicht.

Martha fing wieder an zuzuhören. Sie erfuhr, daß zu den Tönen dieser Ocean-Drum am besten alle im Kreis Sitzenden die Augen schließen sollten, und dieser Michael hätte das Tonga-Drumming neuentwickelt, unter Verwendung von Elementen des Zen-Buddhismus. Plötzlich war auch von einer Ingeborg Mahayni-Schmidt und ihrem Drei-Tage-Seminar die Rede. Diese Frau hatte einen Inder geheiratet und Erkenntnisse noch und noch durch ihn gewonnen. Die Mohrrübe berichtete von einem völlig neuen Entspannungserlebnis. Bei Michael wars Eingebung, als er die eine Lehre (welche bloß?) mit derjenigen der deutsch-indischen Frau kombinierte. Du hast einfach beides, das Loslassen ist ja die Grundeinstellung des Zen-Buddhismus, und dann kommt der spielerische Umgang mit der Musik dazu, und wie wahnwitzig entspannend es ist, kann man mit dem Gehirnstrombild beweisen, behauptet Michael, ders offenbar hat machen lassen, er hat mir von seinen Theta- und Deltawellen erzählt, die sind so ausgeglichen wie im Tiefschlaf und zwar in beiden Hirnhälften.

Ottilie tat so, als begeistere sie dieser Hokuspokus. Martha war plötzlich wieder so ärgerlich, daß sie sich noch für sanfte Zurückhaltung lobte, als sie sagte: Ich könnte mich bei all dem Getrommel und Augen zu/Augen auf und was-weiß-ich keine Viertelstunde *entspannen*. Ich würde böse, nervös und wütend davon.

Das kannst du nicht wissen, eilte Ottilie sich zu bemerken. Sie wußte, ihre Schwester hatte Schlimmeres auf Lager.

Aber weder Heinz noch Tucki waren im mindesten gekränkt. Klar, meine Süße, daß du so reagierst, wir kennen dich doch. Aber du kennst diese Erfahrung nicht, Trommeln, das wie ein Tiefschlaf entspannt.

Ottilie kam schnell einer Antwort Marthas zuvor und schwindelte liebenswürdig-unglaubhaft daher, sie könnte sich vorstellen, es eines Tages, wenn Tucki einen solchen Kreis in Heinz' Praxis eröffne, mitzumachen.

Man kanns auch allein bei sich zu Haus üben, aber ich glaube schon, in der Gruppe erlebt es sich intensiver, sagte Tucki. Man braucht nicht mal musikalische Vorkenntnisse.

Aber erlernen muß der Leistungsdruckpatient die Entspannungstechnik doch, Tucki, verbesserte Heinz die Mohrrübe, die das zugab; es war einfach schön, wißt ihr, wir hatten alle so viel Spaß dabei, wir wurden so freundlich, na ja, eben: entspannt.

Wunderbar! sagte Martha.

Es wäre gut, gerade für dich, solch ein Training. Diesmal meinte Ottilie es ernst. Martha würde freundlich!

Entspannt! Sie sagte: Marthas Allergie könnte sogar vielleicht weggehen.

Während Martha einwarf, noch selten habe sie einen solchen Unsinn gehört, stürzten Tucki und Heinz sich auf das Thema. Tucki hielt Ottilies Erwartungen in die Trommel-Therapie für *gar nicht mal so abwegig* und sah dabei nach neuem Buch-Projekt aus, aber Heinz wußte den sichereren Weg, nämlich den über die Erkenntnisse aus der Babyforschung.

Ihr habt vielleicht davon gelesen? Es ist ein ziemlich neuer, junger Zweig innerhalb der Psychoanalyse, die Babyforschung. Er erzählte von einem denkwürdigen Heilungserfolg an einem schwarzen Baby. Also, eine amerikanische Ärztin kümmerte sich intensiv um das Baby, Hautfarbe schwarz. Zweieinhalb Monate alt, völlig verschorfte Haut...

Ein bißchen jünger als ich, dieser Patient, und ich bin auch nicht verschorft, sagte Martha. Müssen wir unbedingt an diesem Tisch sitzen bleiben?

Ja, wo willst du sonst hin? Ottilie schaute beunruhigt ihre Schwester an, es kam ihr so vor, als laufe die zu Höchstformen auf.

In den Keller, dachte ich, antwortete Martha, um zu schockieren. Was ihr natürlich nur bei der armen ängstlichen Ottilie glückte. Das junge Pärchen amüsierte sich bloß wie jedesmal bei den beiden Schwestern, Tuckis »Goldstücken« und »Süßen« und Heinzens »Altchen«.

Die Mutter gab also dieses Baby zur Adoption frei, erzählte Heinz. Sie tat es, weil sie dem Baby, wohlgemerkt, dem *schwarzen* Baby, bei weißen Eltern bessere Chancen verschaffen wollte.

Wie konnte sie damit rechnen, daß ein *weißes* Ehepaar auf ihr Baby scharf wäre?

Heinz achtete nicht auf Marthas Frage, und Martha beschloß, sich allmählich aus der Unterhaltung auszuklinken. Es wäre nervenschonender. Wenn auch nur für den Fall, daß es ihr gelingen würde wegzuhören. So bald sie zuhörte, müßte sie leider wieder rebellieren. Und sie hörte wider Willen, der Schorf auf der Haut des schwarzen Babys sei am Ende einer Gesprächstherapie tatsächlich völlig verschwunden, und oh nein, Martha, da täuschst du dich, das sind eben diese verblüffenden Forschungsergebnisse der Babyforschung, oh nein, Babys sind nicht ungeeignet für die Gesprächstherapie, oh doch, sie verstehen, wir wissen noch nicht, wie viel Sprache genau, aber absolut deutlich reagieren sie auf Sprache, auf langsames eindringliches und selbstverständlich einfaches Sprechen.

Vielleicht lullt es sie ein, meinte Ottilie, und Martha dachte: ganz schlau, meine kleine Schwester, manchmal wirklich. Aber *sie* würde das Auf-sie-Einreden eines Gernegroß-Heinz-Männchen, Heinzelmännchen, garantiert nicht einlullen. Im Gegenteil, sie stiege dagegen auf die Barrikaden. Sie spürte geradezu, wie wütend ihre Allergie in der Haut aufflammte, man könnte Spiegeleier auf ihr braten. Und zwar jetzt gleich, denn die Mohrrübe schob ihr sommersprossiges rundes Gesicht dicht vor ihres und erklärte: Deine Allergie heißt doch nichts anderes als das: Dir paßt deine Haut nicht. Du willst aus deiner Haut raus. Wie beim schwarzen Baby. Bis es endlich seine schwarze Haut akzeptiert hat. Martha, wir müssen uns selber lieben, das ist es, und das nimmt dir die Allergie und auch den Leistungsdruck. Das Trommeln und das Sprechen. Wir müssen uns selber akzeptieren und lieben.

Wie unseren Nächsten, sagte Ottilie, oder? Sie sah sich um. Irgendwas ist falsch dran, oder?

Andersrum, sagte Martha.

Ach du Süße, rief Tucki und machte ihr überaus verdutztes Gesicht, dessen Ausdruck bedeutete: Wie kann nur jemand derartig süß sein und außerdem, wie kann nur ich so wundervoll und allwissend sein? Ist das nicht alles köstlich überraschend?

Eine köstliche Überraschung in Marthas Sicht der Dinge, für Ottilie enttäuschend, es kränkte sie alle beide: Tucki und Heinz konnten leider leider und nochmals leider nicht zum Abendessen bleiben. Ganz und gar dummerweise hatten sie sich mit dem Datum vertan und für den Abend bei einer Party zugesagt.

Martha gefiel es gar nicht, wie überschwenglich betrübt Ottilie die böse (hundsgemeine!) Nachricht kommentierte: Oh wie schade, wie schrecklich schade! Ich hatte was wirklich Leckeres vorbereitet. Aber laßt euch dadurch den Spaß auf eurer Party bitte nicht verderben …

Und so weiter und so weiter, fiel Martha ihr ins Wort. Sie grinste: Das schwarze Baby freut sich, ihr werdets nicht glauben. Das schwarze Baby zieht nach erfolgreicher Therapie dank der Errungenschaften der Babyforschung seinen Nutzen draus.

Wovon redest du, meine Süße? Tucki betrachtete ihre Tante, als wäre die ein komischer kleiner Hund, der sich im Moment ein bißchen unanständig aufführte. Martha fiel der kurzbeinige zottelige Hund ein, der manchmal mit seiner Herrin unten am Haus vorbeigeführt wurde oder vorm Supermarkt an einen Einkaufskarren angekettet wartete, gleich unterm Schild mit der Aufschrift *Wir müssen leider draußen bleiben* neben dem farbigen Bild eines nach Donald-Duck-Zeichenmanier vereinfachten Dackels, der nach Art der Rauchverbotsschilder mit einer dicken roten Linie schräg durchgestrichen war. Sie nannten ihn den lachenden Hund. Auch Ottilie hatte ihn gern und manchmal den Wunsch geäußert, einen solchen Hund mit lachendem Gesicht zu besitzen, müßte sehr nett für sie beide sein. Der lachende Hund war zottelig und weiß. Martha fühlte fast, wie sie auf vier Hundebeinchen stand, mit einer Hundeschnauze im zottigen Gesicht, von der Natur so geformt, daß es wie Lachen nun einmal *aussah*, unter Tuckis Blick. Vielleicht war der lachende Hund in Wirklichkeit überhaupt nicht lustig.

Das schwarze Baby, sann Heinz, so so. Juckt sie nicht mehr, deine Allergie?

Gar nicht ganz so schwachköpfig, trotz all des Stuß, den er meistens daherredet, der kleine Tantenfledderer. Martha erkannte an, daß Heinz drauf gekommen war, wer sich als das schwarze Baby empfand.

Die Allergie ist noch nicht kuriert, aber das schwarze Baby in mir erkennt das Glück im Unglück. Ihr bleibt nicht zum Abendessen: Pech. Pech vor allem für Ottilie, die sich Mühe gegeben hat, und ich übrigens, ich mußte mich heut morgen in die alte R16-Kutsche in den Supermarkt bugsieren, durch die schlimmste Sonnenglut, um noch ein paar Sachen zu besorgen, die eure aufopfernde Tante unbedingt für die Bewirtung ihrer hohen Gäste haben wollte.

Gutes liebes Goldstück-Tantchen! Tucki drückte Ottilie wie eine große runde Stoffpuppe an sich. Und wo bleibt das *Glück* im Unglück?

Ottilie kam wieder frei, und Martha antwortete: Wir können uns endlich wieder ausziehen. Wir laufen bei der Hitze normalerweise bloß in Unterröcken rum. Ich lechze längst danach, dieses Kleid loszuwerden.

Dann ist ja alles bestens. Nach diesem Strich unter die Rechnung verabschiedeten sich die zwei, und Tuckis wedelnder rechter Arm, ihr zurückgedrehtes verrenktes Gesicht wie der Mond im letzten Viertel und darüber der vom Fahrtwind gezauste Strunk (rote Flämmchen, eigentlich müßte er grün sein, wie die Büschel über einer Mohrrübe nun mal sind) strengten sich bis zur Einbiegung in die Hauptstraße noch damit an, die volle Wucht der Leidenschaft beim Abschied zu demonstrieren.

Uff! machte Martha. Nichts wie rein.

Es hatte überhaupt noch nicht abgekühlt.

Trotzdem schade. Ottilie machte einen bekümmerten sitzengelassenen Eindruck.

Sie haben eben kein Benehmen, stellte Martha fest.

Merkwürdigerweise widersprach Ottilie nicht, aber vielleicht war sie auch nur müde.

Sie waren aus ihren Gefängniskleidern gestiegen und nun machten sie Ordnung, wobei Martha sich als Hilfskraft verstand. Sie ärgerte sich: zum wievielten Mal an diesem Tag?

Du hättest Tucki-Mohrrübe nicht diese *Käsli* in Öl schenken sollen. Ich begreif dich nicht.

Sie mag sie doch so gern. Ich hab sie nur für sie besorgt.

Besorgt habe ich sie.

Oh ja, tut mir leid.

Sie schmausen auf ihrer Party wer-weiß-was für Delikatessen, und bestimmt ißt Tucki tausend andere Sachen auch noch gern. Und ich mußte extra los für nichts und wieder nichts.

Aber diese Käsli hat sie furchtbar gern und dann freut sie sich eben morgen dran. Ottilie hatte die Kränkung überwunden und bot an, das schöne und doch praktische Essen ihnen beiden zu bereiten. Und weil sie fühlen konnte, wie grimmig ihre Schwester noch immer war, fügte sie schmeichlerisch hinzu: Stell dir vor, jetzt haben wir nicht nur unser Abgezweigtes, jetzt haben wir die ganze riesige Götterspeisenportion für uns allein.

Aber Martha knurrte nur und wollte nichts weiter als die Sauerrahmsauce und zwar kalt und eine Scheibe Brot dazu. Mach jetzt bloß keine Fisimatenten mehr in der Küche, keine Kocherei.

Was die Götterspeise anging: Hatten sie nicht mit all den klebrig gefüllten Biscuits für heute ihren Süßhunger überreichlich bedient? Während sie so redete, fand sie sich ziemlich schrecklich. Und wenn sie überhaupt auf irgendwas scharf war, dann wars die Götterspeise. Aber es klappte einfach nicht damit, sie konnte es nicht zugeben, sie packte es nicht, nett und vertraulich zu sein. Es war ein schwarzer Tag. Sie mußte an das schwarze Baby denken, doch es fiel ihr kein Grund ein, warum. Es war völlig sinnlos, es war ohne jede Bedeutung.

Wie es der Tradition entsprach, machte Ottilie gegen halb sieben ein paar Programmvorschläge. Meistens studierte sie die Fernsehzeitschrift um die Mittagszeit und kreuzte an, wovon sie hoffte, es könnte auch Martha einleuchten, damit ihre Zeit zu verplempern. Heute war allerdings mit Marthas in Varianten bekanntem Satz zu rechnen, der auf eine grundsätzliche Veränderung ihrer Lebensgewohnheiten hinauslief, und davor fürchtete Ottilie sich, ohne eigentlich genau zu wissen, warum, und was sie erst recht wußte: Auch Martha fürchtete sich davor. Trotzdem sagte Martha: Ich bin davon überzeugt, wir sollten mit unseren Abenden was Besseres anfangen. Zwar hatte sie dazu keine Lust, aber der Gedanke an ihren Kopf, den sie, genau betrachtet, zu überhaupt nichts Gescheitem mehr benutzte, entmutigte und erschreckte sie; wobei die Entmutigung einer Begleitmusik zu ihrem

Leben gleichkam, das Erschrecken jedoch aufflackerte, wenn sie sich mitten in einer Show oder einem Talkschwachsinn plötzlich klarmachte, daß sie, auch sie, gemeinsam mit Millionen Fremden und der wohlvertrauten Ottilie ins Bildschirmgeplänkel vertieft geistlos vertrottelte, während sie darüber informiert wurde, daß der beliebte Moderator geriebenen Parmesan in Fertigpackungen verabscheute und auf einem uralten Schmalfilm dabei zusah, wie er als kleiner Junge seine erste Gurke aß, wozu das Publikum jubelte und Beifall klatschte. Ach wie gut, daß wir endlich wissen, Herr X trägt neuerdings Jeans, und zwar solche mit Reißverschluß, aber auch welche zum Zuknöpfen, schnauzte sie Ottilie von ihrem Sessel aus dem Hinterhalt an, Ottilie im Dämmerlicht auf ihrem ein paar Zentimeter weiter vorne stehenden Sofa bis jetzt genau so versunken wie sie bis zu dieser Minute der Erleuchtung: Noch eine Minute mehr und wir verblöden. Ottilie, wir merkens schon nicht mehr, wie wir langsam aber sicher in diesen Sog reingezogen werden. Wir dürfen es einfach nicht interessant finden, diese Jeans zum Knöpfen und die mit dem Reißverschluß und seine erste Gurke. Sie switchte sich und Ottilie wütend in ein anderes Programm, worin ein Spaßmacher-Konkurrent vom vorherigen Moderator soeben feststellte, die Frau mit den längsten Beinen der Welt hätte ja gar nicht die längsten Beine der Welt – er maß unter Anwendung von allen möglichen huldigenden Anzüglichkeiten und zum Schein vernarrt-verlegen die Beine einer Sportlerin rauf und runter, und Martha wußte, an so manchem ihrer gedankenlosen Abende hätten sie das geduldig gähnend mitverfolgt. Jetzt schaltete sie weiter und erwischte eine jüngere Frau, die weinend und beleidigt hinter ihrem Bauch stand, ja ja, schlimm genug, aber es wäre nun einmal wieder passiert, *wieder hat ers geschafft, und ich bin schwanger*, und sie verstand nicht recht, was die Mitleid vortäuschende Moderatorin meinte, als sie mit sanfter Ironie *er hats nicht geschafft* sagte. Doch, Sie sehen ja, klagte die Frau mit dem vorgeschnallten Bauch. Nein, er hat keine Vorsichtsmaßnahmen getroffen, Sie aber auch nicht, widersprach die Top-Model-Moderatorin, worauf es mit der Fassung ihrer niederen Schwester (nicht im Geist, körperlich) endgültig aus und vorbei war. Unter Tränen gestand sie, sie habe vom sexuellen Mißbrauch ihres ältesten Kindes durch den eigenen Vater gewußt, die Achtjährige hätte sich ihr gar nicht erst eines Tages anvertrauen müssen, *oh Gott im Himmel ich habs lang gewußt. Aber aus Angst vor ihm hat auch diese Frau geschwiegen*, erzählte die über all diesen widerwärtigen Dreck Erhabene dem Publikum, und obwohl das zu erfahren genauso sinnlos war wie die Information über die längsten Beine und die nicht ganz so langen Beine, wurde Martha ihrer Tat froh. Immerhin, sie hatte nun schon dreimal das Programm gewechselt. Das war schon was. Und so erklärte sie Ottilie das Hin und Her auf dem Bildschirm. Ottilie haßte es. Ob es nicht vielleicht auf irgendeinem Sender was über Tiere gäbe oder ferne Länder, etwas zum Einleben.

Was auch immer es vielleicht gibt, wir machen ganz Schluß damit. Ottilie, ich sag nicht zum ersten Mal, wir sollten mit unseren Stunden was Besseres anfangen.

Wenn man müde und fix und fertig ist… Ottilie wagte einen Vorstoß in die Richtung ihrer gewohnten Plädoyers fürs abendliche Fernsehen. Glücklicherweise fiel ihr ein, daß sie während der Hitzewelle bis in die Nacht hinein das Haus ein bißchen durchlüfteten, so gut es eben ging bei der nur mäßigen Abkühlung, und dann machte man besser keine Lampe an, es flogen nur kleinere und größere Motten und Nachtfalter um die Lichtquellen, und neulich hatte sie sogar eine Fledermaus furchtbar erschreckt, es hatte endlos gedauert, bis sie das hin und her jagende Tier, das sich mindestens genau so vor ihnen im Zimmerverlies fürchtete wie sie sich vor ihm, wieder zu einem der offenen Fenster ins Freie dirigieren konnten.

Beide Schwestern hatten ihre Männer um Jahre überlebt und sich dran gewöhnt, ziemlich schnell, sagte Martha gelegentlich, wenn sie auf Ottilies stillvergnügtes Dahinwerkeln mit Neid wütend war. Zur Selbstrettung mußte sie dann unbedingt gleich denken: Immerhin bin ich ja zwischendurch richtig nett, ich bin nicht immer grantig und gemein und zu meinem eigenen Nutzen nicht immer übellaunig.

Jetzt aber war sie es: Lassen wir diese Rumzapperei, und setzen wir uns besser noch ein bißchen auf die Terrasse. Dazu hatte sie nicht die mindeste Lust, aber sie sagte es.

Von mir aus, meine Liebe. Ottilie klang bedrückt. Ob es ihr wohl einfach gut tat, wenn beim Fernsehen zwischen ihr und Martha Ruhe herrschte? Dann hatte, wie immer dauerte das nicht lang bei ihr, Ottilie sich gefaßt, sah das Gute im kleinen Mißgeschick, erklärte, bei mehreren Lichtquellen auf der Terrasse würden die Nachtviecher nicht unbedingt um sie herumkreisen, und sie käme sehr gern weiter in diesem amerikanischen Roman, eine Leihgabe aus dem Haus des angeheirateten Schnorrer-Neffen/Mohrrübe mit Feuerstrunk. Sofort stieg Marthas Adrenalinspiegel. Wenn du diese Gegenwartsschriftsteller liest, vor allem die amerikanischen, und dich dann an deine eigene Ehe erinnerst, wirds dir blümerant werden.

Was meinst du damit? Bis jetzt ist das Buch noch gar

nicht ordinär oder so was. Aber ich bin auch erst auf Seite 34. Ottilie las offiziell nur anständige, dezente Literatur. Heimlich aber stöberte sie ganz gern ein bißchen in befremdlichen Offenbarungen.

Die Frauen und Männer in dieser Art von Romanen machen Sachen miteinander, na ich weiß nicht, beziehungsweise ich *weiß*, du hasts mit Ludwig nicht gemacht.

Ludwig hätte es nicht gewollt, behauptete Ottilie und war sich nicht sicher. Weißt du was? Noch besser, ich geh ins Bett. Nehme eine schöne Dusche und dann geh ich ins Bett.

Nachdem sie sich noch vergewissert hatte, ob Martha diese Entscheidung auch nicht kränke, zog Ottilie sich zurück. Etwas beleidigt, aber demütig, und sicher wäre sie schon zehn Minuten später wieder guter Dinge. Und kaum eine halbe Stunde später spähte Martha bei ihr rein.

Die Schwestern ließen nachts ihre Schlafzimmertüren offen, eine Gewohnheit aus ihrer Kinderzeit, die sie unterm Einfluß des großen alten Elternhauses wieder aufgenommen hatten. Außerdem handelte es sich um Sitten aus ihren Ehen der späteren Jahre. Na, von wegen: Ich bete für dich mit! Martha sah es nicht, aber sie hörte es: Ottilie schlief fest. Sie konnte höchstens bis *Lieber Gott* oder *Vater unser der du* gekommen sein … Martha schlich sich in die Küche. Naschte dort von der *köstlichen* Himbeermarmelade und vom *wundervollen* kanadischen Vanillegeschmack-Honig. Verspeiste eine mittlere Portion Götterdessert. Anschließend, mit Bewunderung für die Mutprobe ihres Vaters beim Segen der Gemeinde, breitete sie vor Ottilies Zimmertür mit dem Blick auf das blasse Weiß des Lakens über Ottilies kleinem Leib ihre beiden Arme aus: *Der Herr segne und behüte dich* … er war ihr gnädig. So viel stand fest. Geduckt empfing sie des Herrn Gnade. Aber wo blieb der Friede? *… er erhebe sein Angesicht auf dich und gebe dir Frieden…* So weit wars nun mal einfach noch nicht. Aber sie, Martha, die Martha, die sowieso schlecht schlief und erst recht schlecht einschlief, sie betete immer für Ottilie mit. Ob das reichte? Sie ist tagsüber die Liebe und Nette, und ich bins für die Nacht. Martha dachte, damit ergäbe sich immerhin eine Art Balance.

Venuswaschbecken

Fadenscheinig! Sonnenklar! Nina, das gute Stück, heute ganz Hekuba, ganz Tränen und eine *Ärmste* (aber doch immer nur, wenn er plötzlich aufkreuzte), sie nutzte nach Strich und Faden Katrins als Stipvisite und beruflich annoncierte Anwesenheit zur Attacke gegen ihn. Lutz Zimmer grinste feindselig vor sich hin. Seine Nina, sie wußte es nicht, aber sie war nun mal ein offenes Buch für ihn. Wenn sie ihn nicht in der Nähe vermutete (aber er war in der Nähe, mit der Akte Kempf gegen Kempf auf der Terrasse, und die Schiebetür zum Erker stand offen), beteten die beiden Schwestern seelenruhig ihre Pflanzenlitanei runter: Goldgelb: Huflattich auf lehmigem Rutschboden, auch Kieselboden, Abhang möglich. Dunkelviolett: Gundelrebe. Blau, weiß, rosa: kriechender Günsel an Wegbord, goldene Sterne des Scharbockkrauts. Und zwischendurch machten sie schnell mal den neuen Haarschnitt irgendeiner Isa runter (*sie hat einfach nicht den Kopf dafür*). Purpurrot Taubnessel, müßte zu den Bisamhyazinthen gruppiert werden, purpurrot wäre ein wunderschöner Kontrast zu den tiefblauen Träubchen der Bisamhyazinthe, hast du das notiert? Und so weiter und so fort, aber kaum trat Lutz in Erscheinung, da war jeder Nina-Satz für seine Ohren bestimmt und gegen ihn gerichtet. Und ebenso natürlich würde sich die sogenannte Stipvisite langwierig über den Samstagnachmittag erstrecken, ganz nach Frauenart, und das Berufliche durch reden, reden und nochmals reden zum Stocken gebracht wie eins von Ninas Pfannengerichten, diesen immer zu flüssigen Phantasiekunstwerken, in die sie in letzter Panik Käsebrocken warf und noch ein paar Eier dazuschlug, Weizenkeime oder sonstwelche Vollwertflocken drüberstreute.

Ackerrittersporn, dann brauchen wir diese bestimmten Kletten, die wie weiße Unterwasserpflanzen aussehen … Nina fand sich wohl besonders talentiert für Verletzungsraffinessen, wenn sie wie eben so unvermittelt zu ihrer dämlichen Erbsenzählerei bei den Unkräutern zurückkehrte, fast keine Minute nach einem Vernichtungsschlag gegen das Zusammenleben von Mann und Frau, womit sie demonstrierte, der Gemeinplatz Lutz wäre in seiner stupiden, gleichwohl ihre Selbständigkeit zertrampelnden Tölpelhaftigkeit nichts, worauf man sich ernsthaft konzentrieren sollte.

Lutz fragte sich bloß, warum er überhaupt bei den zwei Glucken wie ein Gehbehinderter, der nicht vom Fleck kam, so lang herumstand, denn er wich nicht von der Stelle, sogar in einen Sessel ließ er sich plumpsen, knurrte was von *bißchen auftanken* und *Wenns die Damenwelt nicht stört*, und Katrin war höflich genug, ihn anzugrinsen und *Ist uns eine Ehre* zu kieksen. Obwohl sie nicht sexy und auch von Nina nichts Gutes zu erwarten war, blieb er und hatte keinen Schimmer, warum.

Sado-Maso? Nie sein Fall gewesen. Er goß sich auf eine halbe Tasse Milch kupferroten Tee, er trank ihn immer englisch. Hinter einer Zeitung hätte er sich besser gefühlt, aber jetzt war er nicht nur gehbehindert, auch querschnittgelähmt, er schaffte es einfach nicht, sich aus dem Sessel zu hieven, um sich mit Lektüre-Sichtschutz zu versorgen. Ihn befiel der düstere Gedanke, daß er womöglich unglücklich war.

Nina hatte offensichtlich, trotz schweren Grolls, gegen Nahrungsaufnahme überhaupt nichts einzuwenden. Schon wieder schnitt sie sich eine von diesen schmalen, Selbstdisziplin bis zum nächsten Zusammenbruch sich selber vortäuschenden Streifen aus dem nun nur noch halbmondförmigen Kürbiskuchen, Katrins selbstfabriziertes Mitbringsel; das Rezept stammte von Maureen, einer amerikanischen Freundin (*sie ist süß, aber wird sie nicht jeden Tag schwammiger?* hatte Lutz vorhin gehört). Katrin fragte sogar: Lutz, wie wärs mit einem Stück von meinem Machwerk? Er war nicht interessiert und dankte. Kürbiskuchen war bei den Frauen die neueste Masche, wahrscheinlich aus Affektiertheit: Er war transatlantisch, und wenns nach ihm ging, brauchte ihn keiner je erfunden zu haben. Er schmeckte seicht und wäßrig-süßlich, im Grunde nach nichts.

Lutz beobachtete Nina beim Verschlingen ihres angeblich diätetischen Schmalspurkuchenstreifens. Allen Ernstes glaubte sie, nach vielen winzigen Portionen, zwischen denen sie Pausen mit Abstinenzvorsatz einlegte, hätte sie weniger gegessen als Lutz, bei welcher Mahlzeit auch immer, weniger und viel vernünftiger schon wegen all der Skrupel und deshalb so, daß sie davon nicht dick würde, anders als Lutz, der sich von vornherein die stattliche Portion genehmigte, die er sich zutraute – und auf die seine arme Nina im Gesamtergebnis schließlich auch kam.

Oh Frauen, ach ach ach! Wie schwer sie sich das Einfachste von der Welt machten, aus Nichts ein Riesenproblem, und doch alles vergeblich – einerseits. Und andererseits machten sie es sich in der Mehrzahl der Lebensangelegenheiten verdammt zu leicht. Wirr in den Köpfen, das waren sie nun einmal. Lutz mußte plötzlich ein bißchen grunzen, hämische Heiterkeit überkam ihn, als er sich dran erinnerte, daß er neulich Nina mit der Bemerkung gekränkt hatte: Man könnte euch als auslaufende Modelle bezeichnen. Das war ein zu guter Einfall gewesen, zu schade drum, ihn zu unterdrücken.

Die Szene hatte sich im Bad abgespielt (so wie der Endkampf gestern vorm Schlafengehen), als er eine Packung *Carefree Melba* auf dem kleinen Stapel von Ninas verschiedenartigen Slips entdeckt hatte. Trägst du so was jetzt auch? Bist ein Opfer der Werbung, he? Nina sträubte sich: Hab ich Lust, jeden Abend meinen Slip auszuwaschen? Nein, hab ich nicht, erstens. Und zweitens gehts um Hygiene, und es gibt die jetzt mit verschiedenen Aromen. Diese hier sind Pfirsich. Duft von Pfirsichen. Lutz war sogar ein bißchen traurig geworden, weil Nina in ihrer Kampfeslust so hübsch und verletzlich ausgesehen hatte und so einfältig hingerissen von dem *Melba-Aroma*, und daß sie da unten, wo doch keiner dran rumschnupperte, köstlich duftete. Aber er mußte noch knurren: Tropft ihr denn alle, ihr seid doch keine ausgeleierten Wasserhähne? Nett wars nicht gewesen, aber mit einem Milligramm nur von Humor hätte jemand mit Grips im Kopf gelacht. Zu blöde, er vergaß immer wieder, daß der Humorfähigkeit bei Frauen enge Grenzen gesetzt waren. Es fiel ihnen schwer, das Komische zu entdecken, und bei sich selber wars ihnen ganz und gar unmöglich.

Gerade sagte Nina: Da saß ich also zwischen all unseren Projekten und meinen Listen am Arbeitstisch, Kamille, Adonisröschen, und konnte mit keinem weitermachen. Und das, obwohl die Wilde Karde wirklich eine Entdeckung ist und es mich total wundert, Katrin, daß wir sie bisher nicht kannten. Kaum zu glauben, wir haben sie immer mit einer von den Disteln verwechselt … aber egal, ich kam nicht weiter. (Die Schwestern warteten noch auf die Genehmigung des Bauamts für ihren Botanischen Ackerwildkrautgarten, der bei Lutz Unkraut-Museum hieß.) Da saß ich wie paralysiert und fragte mich, warum der Mensch trotz allem Unglücklichsein und dem gräßlichen Mischmasch von Lieben, Sorgen, Streß & Co am Leben hängt, dran *klebt.* Das fragte ich mich wahrhaftig und verdammt trübsinnig, und in bewußten Momenten, wenn ich schon mal etwas Zeit für mich rausschinde und zum Nachdenken komme, frag ichs mich konstant. Weißt etwa du eine Antwort?

An Lutz (*da sieht man, wohin es führt, wenn sie Zeit zum Nachdenken rausschindet!*) sah sie natürlich vorbei; wenn ihr Blick umherschweifte und er zufällig in einem Bildausschnitt erschien, wohl oder übel, kam er sich durchsichtig vor, Nina sah durch ihn hindurch, er war bestenfalls ein Negativ im Gegenlicht, eine von hinten angeleuchtete Röntgenaufnahme. Sie machte ihn transparent, zur Chimäre, aber wäre ers wirklich, dann nähme ihr das verdammt viel Wind aus den Segeln und sie hielte gewiß Katrin des aufgebotenen Tiefgangs für unwürdig, falsche Adresse Katrin, der Nina das Gütesiegel patent, aber geistig-seelisch ein Tiefflieger, brauchbar, aber Fliegengewicht verpaßt hatte. Gut genug für ein Anschwärmen der Wilden Karde beim Genuß von Kürbiskuchen.

Doch jeder, der nach einem saftigen Krach wie dem von gestern heute aufgekreuzt wäre, Freundin, Freund, vielleicht sogar der Wäscheborsche, hätte heute als Ninas Müllhalde herhalten müssen. Unter dem Distelkopf bogen sich stachelbesetzte Blätter wie die Embryonen von Zwillingen, in einem wurmförmigen Frühstadium einander zugekehrt, gekrümmt und oben eingerollt (allerdings wußte Lutz nichts über die Lagerung von Zwillingsembryonen im Mutterleib). Grimmig angeekelt und ungern schaute er doch auf die vergrößerte Abbildung der Pflanze, und getrocknete Exemplare der Wilden Karde, die auch auf dem Glastisch neben seinem Sessel verstreut waren, sahen der Abbildung nicht ähnlich.

Bei der Begrüßung hatte Nina ihre Schwester gewarnt: Achtung, krieg keinen Schrecken, ich bin heut nur ein Schatten meiner selbst! Sieh dir meine Haare an, oder besser, laß es. Ich werde den Verdacht nicht los, daß letzte Nacht als ich ausnahmsweise doch zufällig mal irgendwann geschlafen habe, jemand mir heimlich an meinem Pony die Seiten weggeschnitten hat. (Der *Jemand* konnte selbstverständlich nur Lutz gewesen sein, dieser Unhold, Todfeind, und natürlich hatte er an ihrem verdammten Pony nicht herumgepfuscht, sondern bestens geschlafen, warum auch nicht, sein Gewissen war rein, und Nina wußte das und auch, daß er, mit oder ohne Ehekrach, nachts schlief, wie es sich gehörte; aber vor acht Tagen hatte er ihr die Haare da und dort ein bißchen gekürzt, auf ihre höchstpersönliche Bitte hin, und im ungewaschenen Haar wars in Ordnung gewesen. Doch jetzt, nach der Haarwäsche samt Tönung, stellte es sich heraus, vielmehr für sie stellte es sich heraus und war Grund zur Anklage und für Gejammer: Diese Frisur war verkorkst, Ninas Wort für das Fehlen von ein paar unscheinbaren lächerlichen Millimetern – wieder so ein Weiberquatsch im Aufbauschen irgendeines Nichts zum Monsterproblem.)

Mittlerweile erörterte Nina eins ihrer Lieblingsthemen: das Glück der Singles. Sie bearbeitete währenddessen einen neuen Streifen Kürbiskuchen, und Lutz sagte, von ihr wie überhört, als rede er nicht auf ihrer Frequenz: Hast du dich nicht vorhin gefragt, warum der Mensch am

Leben hängt? Nein: dran klebt? Was dich betrifft, könnts sein, weil du zum Beispiel auf Kürbiskuchen und ähnliches so scharf bist. Nur Katrin hatte stoßweise gekichert. Katrin war Single und setzte jetzt, weil die heile Welt der Singles aufs Tapet kam, ihr Widerspruchsgesicht auf, es stand ihr nicht, war mürrisch und etwas proletarisch. Sie gehörte zu den wenigen Frauen, die sich ungern beneiden ließen. Nach Lutz' Erkenntnisstand wollten Frauen allerdings beides, im Schichtwechsel: Neid erzeugen/Mitleid erregen. Fürs Mitleid wurden, wenn vorhanden, die Ehemänner eingespannt, obwohl es meistens überhaupt erst durch deren defizitäre Sensibilität als therapiebedürftiges Phänomen aufkam.

Dialoge wie den nun fälligen kannte Lutz im Schlaf.

Keinerlei Sorgen machen muß sich so ein Single, um keinen ...

Als würde mir das Gezeter im Personalrat und der Kulturdezernent und wasweißich wer noch alles nicht unentwegt Sorgen machen ...

Ach, Katrin, hör auf, das sind doch keine Sorgen, die dich emotional belasten! (Sie sieht wirklich übel aus, dachte Lutz beim Blick auf Nina.) Das geht doch alles ohne dein Gemüt ab. Das ist bloß Ärger, Berufsblödsinn, weiter nichts.

So, weiter nichts? Ich ärgere mich grün, und das ist weiter nichts?

Aber du hast zum Beispiel keinen mehr, der stirbt.

Hab ich keine Freunde?

Klar hast du Freunde. Aber liebst du sie? Lieben? Erinnere dich an unsere Eltern.

Ich vermisse sie jeden Tag.

Aber sie sind tot, sie machen dir keine Ängste mehr. Und dann, da ist keiner, der in deine Privatsphäre einbricht. Wenn beim Single von Privatsphäre überhaupt die Rede sein kann. Weil ja alles Privatsphäre ist.

Ninas Augen waren heute nur kleine Fliegen in schmalen Lidspalten. Unvorsichtig in ihrer Vergrätztheit hatte sie zuletzt einen Bumerang abgeschossen, Stichworte Privatsphäre/Reinreden, die Katrin triumphierend aufgriff, damit sie auf Nina zurücksausten.

Lutz kannte auch das im Schlaf: Sorgen haben wollte Katrin ganz wie jede Frau schon auch, doch weil die Eifersucht einer andern Gewinn brachte, sollte Nina um ihre Unabhängigkeit sie selbstverständlich beneiden. Und entsprechende Lobpreisungen des glückseligmachenden Fehlens von jeglichem Eindringling in ihr privates Tun und Lassen lieferte sie ab, eifrig und doch auch mit der ihr angeborenen Sturheit, Adressatin Nina. Was der natürlich sofort wieder nicht in den Kram paßte.

Na ja, Nina seufzte unecht mitleidig, in Notsituationen möchte ich allerdings nicht mit dir tauschen. Stell dir vor, du kriegst was mit der Bandscheibe und kannst dich von eben auf jetzt nicht rühren, da bist du dann echt total allein. Ich hab neulich mal mit ihm (oho, Lutz, der altböse Feind, er war ja plötzlich einer nachlässigen Kopfdrehung in seine Richtung würdig!) über dieses Thema diskutiert, als ich wiedermal Singles glücklich pries, und in seiner Gegenargumentation hat mir manches doch eingeleuchtet, siehe Notlagen und so was. Keiner da, der dir hilft. Bei aller Verehrung der Freiheit, meine Liebe. Aber letztlich hat alles seinen Preis. Deiner heißt Einsamkeit. Nichts ist ideal, nicht auf Erden. Auf Erden ist alles Krisis. Das ist Theologie.

Bloß kein Mitleid! Lutz beobachtete die lastwagenfahrermäßige Brummigkeit auf Katrins Gesicht und ihre erschrockenen Pinscheraugen. Sie sah wie geohrfeigt aus, wirklich glaubte Lutz auf einer Gesichtshälfte einen rosigen Schimmer zu entdecken. Währenddessen wurde Katrin mit dem Aufzählen ihrer Freunde gar nicht mehr fertig, schnell niedergemacht von Ninas Einspruch: Selbst die besten Freunde sind nicht da, wenn du sie brauchst. Außerdem kannst du einen ganzen Stall von ihnen haben, aber wenn du dich nicht mehr rühren kannst mit deinem Bandscheibenproblem, kommst du nicht mal bis zum Telephon. Und warum transportierst du eine Gaspistole von Zimmer zu Zimmer? Weil du dich in deiner Wohnung so ganz allein über all den wundervoll leeren Büro- und Arztpraxenetagen fürchtest.

Das sind Vorsichtsmaßnahmen. Als furchtsam wollte Katrin zu allerletzt gelten. Sie verteidigte sich mit dem ihr angeborenen Durchblick, durch den ihr nicht entgehen könne, wie wachsam ringsum die Kriminellen auf der Lauer lägen. Aber ihrer Gegenrede fehlte die Vehemenz, erlahmt plädierte sie dafür, mit der Pflanzenauflistung weiterzumachen. Lutz dachte, wahrscheinlich wittert sie, daß ich mich einmische und wieder mal ihre Angst vorm Parken in Tiefgaragen verspottete. Er kannte nur Frauen mit Angst vor Tiefgaragen. Wahrscheinlich wünschten sie sich ihre Vergewaltigung anderswo.

Ackerrittersporn, Kletten ... ah, diese Sorte, die wie weiße Unterwasserpflanzen aussieht, wir hatten sie vorhin, oder? Schwarzkümmel, Hahnenfuß, Ackerwachtelweizen ... Ins Gemurmel der beiden hinein und im Moment von Lutz' Aufraffen (er schaffte sich endlich aus dem Sessel, Ziel: die Terrasse, aber nur um die Akte Kempf gegen Kempf abzuholen und sich mit ihr in sein Arbeitszimmer zurückzuziehen – er hatte die Nase gestrichen voll nicht nur von diesen beiden Frauen, plötzlich von allen Frauen und vermutlich für den Rest des Tages), da wandte Katrin sich wieder ihm und zwar ganz munter zu: Lutz, du schneidest doch aufs Ganze gesehen bestens ab mit deiner Nina, hm? Wenns um Notsituationen geht, wird sie zur Befürworterin der Ehe, ist doch prima, oder?

Lutz machte eine undeutlich bejahende Bemerkung. Die zwei erwarteten auch nichts Ausführliches von ihm, schon hörte er wieder was von Schnittflora, Segetalflora, dann etwas lauter, weil es ihr gerade eingefallen war, Katrin, warnend: Paß auf mit dem Pyrethrum, Nina! Ich habs vorhin in der Garderobe abgestellt, ich hab mich für die Flüssigkeit entschieden, Pyrethrum gibts auch pulverisiert oder als Spritzmittel. Es ist ein sehr starkes Pflanzengift, es tötet auch die Nützlinge, wenn man die Wartezeit nicht genau einhält. Du mußt die Packungsbeilage noch mal gründlich studieren.

Um mitzuhören, hatte Lutz sich auf der Terrasse etwas verbummelt. Als er dann mit Kempf gegen Kempf wieder durchs Wohnzimmer trottelte, gab er sich liebenswürdig. Er tat sogar so, als würde ihn die doppelt embryonal umschlungene Distel (oder Scheindistel, er wurde belehrt, bei der Wilden Karde handle es sich um eine Angehörige der Familie der Körbchenblütler) ernsthaft interessieren, und natürlich konnte die nachtragende Nina noch nicht ganz so locker mit ihm umgehen wie Katrin, die in kein Gezeter mit ihm verwickelt worden war und der er die Tiefgaragenangst erspart hatte, aber auch Nina beteiligte sich an Erläuterungen ihrer neusten Fundsache. Vieles lernte Lutz mit der Absicht, es sofort zu vergessen: Die Blätter waren an der Unterseite paarweise so miteinander verwachsen, daß sie kleine Auffangbecken für Regenwasser bildeten. Auf diese Besonderheit ging der lateinische Gattungsname Dipsacus zurück. Abgeleitet vom griechischen Dipsan Akeomai.

Und das bedeutet: Ich bekämpfe den Durst, ist das nicht nett?

Und man nennt das Auffangbecken Venuswaschbecken. Wenn das nicht noch viel netter ist!

Sehr nett, sehr nett. Apropos Durst, wie wärs mit einer weiteren Portion Tee? (Lutz hatte Pläne.)

Wie lieb von dir. Nina klang fast freundlich.

Aber Lutz ließ sich nicht einlullen. Wie vorhin schon nicht bei ihrer angeblichen Verteidigung der Ehe. Da hatte es sich nur um streitsüchtige Frau-zu-Frau-Konkurrenz im alten Spiel *Wer hat die besseren Karten* gehandelt.

Der Tee wurde fertig, Lutz ließ ihn ziehen und gab die Suche nach zwei unterschiedlichen Tassen vorzeitig auf. Gleiches Recht für alle, ha ha, brummelte sein vergnügteres Ich, ein sporadischer Nachbar des normalen und des besseren Ich, und: Gleichberechtigung nicht nur zwischen Männern und Frauen, auch zwischen Frauen und Frauen, den Beneidenswerten und den des Mitleids Bedürftigen, den Singles und den ins Ehejoch Gespannten, mal von den Notfällen abgesehen. Apropos Notfälle: Hatte die Polizei nicht eine neue Rufnummer? Nun, dazu würde es wohl nicht kommen. Lutz nahm zwei gleiche Tassen. Den Tee bereitete er auch für die Schwestern diesmal englisch, er goß die halbe Tasse Milch mit Tee auf, der noch tiefer kupferrot war als der vorige, stärker. Hatte man Katrin in der Drogerie betrogen? Der Verschluß auf der Pyrethrum-Flasche war nicht mehr fest verschraubt, der Flüssigkeitspegel reichte nicht den Flaschenhals hinauf. Typisch Frau beim Einkaufen: unkritisch. Jede Pflanzenfreundin bekam drei hübsche Tropfen Pyrethrum, nach Lutz' Einschätzung eine leicht lähmende, übelkeiterregende Dosis.

Nachträglich wunderte ihn vor allem das eine: Bei

bester Verfassung hatte er, unterstützt von einem kleinen Diener, den Frauen ihre Tassen überreicht und die Wörter *Hier bitte, eure Venuswaschbecken* elegant hingekriegt, und in der Sekunde danach wurde ihm komisch, Schwindel, Kopfdruck, ein schwacher säuseliger Brechreiz, und die Stimmen der Unkrautfreundinnen (selber Unkraut, konnte er noch gut denken) kamen von weiter her als real und logisch war, außerdem wußte er nicht mehr, wer das gesagt hatte, Katrin? Nina? Er selber? Hilft gegen Schädlinge und Nützlinge gleichermaßen. Er hoffte, *er* hätte es gesagt. Daß er es schaffte, sich in sein Arbeitszimmer zu wuchten, Schritt für Schritt Leistungssport, nützte seiner Selbstachtung. Pech nur, was mit den Frauen passierte, bekam er nicht mit. Vorerst nicht. Er würde sich bald erholen, die Weiber, diese Venuswaschbecken, sie scheiterten ja schon an der richtigen Dosierung. Oh gewiß, mit ihm ginge es aufwärts, die Buchstaben Kempf gegen Kempf sprangen ihm ja schon wieder als Belästigung so akkurat (und zu bearbeiten!) in die Augen. Aber fürs Venusunkraut, seine Wilde Karde Nina und ihre mickrige Komplizin, wäre er wenn auch topfit, Toter Mann und nicht der einzige Pluspunkt, den eine Ehe für sich beanspruchen konnte, keine Hilfe weit und breit in einer Notsituation. Bääääh, ätsch, hurra! Klang noch eher geröchelt, aber besser als nichts.

Aber es ist noch zu früh

Zum Postfach fahren mußte natürlich jetzt immer er, auch eine von diesen neuen Pflichten, die auf ihn übergegangen waren, seit die Polizei ihren Führerschein konfisziert hatte. Oft war sie schon zur Post unterwegs gewesen, während er, noch in aller Ruhe mit dem Aufstehen und Rasieren beschäftigt, in sicherer Erwartung seines Frühstücks über den bevorstehenden Tag und seine beruflichen Anstrengungen nachdenken konnte.

Die Ruhe war dahin, aus ihrer beider Alltag abgesaugt (er mußte, weil er sich gerade die Zähne putzte, an den Speichelsauger beim Zahnarzt denken), von heute auf morgen das selbstverständliche Gleichmaß futsch, zertrümmert, allem Gewohnten fehlte das Rückgrat seit ihrem Autounfall durch ihren Blackout (sie nannten ihn *Blackout* oder auch *Absence*, den epilepsieartigen Anfall, mit dem man bei einem Befund wie ihrem rechnen mußte), und nicht der Unfall war das Schlimmste, das Schlimmste war die Ursache. Damit, daß ihr Neurologe sie vor der Möglichkeit solcher Anfälle (aber nein: *Blackouts, Absencen!*) hätte warnen müssen, und daß sie also schon seit einigen Wochen unter höchstem Risiko Auto fuhr, belästigte ihre Schwester sie mehr, als daß sie ihr und ihm nützte.

Auf der kurzen Strecke zur Post fragte er sich, ob das die Wahrheit war oder er es sich nur vormachte: Gern nähme ich ihr diese kleinen, lästigen, zeitraubenden Pflichten ab, an die er, so lang sie von ihr stillschweigend erfüllt wurden, nie einen Gedanken verschwendet hatte), wenn sie irgendwo Ferien machen würde, wenn es keine trostlose Ursache gäbe. Würde er den Kleinkram wirklich gern übernehmen? Nein, nicht gern, aber ein Anlaß für ein schlechtes Gewissen war das nicht, sondern Arbeitsteilung. Neben seiner Praxis hatte er hundert andere Verpflichtungen, die mit seinem Beruf zusammenhingen, jemand wie er konnte unmöglich auch noch Hausfrau, Butler und Sekretärin spielen.

Er saß schon wieder am Parkplatz vor der kleinen Post hinterm Steuer des Ford Galaxy (fast ein Zwilling des von ihr bewußtlos und mit Totalschaden gegen einen Baum gerammten Vorgängers und eine Occasion wie dieser, wiederum mit Automatik, damit sie, wenn sie vielleicht wieder Auto fahren dürfte – sie glaubte daran und bekam jetzt ein anfallverhütendes Medikament – ihr halblahmes Bein nicht zu benutzen brauchte, aber beim Nachfolger-Modell fehlte ihr die silbrige sternchenförmige Borte, ihm nicht, denn sie hätte ihn an das unerwünschte unerwartete gestirnte Ding in ihrem geliebten Köpfchen erinnert), und bevor er den Motor anließ, um loszufahren, sah er die Post durch. Flüchtig zwar, was er aber, wenn alles noch im alten Gleis gelaufen und er trotzdem zufällig einmal der Postabholer gewesen wäre, nie und nimmer getan hätte. Das meiste war wie üblich für ihn und beruflich. Einmal in der Woche bekam sie einen Brief von ihrer Mutter, hin und wieder Post aus den USA (zwei Freundinnen), und ziemlich oft schrieb ihr auch ihre Schwester. Wirklich, er hätte nie geglaubt, daß er jemals gezwungen wäre, Post an sie abzufangen, ja schlimmer: sie sogar zu lesen und seiner Zensur zu unterwerfen! Um sie ihr dann doch zu geben, bisher. Nicht besonders gern, aber gut, er gab ihr diese Briefe. Der Typ Ehemann war er nicht, es war nicht nötig gewesen, sicher, aber er wäre es trotzdem nicht gewesen. Und sie war nicht der Typ Frau, deren Post man kontrollieren mußte. Doch seit sie krank war, kam fast täglich irgendwas Hastiges, Aufgeregtes, Liebevolles von ihrer Schwester. Er hatte sie gern, doch mit ihren Schreibexzessen konnte er sich ganz und gar nicht befreunden.

Er stellte sich vor, daß er mit ihr telephonierte. Das würde schwierig, weil sie sich immer so gut verstanden hatten, und die Schwestern, in von Kindheit zärtlicher Bindung aneinander anhänglich, waren sich sogar ähnlich, wenn auch mehr in der Konsistenz anhaltend ephebischer Mädchenhaftigkeit (sie würden nie werden, was man sich unter richtigen Frauen vorstellte, sie waren einfach anders konstruiert, auch in ihren gemeinsamen Idiosynkrasien), aber der jüngeren Schwester fehlte die scheue Distanz und die Bescheidenheit, und daß unerschütterlich Verlaß auf sie war, das kompensierte sie (in den vormals guten Zeiten – wie erstaunlich: kaum erst abrupt durch Befürchtungen und Kummer abgetrennt, kamen sie ihm doch schon weit entfernt vor!) mit ihrem vitaleren Temperament, Temperament, das ihre ältere Schwester immer unter Verschluß hielt und ihm wie die Einladung zu etwas Leichtsinnigem vorkam, und jetzt – es geschah aus größter Liebe und schrecklichster Angst – telephonierte sie über die Postbotschaften hinaus mit genau diesem zügellosen Temperament, feurig, ratlos missionarisch, und er war ziemlich sicher, daß weder Eifer noch Inhalt der Kassiber seinem vom einen auf den anderen Tag schwerkranken Liebling wohltat.

Doch, das würde ein verdammt schwieriges Telephonat, auch weil er und sie bis jetzt noch nie etwas richtig Ernstes miteinander hatten verhandeln müssen.

Auf der Rückfahrt von der Post nach Haus, wo seine Frau mittlerweile an ihren beiden neuen, verdammten Stöcken in ihrem neuen Zeitlupentempo sein Frühstück auf den Klapptisch in der Eßnische der großen Küche bereitgestellt hatte (ein Diät-Fruchtjoghurt, ein weichgekochtes Ei, etwas Brotauswahl und Tannenhonig, Appenzeller, Kaffee – aber er aß nicht viel, bevor er Patienten empfing), und in Gedanken ans früher immer stimulierende Dreiachtelschäkern mit ihrem Schwesterchen (in diskreten Grenzen, denn wenn es auch *ihr* nichts ausmachte, eher im Gegenteil, das für Flirts empfängliche Schwesterchen war fürsorglich verheiratet und wahrscheinlich der Typ Frau, für den Ehe als Betreuung das Beste war, zumindest für den dazu verdammten Mann, aber den mochte er auch), und als er wieder an das Ernste dachte, das zwischen ihnen vorher nie zur Debatte stand, fiel ihm blitzartig ein, daß diese quirlige jüngere Schwester, die beim Sichsorgenmachen mit der älteren Schwester um den Weltmeistertitel kämpfen konnte, vor einiger Zeit zu ihm gesagt hatte: Ich habe erkannt, daß ich dich auserwählen werde, wenn ich eines Tages etwas ganz Schreckliches erfahren müßte, ich meine, mit deiner Stimme und deiner Art, es zu übermitteln, würde ich das Allerschlimmste noch am ehesten packen. Damals wars bloß um eine Information über nichts weiter als den Fieberstand bei einer Virusgrippe gegangen – glückliche Zeiten der Virusgrippen und Hexenschüsse und Neuralgien und was es sonst noch auf diesem Krankheitsgebiet an Überschaubarem und Vorübergehendem gab!

Schreib ihr besser nicht so oft. Das müßte sich doch ganz freundlich sagen lassen. Vor allem, wenn er ihr mit dem Zusatz schmeichelte: Du solltest dich nicht dermaßen abrackern, dir dafür deine knappe Zeit stehlen.

Und dann ein bißchen gelacht, gutmütig, darauf weiter: Verstehst du, es könnte ihr angst machen. Sie könnte denken: Scheint ja furchtbar schlecht um mich zu stehen. Sie ist ja nicht naiv, sie ist hellhörig. Außerdem nicht gerade, was man unter einer Optimistin versteht. Sie hält sich phantastisch tapfer, aber das ist, was sie zeigt. Stille Wasser, du weißt ja, und sie ist eins, ein stilles Wasser. Die sind tief. Und so weiter und so weiter, und ihre Schwester war ebenfalls nicht naiv und ebenfalls hellhörig, dazu einfühlsam. Das letzte aber nicht genug. Nicht in diesem Fall. In ihrer Verzweiflung und voll Mitleid überfütterte sie die Kranke, und diese Mast aus Verzweiflung und Mitleid, zusammengerührt zu einem Liebesbrei, drängelte sich als Störenfried mit jeder ihrer Postsachen bei ihnen ein, und wenn es hundertmal keine (oder meistens keine) Jammerbriefe waren, die sie losschickte.

Er fuhr das Auto in die Garage, und der Gedanke daran, daß die kleine Schwester mit der Kontrastfeurigkeit ihm keinen Spaß mehr machte, kam ihm nicht zum ersten Mal. Vor dem widerwärtigen Befund der verschiedenen Koryphäen, die sie konsultiert hatten, und der Ratlosigkeit, die er hinter den unterschiedlichen und meistens auch nur wie Provisorien daherkommenden Empfehlungen argwöhnte, hätte er es jedem Menschen und vor sich selber als blanken Unsinn und undenkbar abgestritten, daß ihm die stimulierende Schwägerin jemals sogar ziemlich lästig sein könnte. Bis zum Ausbruch der Krankheit (denn allmählich mußte er wohl dran glauben, daß das kleine unscheinbare Ding in ihrem Kopf ringsum in ihrem zarten Körper Krankheit auslöste) war er sehr zu haben für die schillernde Leichtsinnigkeit der Jüngeren, und ihre ältere Schwester war ihm manchmal etwas zu zahm gewesen, aber aufs Ganze gesehen und auf die Dauer, wohl auch mit dem Älterwerden, erwies die Bescheidenheit sich als der entschieden haltbarere Reiz, der Charme des Stillhaltens gefiel ihm jetzt viel besser, ja: er bewunderte ihn.

Sie war ihm an ihren jammervollen Stöcken entgegengehumpelt, und deshalb konnte er heute den Brief ihrer Schwester nicht beiseiteschaffen, vorher studieren, um ihn vielleicht zu konfiszieren.

Mein armes Schwesterchen überanstrengt sich, sagte sie, als sie sich im von herbstlich-metallischem Licht durchfluteten Erker dran machte, das Kuvert zu öffnen, und er betrachtete ihr Gesicht und ihre schwarze Jeanshose, den grauen Rollkragenpullover und stellte erleichtert fest: Wirklich dünner geworden ist sie noch nicht. Vielleicht hat sie sogar ein bißchen zugenommen. Sie hat jetzt wenig Bewegung, das wäre ein Grund, aber wenn sie schwer krank wäre (er hatte sich ein *schon* vor schwer krank verkniffen), hätte sie trotzdem abgenommen.

Eigentlich hatte er keine Zeit mehr, hier im Wohnzimmer herumzutrödeln, es ging auf zehn Uhr, und er müßte sich auf seinen ersten Analysanden vorbereiten. Aber er blieb auf den Ledersessel gestützt stehen und fragte wie nebenbei: Was schreibt sie diesmal? Er brachte seine Stimme zu einer ironischen Färbung: Wer ist denn diesmal dran, die Neurochirurgen oder der liebe Gott persönlich? Oder sie selber, die das Mitleid nicht mehr ertragen kann?

Sie las und antwortete nicht gleich. Er merkte, wie er sich aufregte, weil sie sich vielleicht aufregte – eine dumme, vermeidbare Kettenreaktion mit dem Ausgangspunkt Kleine Schwester, die ihre eigene Aufregung nicht für sich behalten konnte. Biopsien? fragte er. Und daß sie doch gar nicht so gefährlich sind? Ihm fiel der in diesem Moment nur noch Schrecken bereitende Satz ein, der von ihm als demjenigen handelte, durch den ihre Schwester, wenn es eines Tages sein mußte, eine allerschlimmste Nachricht ertragen könnte. Was war das für ein unmenschlicher unerhörter Auftrag! Unter den jetzigen Bedingungen durfte er keine Sekunde daran weiterdenken. Schreibt sie dir wieder ganze Passagen aus dem *Gottesprogramm* ab? Er lachte mit Mühe und abgehackt.

Mit ihrer von dem neuen Medikament (gegen *Blackouts*, *Absencen*) müden und verblichenen Stimme las sie vor: »... und der Computer-Freak-Student geht wieder dem Theologieprofessor mit seiner zeitgenössischen Gutheit und Gottesvermenschlichungsfrömmigkeit und Penetranz auf die Nerven ...«

Also ist wiedermal Gott dran, sagte er.

»... und läßt nicht nach, dran zu glauben, per Computer könnte er beweisen, daß Gott existiert, und dem Theologieprofessor platzt wieder mal der Kragen, er mag Gott nicht als oberschlauen koboldhaft verschanzten Naturwissenschaftler sehen, als so eine Art Über-Einstein, und dann, ich machs kurz, sagt der Student zum ersten Mal für meine Begriffe etwas wirklich Wundervolles, nämlich: Sein Gott wäre ein netter, ungefährlicher, unauffindbarer Gott.«

Sie las noch ein paar Zeilen für sich weiter, sie sagte: Das gefällt ihr schrecklich gut. Genau so wäre der Gott, den wir in unserer Kindheit vom Vater kennengelernt haben. Er wiederholte: Nett, ungefährlich, unauffindbar. Hm, machte er dann. Und was meinst du darüber?

Mir gefällts auch, sagte sie. Sie würde bestimmt nichts Flammendes verlautbaren, das war nicht ihre Art, sie würde keinen Feuereifer an den Tag legen.

Deine Schwester ist auf dem Gottestrip.

Für mich macht sie das.

Er wußte nicht, womit er ihr diese deprimierende Erkenntnis abschwächen konnte. Wirkte sie eigentlich deprimiert? Sie grinste ihm ein bißchen zu, ein ernstes trauriges Gesicht hätte ihn weniger ergriffen. Was hältst du davon? Sags ihr, wenns dir auf die Nerven geht. Oder soll ich?

Nein nein. Es ist doch so lieb von ihr. Sie betrachtete jetzt eine Ansichtskarte aus Seattle. Es ist bloß vielleicht noch zu früh, sagte sie.

Wofür zu früh? Er fragte nicht. Er mußte nach oben, in seine Praxis, zu den Karteikarten.

Für Gott und das. Ihre Handbewegung umschrieb den Erker. Es strengt sich an, das Schwesterchen. Es hat vom Kölner Dom geträumt, der sich in Wolken spiegelt, aber Wolken widerspiegeln nichts. Sie blinzelte, hob ihre getönte Brille an und rieb sich die Augen: Sie machte das, wenn sie über ihr Diskretionsverlangen hinaus geredet hatte.

Er sollte jetzt gehen, aber eine Frage mußte er noch loswerden, einen Satz, und wissen, was sie davon hielt. Ohne das zu wissen, hätte er sich nicht auf den jungen Mann, der gleich klingeln würde, konzentrieren können. Unauffindbar, das klingt nicht gerade erfreulich, oder? Nicht sehr hilfreich, vertrauenerweckend. Oder?

Doch, sagte sie.

Nett und ungefährlich ist okay, aber unauffindbar?

Doch, sagte sie mit einem bei ihr, auch als sie noch gesund war, ungewöhnlichen Druck hinter der Stimme, die beinah heiter klang: Doch! Gerade das: Unauffindbar. Sie tippte sich an den Kopf mit diesem kleinen ins Nervengewebe verzweigten Stern: Das hier hat nichts mit Ihm zu tun. Er kommt später dran.

Aber es ist noch zu früh, rief sie ihm nach, bestimmt, um ihn zu ermutigen.

Maxi kam bis Beethoven

Wenn sie zwischen ihren langen Stummheitsphasen (und sie achteten auch darauf, sich im Haus aus dem Weg zu gehen, aber natürlich trafen sie immer wieder aufeinander) doch etwas sagten, klang es jetzt manchmal schon beschwichtigend und nach Sichfügen. Zum Beispiel äußerte diesmal Greta, die auf dem Treppenabsatz ihrer Schwester Nelli Platz machte, damit die mit dem Wäschekorb besser an ihr vorbeikäme: Wenn er länger im Koma gelegen hätte, wärs für seine Eltern eigentlich schlimmer gewesen.

Weil Nelli an ihr vorbeisah und die losschießende Nässe in ihrer Nase hochschniefte, bereute Greta ihre Bekundung – es war nicht Nellis Moment für Tröstliches. Die beiden Schwestern kannten sich nach jahrzehntelangem Zusammenleben gut, aber Todesfälle wie der im Nachbarhaus standen nicht gerade auf der Tagesordnung. Die Schaffners waren richtig nette Nachbarn, viel jünger als Greta und Nelli und erst recht als Lutitia, die mit sechsundneunzig noch ein gutes Herz hatte, physiologisch und im übertragenen Sinn, aber das war auch alles. Sie brauchte die Hilfe ihrer etwas jüngeren Schwestern und an Werktagen eine Krankenschwester von der Gemeindestation zum Waschen, Anziehen. Lutitia, einstige Familienmutter, schien Maxis Tod (er wäre erst neunzehn geworden) wie alle übrigen Härtefälle im Gewebe des Lebens hinzunehmen, auch betrübt, gewiß, aber sie fühlte sich nicht so reingelegt wie ihre Schwestern, und mit ihrer stoischen So-ist-das-Leben-Ruhe erwies sie sich da oben auf ihrem Lager, wo sie mit Engelsgeduld ihre Autobiographie aushielt, Stunde um Stunde, kein Ende in Sicht, als die Stärkste der drei Schwestern. So wie neulich, als kurz hintereinander Hansi und dann, aus Kummer, sagte Greta, Elsie starb, das Wellensittichpärchen; Lutitia hatte fast etwas zu ungerührt die Nachricht aufgenommen, fanden Greta und Nelli. Vielleicht härteten viel Alleinsein und langes Warten ab, bestimmt führten beide Bedingungen dazu, sich das Sprechen abzugewöhnen. Lutitia wußte nie genau, wann Nelli, die Jüngste und Kräftigste, sie ein bißchen umherführen würde und nachmittags sogar treppab ins Parterre zum Kaffee und zum Fernsehapparat, und wann Greta ihr den scheußlich schmeckenden Laxofit-Trunk brächte, mit einem Stückchen Schinken oder Cervelatwurst zur Belohnung für den wirklich *verbitterten* Mundraum. Auch wenn Pechstein, der schwarze Mischlingsnachfolger des Verkehrsunfallopfers Ruppi, mit all seinen gesundheitlichen Problemen immer wieder von der aufgeregten Nelli per Taxi zum Tierarzt geschafft werden mußte – Lutitia blieb gefaßt; bei vier Kindern hatte sie eigentlich von Masern bis Drogen und geschmissenen Examen und Ehestörungen alles Erdenkliche überlebt, zusammen mit den bestürzenden Ereignissen auch deren Versickern in den Lösungen der vergehenden Zeit. Lutitia war ans Leben gewöhnt wie die alte Thermoskanne, die es immer weitermachte, angeknackst, aber wirklich zu schade für den Müll.

Greta hingegen, als Junggesellin, wunderte sich immer noch: über Mistzeug aus dem Fernseher, über herunter- und raufgesetzte Preise für Lebensmittel oder Waschpulver – und über Maxis Koma, dann Maxis Tod. Sie fragte sich (gern hätte sie sich bei Gott erkundigt): Warum hat er Geigespielen gelernt? Sie selber war seine Geigenlehrerin geworden, und hatte Maxi, erst acht Jahre alt, mit seinen klebrigen Bonbon-Fingerchen, zweimal pro Woche nicht besonders gern erwartet, als er damals auf Wunsch seiner Eltern bei ihr anfing. Wozu das Ganze? Jetzt, wo er tot war? Wozu Geigen?

Meistens schrie Nelli sie dann an, es regte sie zu sehr auf, um Maxis und seiner Eltern willen, aber vor allem wegen Greta, um die sie sich ängstigte, Greta sollte nicht an Tod und Sinn und solche Dinge denken, lieber an verschimmelte Kirschen und Ameisen in der Klosettschüssel. Nelli, die Jüngste und körperlich Stabilste, war die Wichtigste und (deshalb) die wütend Unbeherrschteste der drei Schwestern.

Aber Greta konnte nicht immer den Mund halten: Ich hab ein schlechtes Gewissen. Wir drei Alte leben und leben, Lutitia hat anscheinend die Schwelle zur Unsterblichkeit geschafft – und der Maxi stirbt einfach.

Er hatte nur ein halbes Herz, stellte Lutitia fest, und es hörte sich nach *Alles in Ordnung* an und nach *Es hat schon seine Richtigkeit*, und Nelli rannte wieder schnupfend aus dem Zimmer, knallte die Tür zu. Greta tat ihr leid, schrecklich leid. Sie merkte, daß ihre alte Schwester seit vorgestern, Maxis Todestag, nicht mehr mit ihrem Wägelchen zum Einkaufen ging. Es war ihr peinlich, vor die Haustür zu gehen. Greta fürchtete, die unglücklichen Eltern von Maxi könnten sie verabscheuen. Sie sehen mir nach, wie ich krumm und schief und grauverwuschelt Jagd auf Proviant mache und denken: Warum muß unser Sohn, bevor er noch richtig gelebt hat, sterben, und diese drei alten Frauen tuns nicht, sie tun und tuns nicht, sterben. *Nette* alte Frauen würden sie allerdings doch denken, aber grimmig, und wer könnte es ihnen übelnehmen?

Gegen Abend stürmte Alba das Haus. Allzu oft schaute sie bei den Schwestern und Lutitia, ihren Tanten und ihrer Großmutter, nicht rein, sie hatte es geschafft, Geschäftsführerin einer großen Buchhandlung zu werden, und ihr blieb wenig Privatleben. Ihr Theologiestudium hatte sie nach dem zweiten Semester abgebrochen, aber nur wegen Hebräisch.

Hoffentlich bleibt sie fromm, trotz Maxi: Greta dachte diesen Wunsch deutlich und nicht zum ersten Mal seit Maxis dreitägigem Koma. Schon setzte sie auf Alba. Jetzt fragte sie sich, ob sie ihre Hoffnung vor Nelli aussprechen könnte, ohne daß die wieder vor Kummerverzweiflung bald schniefen, bald schimpfen würde. In großer Ruhe, während sie Schluck für Schluck an ihrem ekligen Laxofit zur Animation der stinkfaulen Därme nippte, sich der heutigen Scheibe Lachsschinken entgegenquälte, sagte Lutitia: Er ist nicht mehr zu Bewußtsein gekommen, er hat einfach weitergeschlafen. Beneidenswert, fügte ihr ruhiggestelltes Gesicht hinzu. Die meistens, aber heute erst recht übertrieben überreizte Alba (sie war immer irgendwie elektrisiert, enthusiastisch, doch schien sie nie zu wissen, warum eigentlich), Alba tat einen ihrer sinnlosen kleinen Schreie und rief: Merkt ihr was? Lutitia würde sich, falls das noch wahrscheinlich wäre, einen Tod wie diesen wünschen. Wer nicht? Schlafen, weiterschlafen, durchschlafen – Exitus … (Während Lutitia geduldig und beinah wie geehrt durch so viel und auch noch die genau ins Schwarze treffende Beachtung ihrer Wünsche lächelte, kicherten die Schwestern, Greta gefiel Drastisches sowieso, und Nelli, obwohl jedes Wort von Alba sträflich abscheulich war, empfand so etwas wie eine

Wohltat.) Tot, aus, vorbei, rief Alba, Schluß damit, unsere liebe Lutitia im endgültigen Aus, so wie der dünne blasse erschreckend junge und *halbherzige* Maxi.

Ein halbes Herz, ist das nicht furchtbar? Greta schüttelte sich. Sie träufelte, bevor sie abbiß, Himbeergelee auf ihr Stück Hefekuchen. Das tat auch Nelli, aber sie sagte: Hör auf damit! Und Lutitia wartete, mit Blick auf Kuchen und Geleeglas, geübt in Geduldsproben, bis sie bei der Versorgung drankäme. Alba wollte nichts essen, nichts Süßes mehr um diese Zeit, es war schon nach sechs, und sie fragte: Ob ich zu den Schaffners rübergehen sollte? Sie wandte sich an die ganze Runde, die ausnahmsweise und mehr zufällig in Lutitias Tageslager zusammengetroffen war.

Wenn du noch fromm bist, sagte Greta vorsichtig, dann vielleicht wärs gut.

Was soll das schon wieder, mit dem Frommsein? Was sollen die armen Schaffners damit? Nelli war von neuem ganz aufgelöst, rieb sich übers schon wieder nasse, wütende Gesicht, verließ aber (erstaunlich, fand Greta) das Zimmer diesmal nicht.

Ja, klar bin ichs, warum nicht, rief Alba nervös, aber nervös war sie schließlich immer, exaltiert, nervös, all das.

Ich trau mich nicht mehr vor die Tür, bekannte Greta. Wegen der Schaffners. Ich weiß nicht, ich bin so alt. Diese alte Geigenlehrerin vom Maxi.

Schluß damit, befahl Nelli.

Warum hatte er bei ihr Geige gelernt, fragte sich Greta und sagte: Wir kamen bis Beethoven. *Maxi kam bis Beethoven.*

Gott macht keine halben Herzen, ich meine, für Krebs und alles und Herzkrankheiten und den gesamten übrigen Menschenschlamassel ist er nicht verantwortlich, sagte Alba. Ihr Gesicht zwischen den glatten blonden Haaren glühte.

Greta hörte es gern, aber ratlos.

Wofür denn sonst? Nelli klang etwas ruhiger. Ein Löffel Grießpudding mit Himbeergelee drauf verfehlte sein Ziel, Lutitias offenen Mund, diesmal nicht. Warum ist er denn da, falls er es ist? Wozu brauchen wir ihn? Wenn Beten Blödsinn ist? Du hast mal so was über Fürbitte gesagt, und daß für andere beten nichts wert ist …

Vielleicht versteht Gott kein deutsch, sagte Greta. Manchmal konnte sie sich Sachen wie diese leisten, weil alle bei ihr auf Abwegiges gefaßt waren.

Ich geh zu ihnen rüber, was meint ihr? Alba sah sich um. Die Schwestern Greta und Nelli machten skeptische Gesichter, aber Albas immer auch jenseitige Großmutter, die unerschütterbare Lutitia, nickte sehr befriedigt und einverstanden, den Mund voll Pudding.

Gott spricht deutsch, sagte Greta plötzlich fest. Alle Sprachen. Oder?

Alba zögerte an der Tür. Aber die Schaffners?

Sprechen ebenfalls deutsch, sagte Nelli hart.

Und Maxi kam bis Beethoven. Sag ihnen, sie sollen es uns verzeihen, daß wir so alt sind und nicht vor ihm gestorben sind und daß Gott … Sag ihnen einfach das.

Heiß, kalt – eiskalt!

Lauwarm. Ziemlich kühl. Wieder wärmer. Ganz schön warm: Agathe dirigierte mich von den Blumenstöcken weg entlang der abgeweideten Bücherrücken in den Regalen, und Johanna klopfte die Kissen zurecht und legte sie wieder auf ihre Plätze: da war ich schon fündig geworden. Meine Beute im blauen Eimer, ihrem größten, schleppte Johanna hinter mir her, und *Heiß!* rief jetzt Agathe (Tante habe ich zu den beiden schon als kleines Kind nie gesagt). Ich öffnete die schwere, etwas schiefe dunkelbraune Schranktür (*Sehr heiß, verbrenn dich nicht!* rief Agathe) und zwischen ihren Tischdecken sah ich etwas Hellbraunes, Dickes, und das war ein Wollschal. Nachdem der bewundert war, mehr von den beiden Schwestern, die immer wieder *Echt Cashmere* und *Ganz zart, butterweich* und so was von der Sorte rühmten, aber ich lobte den Schal auch, obwohl ich zur Zeit keinen brauche, also nachdem das Kapitel zu Ende war, fragte ich: Noch mehr? Noch mehr, noch ein bißchen mehr, sagte Agathe. Und ich setzte meine Route durchs Wohnzimmer fort, das ich eigentlich schon durchsucht hatte.

Wir mußten alles in der Wohnung machen, trotz Sonne, aber den Ostwind fand Agathe sibirisch. Eigentlich bin ich längst zu erwachsen für Ostereiersuchen und derartiges, und alle wissen das, deshalb sind die Sachen, die ich finde, auch hauptsächlich richtige Geschenke. Und meine Mutter hatte mich wieder zu den Tanten geschickt (ihre Tanten, meine Großtanten, übrigens fühle ich mich bestens bei denen, sie sind sehr originell und überhaupt nicht tantig), weil sie ehrfürchtig über Traditionen denkt. Daß man sie in Ehren halten soll und so. Und es verjüngt die zwei Guten, sagt sie zu meinem Vater, sie merken nicht so kraß, wie die Zeit vergeht.

Obwohl Agathe *Kalt!* gesagt hatte, schnüffelte ich doch nochmal um die Couch herum, und Johanna, die es sich mit dem Verstecken immer nur im Eßzimmer leichtmacht, sagte: Jetzt war er doch überall, wo soll denn noch was sein? Hast du dich auch nicht geirrt, Schätzchen? Und Agathe sagte nochmal *Kalt!* und es klang nicht wie vorher, und als sie zugab, sie könnte sich wirklich geirrt haben, glaubte ich ihr nicht, erst recht nicht, weil sie plötzlich so eifrig mit zwei kleinen Gläsern und der Porto-Flasche herumwirtschaftete. Es wäre Zeit für ein Porto-Päuschen und daß wir es uns gemütlich machen sollten, rief sie und ließ sich in den Schaukelstuhl fallen, wippte wie wild auf und ab. Alles in allem benahm sie sich komisch. Bei den beiden trinke ich immer Alkohol, zu Haus viel seltener. Es standen nur zwei Gläser auf dem kleinen Tisch zwischen Bergen von ungelesenen Zeitungen und falsch herum aufgeschlagenen, bäuchlings liegenden Büchern (mein Vater kann diesen Anblick nicht ertragen, er ist bibliophil, er stöhnt: Selbst wenn es nur Schundromane sind bei deinen Tanten, die Mißhandlung von Büchern tut mir weh). Nur zwei Gläser, denn Agathe trinkt keinen Alkohol mehr, schon lang nicht mehr. Ich war noch kleiner, als die zwei zusammengezogen sind, Johanna soll verkündet haben: Ich will meine kleine Schwester unter meine Fittiche nehmen, was ich erst später verstand. Agathe war ein paar Jahre verheiratet, bis ihr Mann (ich kannte ihn nicht, weiß alles vom Aufschnappen aus irgendwelchen Dialogen) endgültig genug von ihren Eskapaden hatte und sich auf- und davonmachte. Agathe hat ein paar Entziehungskuren hinter sich, ich weiß nicht, von was allem, und ich habe das immer ziemlich aufregend gefunden, aber man merkt ihr überhaupt nichts an, und sie sieht wie andere Frauen auch aus, das heißt, sie sieht eigentlich viel besser als andere Frauen in ihrem Alter aus, Johanna auch, zum Beispiel kommen beide mir nicht alt vor. Sie haben kurze Frisuren, die eine der andern schneidet, und sind dünn.

Hinterher dachte ich: Verdammt, warum hast du dich nicht hingesetzt und Portwein getrunken, warum hast du Agathes SOS nicht mitgekriegt? Aber das ist nun die Strafe für Agathe: Überdrehtheit bei ihr ist nichts, was besonders aus dem Rahmen fällt. Johanna war schon immer die Ruhige. Die mit den Fittichen. Bei ihr muß ich, wenn mir das mit den Fittichen einfällt, an einen großen gutmütigen dunklen Vogel denken. Und unter ihren breiten Schwingen birgt sie das zapplige aufgeregte Junge, bis es schließlich Ruhe gibt.

Mittlerweile war ich in dem abgegrasten Wohnzimmer vor der obenherum ausgebeuteten Couch in die Knie gegangen. Ich weiß auch nicht genau, warum es mich plötzlich dermaßen interessiert hat, ob es da ein Versteck gab und was da wohl drin sein könnte. Warum mir das jedenfalls wichtiger war als Trinken mit Johanna, die ganz schön bechert und trotzdem klar im Kopf bleibt, und Agathe zitiert dann meistens »Jugend ist Trunkenheit ohne Wein«, was auf unsere kleine Runde überhaupt nicht paßt, prostet uns mit ihrem Mineralwasser zu und wirkt als einzige beschwipst (ich vertrage auch einiges).

Aber diesmal, ich lag jetzt seitlich längs vor der Couch, um drunter zu spähen, rief sie *Eiskalt* mit veränderter Stimme, es war keine Spiel-Stimme mehr, und *Hör auf*, *das ist zwecklos*! Und gleichzeitig feuerte Johanna mich mit *Mach weiter!* an. Auch bei ihr klang es ganz und gar nicht mehr nach unserer Oster-Tradition, die wir ernstnehmen und wieder nicht ernstnehmen, es ist einfach wie bei einer Nachahmung, wir spielen unser eigenes Theaterstück aus früheren Zeiten, um es lustig zu haben. Wow! Es war überhaupt nicht mehr lustig, und ich merkte, daß die beiden dicht hinter mir herummachten, auch halbwegs am Boden, so gut sie das noch konnten, die eine hat Arthritis, die andere Rheuma … oder so ungefähr.

Ich wollte mich zurückrollen, aber da lagerten ihre großen Körper, und sie ließen mich nicht vorbei, Agathe wollte zwar, aber sie machte *Aua* und konnte nicht, und Johanna drängte an meinen Platz, fing schon an, mit dem rechten Arm zwischen Teppich und Couch herumzufuchteln. Zu ihr sagte ich: Geben wirs auf. Mach weiter! bohrte sie, da liegt was, ich kanns schimmern sehen. *Eiskalt!* hat ich weiß nicht wie oft Agathe immer wieder dazwischengerufen. He, Johanna, hör doch, es ist eiskalt, protestierte ich und kam immerhin auf die Beine; um meinen ungeschickt rutschenden und rückenden Großtanten nicht wehzutun, mußte ich ihnen ja wohl oder übel Platz machen. Ich hatte eine höllisch schlechte Vorahnung. Mein Vater, das weiß ich von einem unbeabsichtigten Lauschangriff, glaubt nicht dran, daß Agathe vernünftig ist (Vernunft angenommen hat, sagte er, und meine Mutter, die sich aber auch so anhörte, als wäre sie seiner Meinung, sagte: Doch, sie ist clean – also gings bei diesen Entziehungskuren um mehr als nur um Alkohol – und mein Vater fand meine Mutter aus Bequemlichkeit leichtfertig und Johanna ungeeignet, wirklich gut auf Agathe aufzupassen).

Meine trübe miese Vorahnung sagte mir deshalb: Das

ist das heißeste Versteck in der ganzen Wohnung, nur hat es nicht das Mindeste mit Ostern zu tun. Als ich nachts schon fast eingeschlafen war, wurde ich nochmal glasklar und hörte dauernd dieses Wortmaschinengewehrfeuer von *Eiskalt!* und *Heiß!* und *Das ist zwecklos!* und *Such weiter*!

Johanna hatte sich wahrhaftig flach auf den Teppich runtergebracht, Agathe vorher auch schon. Johanna fischte eine ausgebeulte Plastiktasche unter der Couch hervor, und sofort grapschte Agathe danach, und ich war Zuschauer, als sie sich um diesen Fund balgten, während sie beide taumelig in die Höhe kamen, jede mit einer Hand an einem Taschenende. Es war ein richtiger Kampf, kein Spaß mehr, bloß Agathe tat noch immer so, sie feixte mit mir und grinste und mußte zwischendurch *Laß los!* und *Gib her!* kreischen, während Johanna ganz still nicht aufgab. So ging das hin und her; weil die Zeit etwas Relatives und Gefühlsmäßiges ist, könnte ich nicht sagen: Soundsoviel Minuten lang, und Agathe versuchte es mal sanft, mal kokett: Denk doch an das Kind. Das war die sanfte Tour, und ein Kind wäre ich ausnahmsweise in diesem Moment gern gewesen. Und auf die affektierte, theatralisch: Wir haben einen Gast, vergiß das nicht. Es ist ein Mann im Haus. (Meine Großtanten sagen das oft und daß sie es genießen: Es ist ein Mann im Haus! Endlich mal wieder! Und dann kriege ich Applaus, zum Beispiel mitten im Essen, und ich grinse beim Kauen von irgendwas Köstlichem, das Johanna in ihrer gemütlichen chaotischen Küche fabriziert hat, es sind immer Sachen, die meine Mutter nie macht, wahrscheinlich nicht kann, wie etwa Rouladen oder Karthäuser Klöße mit Weinsauce, Agathe hat statt Weinsauce eine Art Vanille-Remoulade aus einer kleinen Flasche.)

Johanna, das ist eine Überraschung für *dich*, ich bitte

dich, laß los! hatte Agathe gerufen, und Johanna verstand bestimmt so gut wie ich, daß diese Idee von der Überraschung ihr Rettungsanker war. Aber Johanna ließ immer noch nicht los. Kämpfen, das machten sie mittlerweile nicht mehr. Sie standen sich einfach so gegenüber, jede mit einem zerrupftem Beutelende fest im Griff. Ich mischte mich ein: Wenns eine Überraschung für dich ist…

Dann paßt es ja jetzt gut, jetzt ist Ostern, sagte Johanna ganz ernsthaft und ruhig, aber plötzlich ließ sie doch los, und Agathe drückte die Tasche an sich, und Johanna sah nur noch bitter aus und hypnotisierte mit diesem Gesicht ihre Schwester. Im Gegensatz zu ihr hatte die einen roten Kopf, sie keuchte und brachte heraus: Du kriegst es zu Himmelfahrt.

Ach, interessant. Zu Himmelfahrt also.

Ja, zu Himmelfahrt, auf den Tag genau.

Ich konnte sie mir, wie sie da so ungleich einander gegenüberstanden und mich vergessen hatten, gut als kleine Mädchen vorstellen, die trotzige Agathe im Unrecht, schon wieder mal reingefallen und blamiert, total cool die Überlegene, die blasse Johanna, immer auf der Siegerstraße, auf der Gewinnerseite, aber zu fair, um von all ihren Vorteilen Gebrauch zu machen.

Himmelfahrtsüberraschungen. Was Gescheiteres ist dir so schnell nicht eingefallen, hm?

Es war so geplant. Weil … Himmelfahrt, es ist doch das eigentliche Fest. Es ist doch das wahre zu feiernde Ereignis, etwa nicht?

Ich war Agathe wieder in den Sinn gekommen, sie probierte ein gesellschaftsfähiges Lächeln aus. Manchmal kommt es mir so vor, als wollte sie mit mir flirten.

Ostern ist auch erfreulich, klar. Aber Himmelfahrt das i-Tüpfelchen, das Ausrufezeichen. Stimmts nicht?

Johanna erklärte, sie hätte genug von Ausrufezeichen und daß es besser wäre, sich jetzt ums Mittagessen zu kümmern, und als Agathe, als wäre überhaupt nichts passiert, ihr, die Richtung Küche kehrtmachte, mit einseifendem Ton zurief, es gäbe doch für mich noch was zu suchen, noch zwei kleine Verstecke, sagte sie, erst recht von Verstecken hätte sie genug und nicht nur für heute.

Zum Mittagessen gab es gebratenes Putenfleisch, Erbsen, Reis, gemischten Salat mit Nüssen, dazu französischen Weißwein und Mineralwasser, danach Caramelcreme und Rahmsauce mit Vanillezucker, und geschmeckt hat es, aber trotz Agathes Unsinnmachen (sicher anstrengend gewesen für sie), und obwohl Johanna nett und normal tat (auch sicher anstrengend), doch ziemlich still war, ein Genuß so wie sonst kam natürlich nicht zustande. Den beiden zuliebe bin ich so lang geblieben wie immer, ich habe in der Küche beim Abtrocknen geholfen, und dann hatten wir noch Espresso und Johanna rauchte ihr Zigarillo, was ich immer prima finde, Agathe rauchte schon nach dem Hauptgang eine Gitanes, später in der Küche eine halbe, und zum Espresso schon wieder eine, und beiden merkte ich an, daß sie ganz schön erschöpft waren.

Als sie mich bis zu ihrem vergammelten Gartentor brachten, das überhaupt nicht mehr zugeht, schief in den Angeln hängt und aus morschem Holz ist, und Agathe mich bedauerte, weil ich auf dem Rad gegen den sibirischen Ostwind fahren müßte, und sagte, daß ich spätestens zu Himmelfahrt wiederkommen sollte, wegen der Überraschung für Johanna (manchmal spinnt sie wirklich), hat Johanna schrecklich traurig auf ihre Schwester geblickt. Schlimmer als Schimpfen ist die Erinnerung an ihr trauriges Gesicht, dachte ich auf dem Heimweg, ganz blaß und enttäuscht. Der Wind tat mir auf der Haut weh, aber das ist ganz gut, denn ich mache gerade mein spezielles Messner-Training, Bergsteiger werden will ich nicht, trotzdem. Ich war sauer auf Agathe und wegen des traurigen Gesichts auf Johannas Seite. Bis mir einfiel, auch für Agathe wäre Johannas Traurigkeit schlimmer als Schimpfen, das Schlimmste, viel mehr als für mich.

Wie wars?

Gut, antwortete ich meinen Eltern.

Das war wohl auch wieder nichts

Am Vorabend hatten wir ihre Rückkehr gefeiert und lang in die lauwarme Nacht hinein ausgedehnt draußen auf den Treppenstufen vorm Haus, bis der kleine Wald gegenüber zu einer dunklen Wand zusammenwuchs, und alles sah besser aus als sonst, fand ich. Hauptsächlich wegen Molly war ich erleichtert, denn unsere Mutter war nicht so überdreht vergnügt wie beim letzten Mal, und schon gar nicht stumpf-stumm-stur wie damals, als unser Vater sie zu einem dieser Eingewöhnungstests zur Vorbereitung auf das Leben draußen für ein Wochenende geholt hatte. Nur sobald das Wetterleuchten ringsum anfing, war sie nach dem Geschmack des Vaters etwas zu lustig geworden, und seine Stimme klang kalt, als er was Warnendes sagte, nichts Besonderes, mehr so was wie: Na na, mal langsam. Gehts auch leiser. Ich fürchtete, nun wäre unsere Mutter wieder gekränkt, aber sie wars nicht und fragte, ob man die Nachbarn, bei denen brannte noch das Außenlicht, ein bißchen rüberholen sollte, doch das fand keinen Anklang bei unserem Vater.

Als er mal in die Küche ging, um neue Getränke zu holen, umarmte die Mutter Molly furchtbar fest, was Molly gefiel und nicht so gut gefiel. Aber die Mutter trank immer nur Diät Sprite und Blue Bird, keinen Tropfen Alkohol, und ihre Tasche hatte sie vor den Augen vom Vater ausgepackt und ihm alles gezeigt, was drin war. Es war unter anderm Unwichtigen, Normalen eine Medikamentenpackung drin, und von der wußte der Vater (obwohl er Stielaugen machte), daß man ihr diese Tabletten in der Klinik mitgegeben hatte, sie waren offiziell. Da hatten sie vergessen, Molly wegzuschicken. Einerseits glauben sie, Molly versteht noch nichts davon, was mit der Mutter los ist, aber dann machen sie ihr gerade damit Angst, daß sie sich plötzlich komische Blicke zuwerfen oder mit einem *Pssst!* die Hand auf die Lippen legen oder sie wegschicken und *Nicht vor Molly* flüstern. Molly ist drei Jahre jünger als ich. Pap und Mam irren sich, wenn sie Molly für dumm halten (ich meine: noch zu klein), sie kriegt einiges mit, sowieso ja auch in der Schule, und fällt bestimmt nicht mehr drauf rein, daß es immer, wenn die Mam wegmuß, heißt: Ihr Knie, es ist wieder schlimmer, sie braucht wieder eine Behandlung – ist auch ein blöder Einfall, wirklich der schlechteste, weil unsere Mutter rumspringt wie ein Känguruh, und sie rast unsere Treppen rauf und runter, also was sollte dann mit ihrem Knie sein. Aber dann kapiert Molly doch mal wieder gar nichts, zum Beispiel wie und warum die Mutter, als das Gewitter endlich über uns blitzte und donnerte und wir ins Haus flüchten mußten, furchtbar juchzte und sich freute, und ich glaube sogar, sie wollte unserem Vater um den Hals fallen (es gab schließlich seit zwei Monaten keinen Tropfen Regen), ja, dann kapiert Molly überhaupt nicht, daß unser Vater sein strenges Warnstreik-Gesicht und dieses *he he he* macht, wie wenn er die beiden Nachbarjungen dabei erwischt, daß sie das Loch unterm Zaun zu uns wieder tiefer aufbuddeln oder was auf die Windschutzscheibe von seinem Auto schreiben, wenn sie nicht sauber gewaschen ist. He he he, machte unser Vater, und sofort stand unsere Mam wie ein Pflock da, den man in den Boden gerammt hat. So was kann Molly nicht verstehen. Ich weiß, warum ers macht. Ob ichs richtig finde, ist eine Frage für sich.

Abends vor dem Gewitter hatten sie, Pap und Mam, wirklich ihre Rückkehr gefeiert, aber wie wir da auf den Stufen vorm Haus saßen und sich über uns kein Zweig bewegte und das Wetterleuchten unsere Mam schon reichlich unvorsichtig begeisterte, konnte ich innerlich nicht mehr mitfeiern. Auf diesen Abend gefreut hatte ich mich ja auch nicht. Schon zu viel dergleichen erlebt, es war bisher nie richtig gut ausgegangen. Als ich später in die Küche kam, sah ich, wie die Mam unentschlossen, die Schere in der Hand, vor einer Milchpackung stand. Sie schaffte es nicht, die Packung zu öffnen. Ich kapierte, daß es nicht deshalb war, weil sie es nicht konnte, das Aufschneiden, es war keine Ungeschicklichkeit. Sie konnte sich nur nicht entschließen. Sie dachte über irgendwas nach und konnte sich nicht entschließen.

Und auf einmal kam ihr Mann in die Küche, mich hat er nicht bemerkt, genausowenig wie sie mich bemerkt hatte, sie waren jetzt nur Mann und Frau, und er sagte mit einem Blick auf die Szene, die einfach stehenblieb, wie ein Film auf dem Videoband, wenn die Stoptaste gedrückt wird: Aha. Das war wohl also auch diesmal wieder nichts.

Es geht mir schon viel besser

Am Telephon hast du mirs nicht geglaubt, es stimmt trotzdem, ich war nicht nervös. Gut, ich stand unter Hochspannung, aber ich rege mich viel mehr auf, wenn ich passiv bin und bloß warte, ob was passiert. Und du irrst dich noch mal: weder für Bernie noch für mich war es besonders schlimm, daß unsere Aktion auf den Todestag vom Vater fiel. Auch nicht symbolisch oder so was. Überhaupt finde ich es erstens allmählich etwas gedenktaghysterisch, jährlich pünktlich zu diesem Datum die Köpfe hängen zu lassen und der guten Mama auf Kartengrüßchen immer wieder zu kondolieren; der Vater ist vor zweiundzwanzig Jahren gestorben und zwar, zweitens, nach menschlicher Vorstellung verhältnismäßig angenehm, du kannst fragen, wen du willst, sie wünschen sich alle den ästhetischen Herztod, und den Tod entdecken wir doch, drittens, mit zunehmendem verdammtem Altern und dessen vermaledeiten Defiziten als die schönere Alternative zum Leben.

Du selbst hasts mir bestätigt: Ja, der Vater hats jetzt gut. Nur klang deine Stimme dabei schrecklich bedrückt wie leider meistens, wenn wir von der Familie reden. Wir müssen das aber frohlockend sagen, andernfalls gehören wir und nicht Jesus Christus ans Kreuz. Hab ich von einem Profi gelernt (Theologie-Professor). Übrigens dachte ich an die reinliche Art des Sterbens vom Vater, keine vollgemachten Windeln und konkrete Scherereien, nur diese abstrakten Sorgen, und ich überlegte mir schon irgendwelche Antworten, falls eine der Tanten *Gott hilft doch kein bißchen* schimpfen würde, Lisabeth könnte das tun, Flora weniger, und dann käme ich mit dem Jenseits und daß es dort ganz bestimmt keine Coloskopien gibt. Hoffentlich mußt du jetzt lachen.

Jetzt will ich aber versuchen, einigermaßen chronologisch zu berichten. Um zwölf hatten Bernie und ich den Termin bei Mamas Arzt, und unser gewissenhafter Bruder Bernie hat am Vorabend seinen Abfahrtszeitwunsch nochmal korrigiert: elf Uhr zwanzig statt elf Uhr dreißig. Und mein gewissenhafter Eli fand, dann sollten wir um zwanzig vor elf zu ihm aufbrechen, Montagsverkehr und so weiter. Natürlich kamen wir zu früh. Auf diesem ersten Streckenabschnitt Richtung Süden war ich meistens stumm, Eli weiß, daß ich beim Autofahren am liebsten nichts rede und so vor mich hin denke, diesmal brauchte ich das erst recht, und jetzt denkst du: Ha, also doch nervös!, aber beim Autowechsel und dann mit Bernie müßte ich mich unterhalten, es muß vor Ewigkeiten gewesen sein, daß ich mit ihm allein war, und nur darum gings: Ich schonte mich für die ein bißchen gespielte Unbefangenheit. Zu Eli sagte ich irgendwann: Im Kopf schreibe ich schon dauernd den Bericht für meine Schwester. Was auch gestimmt hat. In dem Bericht saß ich bald bereits im Sprechzimmer von Mamas Arzt, bald wuselte ich rauf und runter im Haus bei den drei Alten. Übrigens hat der Arzt (ich greife mal vor, weil du das bestimmt gern hörst) mir widersprochen (ich sagte irgendwas über quietschfidele Alte, andere Alte als unsere Mutter eine ist, die eine gräßliche Prozedur wie die zur Diskussion stehende sogar als willkommenes Abenteuer empfänden: endlich mal raus aus dem einen Zimmer, in das sie gesperrt sind und so weiter) und er sagte: Ihre Mutter hat noch viel Lebensqualität, sie liest, sie hat ihre beiden Schwestern um sich. Er hat recht, stimmts? Aber weiter, der Reihe nach: Und glaubs mir ruhig, Schwesterherz, Bernie empfing Eli und mich überhaupt nicht mit Trauermiene. Weil wir noch eine halbe Stunde Zeit bis zur Weiterfahrt hatten, zeigten er und Gila uns stolz frischgeschnittene Hecken und ein paar Umgestaltungen des Gartens, mehr Licht drin und Blumen; o. k., es ist nicht mehr Mamas Garten, auch nicht mehr wirklich ihr Haus, so tiptop wie in Gilas Regie hat es sich schon verändert, aber wichtig ist doch, daß es weiterhin von der Familie bewohnt wird und nicht von Fremden und daß die zwei es genießen und lieben, es heißt bei ihnen *Arcadia*, und ehrlich gesagt fahre ich jetzt leichteren Herzens hin, früher wars immer mehr zu einer Angstpartie geworden, mit der gefährdeten Mama allein da drin zwischen all den Risiken, von der Treppe bis zur Badewanne. Puh, schon wieder abgeschweift! Und auch Gila, wirklich, keine unkige Bemerkung von ihr, keine Belehrungen. Abschied von Eli, der gleich zu uns nach Haus zurückführe, und von Gila, Zuwinken bis zuletzt, die zwei standen nebeneinander mit der aufpolierten Heiterkeit wie für einen Schnappschuß.

Bernie wollte über die B 3 fahren, die Autobahn wäre ein Umweg von dort aus, und wir haben über die rechts und links der Straße wie für uns arrangierten Eindrücke geredet, in einer Gegenbewegung eilten sie auf uns zu und gleichzeitig fuhren wir ihnen entgegen, und man kann sich immer gar nicht vorstellen, daß diese Tankstellen und Supermärkte und die kleinen Seitenstraßen und all die Menschen, die sich da in ihrem gewohnten Alltag beschäftigen, nicht nur für diesen Moment angeordnet sind, in dem wir sie sehen und sofort wieder vergessen.

Da hast du schon wieder einen Beweis dafür, daß wir

nicht trübsinnig bitter vor uns hingegrübelt haben, Nebensächliches hat uns abgelenkt, ein Gelände für einen neuen Busbahnhof, das in ein Waldstück eingeschnitten war, schade drum, und daß sie im Fernsehen das falsche Wetter prophezeit hatten, früh am Morgen wars zwar ziemlich kalt gewesen, aber nun längst wärmer und die Sonne heizte das Auto auf, ich hatte einen Glühkopf, aber Bernie sagte, nein, nein, du bist nicht rot, du bist blaß, und er zeigte mir die paar kleinen Restaurants, die Gila und er schon ausprobiert hatten, seit sie hier wohnen, und Bernie mag die dörfchenartigen Kleinstädte zwischen Hügelkette und Tiefebene, in die sich leider die übliche Zersiedelung florierender Gegenden ekzemartig frißt, Kleinindustrie und Reihenhauszeilen und Gruppen von Hochhäusern, auch immer wieder die Großmärkte; Bernie sagte, daß hier der Süden beginnt, lange Mittagspausen (entlang der B 3 wurde es stiller), in denen die Leute essen und sich ausruhen, als wärs schon ein bißchen Italien oder Frankreich. Daß es Vaters Todestag war, haben wir auch erwähnt, aber (keine Angst!) nicht heulsusig oder als käme dem für unseren heutigen Job eine tiefere Bedeutung zu.

Manchmal habe ich doch etwas zum Arzttermin Passendes gesagt, Bernie auch, von dem ich wußte (er hat ihn schon einmal zwischen Tür und Angel gesprochen), daß er ein netter, besonnener junger Mann ist, und jung ist günstig, sagte Bernie, dann sind seine Kenntnisse frisch und auf dem Gegenwartsstand. Wir redeten von der Sackgasse, in der wir stecken: Der Arzt will, muß wahrscheinlich, die Untersuchung befürworten, und die Gegenseite Familie beharrt in der Verweigerungsposition. Ich würde vorbringen: Unsere Mutter ist nicht nur fünfundneunzig, sie ist auch extrem menschenscheu, vielleicht altersdepressiv, gehen kann sie kaum noch – findest du auch: niemand, den wir kennen, ist so wie sie. So abgekapselt. Haben wir sie zu lang zu viel alleingelassen? Immer kommt sie mir von etwas Früherem abgeschnitten vor, halbiert, sie ist eine Witwe. Bernie hat festgestellt, wie schwer es ihr fällt, Gefühle zu zeigen. Außer daß sie sowieso nie viel spricht. Ich kriege ihre Gefühle mit. Am Telephon sagt sie *mein Liebes.* Sie sagt: *Laßts euch schmecken.* Mehr brauche ich nicht. Die knappe Präzision, in der sich ihre Güte und Liebe ausdrückt, ziehe ich wortreichen Gefühlsbeteuerungen vor (leider mehr mein Fall, als müßte ich mich für zu wenig Praxis entschuldigen, meine Liebeserklärungen sind wie Angriff und Verteidigung in einem Vorgang; wahrlich, unsere Mutter machts besser).

Würde der um viele Jahre jüngere Arzt Bernie und mich als Ältliche in unserer Sorge etwas schrullig finden? Mir ist von einem bestimmten Zeitpunkt an aufgefallen, daß ich mir fremden Menschen gegenüber beim Reden von einem seit zweiundzwanzig Jahren toten Vater und einer uralten Mutter etwas lächerlich vorkomme, es zieht nicht mehr so richtig. Als wäre ich zu alt für die Anhänglichkeit oder das Sichsorgenmachen, für die Liebe zu den Eltern. Umgekehrt gehts mir bei anderen älteren Söhnen und Töchtern genauso: Enge Elternbindungen und was an Kummer dazugehört überraschen ein wenig, wirken fast komisch.

Bernie seufzte auf dem Rückweg: Wir sind nicht mehr jung genug für so viel Nähe zum Tod. Na, nimm jetzt aber bitte diese Äußerung nicht zu tragisch!

Und vorher, Hinweg, rote Ampel, fragte ich: Was meinst du, wenn wir dem Arzt die menschenverachtende Untersuchung auszureden versuchen, unsere ängstliche

Mutter schützen wollen, denkt er dann, aha, vor allem wollen die zwei sich selber schützen und die übrige Familie mit? Doch Bernie verwarf den Verdacht: Aus Gewissenhaftigkeit und weil er bei ungeklärtem Befund keine Behandlungsstrategie ins Auge fassen könne, sei die Einstellung des Arztes gerechtfertigt. Trotzdem, wenn ich mal bloß mich nehme: Natürlich gehts mir um die Mama, aber doch nicht um sie als Solistin, gleichzeitig und genauso engagiert gehts mir um mich selbst (um andere in diesem Konzert auch, hauptsächlich um die überforderten Tanten-Schwestern und um dich). Ich frage mich: Was muß Schlimmes passieren, wodurch ich aus dem häßlichen Automatismus gerissen würde, zuallererst meine eigene Reaktion zu beobachten? Die Wirkung des Schlimmen auf *mich* zu befürchten?

Der Arzt hat dreimal freundlich ins Wartezimmer gespäht und uns zugesichert, es würde nicht mehr lang dauern, und dann Bernie und mich nicht für ein Ehepaar gehalten, wie ichs prophezeit hatte, es stellte sich nämlich heraus, daß unsere ungesprächige Mutter ihm von uns einiges erzählt hat, von dir auch, demnach muß sie ihn gern haben. (Lisabeth schwärmt sogar von ihm, Bernie verriet ich ihre Bemerkung, wenn sie jünger wäre, würde sie sich in ihn verlieben.) Später zog ich sie mit seinem Mittelscheitel auf. Aber ein gängiger Typ ist er wirklich nicht, und es ist kein richtiger gezogener Mittelscheitel, nur fällt sein Haar von der Schädelmitte an beiden Seiten runter, ungewöhnlich aussehen tut er schon. Auch du hättest nichts an ihm auszusetzen. Ein großes Plakat wie aus einer Metzgerei mit dem fleischwurstrosigen Geschlinge der menschlichen Gedärme lag auf seinem Schreibtisch für uns bereit, und weder in Mamas Innern noch in meinem noch bei sonst jemandem stelle ich mir gern diese wulstigen Schlauben vor, fünf Meter sind einfach zu viel für einen Bauch. Übrigens hatte ich in den Nächten davor mindestens zweimal von Babies geträumt. Jeweils saß eins, schon ziemlich groß, dicht bei der Mama, obwohl sie einen Schwangerschaftsbauch hatte. Ich weiß, woher das kommt: Als ich dreizehn war, gestand sie mir (wir trafen uns auf dem Treppenabsatz, ich kam vom Parterre rauf, sie von oben hatte vielleicht meinen düsteren Blick auf ihren Bauch gesehen), und sie war vergnügt dabei, wir bekämen demnächst einen kleinen Nachkömmling in der Familie, und ich war schrecklich schockiert, ich fürchte, ich habe nur *Ach so* geknurrt und bin weiter raufgerannt – du hattest es schon gewußt und dich extrem gefreut, ich konnte noch so oft *Ich finds zum Kotzen* sagen.

Zurück ins Sprechzimmer des Arztes. Innerhalb der Geschläuche, die auf dem vergrößernden Fleischwaren-Plakat geöffnet waren, aber ohne Exkremente drin, hatte der Graphiker die Stenosen und die Divertikel, Polypen, Zysten, Fisteln und wasweißich noch sonst abgebildet, ein Tumor, wie ihn Mamas Arzt vermuten muß oder nicht ausschließen kann, hat natürlich auch nicht gefehlt. Eigentlich was Neues bot uns diese Demonstration nicht. Nur daß es unvermeidlich zur Katastrophe kommt, wenn wir die Gedärme der Mama nicht zur Besichtigung freigeben, wußten wir nicht, und unsere Protesteinstellung wackelte. Weil du dich immer viel zu schnell aufregst, lang bevor überhaupt was passiert, sage ich besser nicht, *was* passiert, wenn wir beim *Nein* bleiben, aber es ist viel entwürdigender und widerwärtiger als jede Untersuchung und im Unterschied zu ihr mit körperlichem Leiden verbunden.

Trotzdem brachte ich noch seelische Ursachen aufs

Tapet. Der Arzt sah aus, als wäre ihm ein Karzinom sympathischer als eine Depression. Eine Depression ist miserabel, weiß ich ohne Nachhilfeunterricht, aber erstens heilbarer und zweitens hygienischer als das ganze krakenarmige Tumor-Elend, oder? Bernie war übrigens seltsam zurückgenommen, vielleicht nicht allzu seltsam, weil ich viel geredet habe. Wir hatten lang genug wie bei einer Theaterprobe der immer gleichen Szene unsere immer gleichen Texte hin- und hergehen lassen, der geduldige Arzt seinen von der medizinischen Notwendigkeit der Untersuchung und wie problemlos alles über die Bühne ginge, Sanitäterabholung, Krankenwagen und so weiter, und wir mit unseren Bedenken, bis er plötzlich mit der für die Patientin noch viel unaufwendigeren Computertomographie herausrückte. Er schilderte sie uns, im Vergleich mit den anderen Methoden schnitt sie wie das reinste Honigschlecken ab. Es bliebe nur das Transportmanöver, das einschüchternde Krankenhaus. (Ich dachte: Und unsere Angst vor der Diasgnose.) Dazu müßte sie aber zu überreden sein, zu diesem CT, klingt wirklich nach harmloser Prozedur, sagte ich zu Bernie, um überhaupt was zu sagen, denn draußen in der Sonne auf dem kurzen Weg zum Parkplatz waren wir beide überanstrengt. Aber erhitzt auf der Straße und mit der Aussicht auf die drei Schwestern und das, was wir ihnen sagen müßten (und *wie*?, jeder ein bißchen anders), gefiel uns das Engagement des Arztes. Er hat unsere Mutter gern. Wozu sonst gäbe er sich, abgesehen von seinen Arzt-Eid-Pflichten, solche Mühe? Bedenke nur: Ein so junger Mann findet es der Mühe wert, einer so alten Frau die denkbare, absolut schauerliche Notsituation zu ersparen. Er will sie nicht auf ein verkommenes dreckiges Ende zuschlittern lassen. Er will sie nicht aufgeben, einfach sterben lassen. Er findets der Mühe wert, sie zu retten, für wie lang weiß bei ihrem Alter keiner, aber an so etwas denkt ein guter Arzt nicht. Erst recht nach diesem Eindruck von ihm verachte ich das Zeitgeist-Niedermachen der Schulmedizin, und das Gerede vom würdigen Tod, den sie nicht zuläßt, ist wirklich nichts als Gerede, schwachsinnig, schlecht informiert. Die Natur hat eine Menge unwürdiger Todesarten im Programm.

An diese Stelle paßt, was mich auf der Rückfahrt um eine Hoffnung ärmer machte. Ich hatte zu Bernie gesagt: Ich hoffe, unsere Mama hat sich genug Rohypnol vom Mund abgespart, daß Flora sammelt, weiß ich. Aber Bernie enttäuschte mich, und um Medizinisches kümmert er sich immer noch, du weißt ja, er hats mal studieren wollen: Es ist verdammt schwer, sich mit Rohypnol zu töten. Man schläft zwar wunderbar und je nachdem ziemlich lang, aber dann wacht man mit einer Lungenentzündung auf, je länger der Schlaf, desto schlechter dein Zustand. Das kannst du vergessen.

Und dann waren wir vor der Nummer 16, Uhlandstraße, endlich schön schattig dort und drin im Haus wars auch kühl, und während Bernie sich gleich oben im ersten Stock auf dem als Lehnsessel getarnten Klostuhl am Fußende von Mamas Diwan seßhaft machte, auch dort blieb, bin ich bald runter, bald rauf gelaufen, bald zu Flora in die Küche, wo sie sich wie eine großäugige Eule über grüne Paprikahälften krümmte und sie langsam zerschnipselte, bald zu Lisabeth, die nie leicht zu finden war, weil sie wie gleichzeitig überall herumwirtschaftete und immer sagte: Ich komm gleich zu euch rauf. Ich berichtete Flora und ihr trotzdem jedesmal bei meinen Stipvisiten von dem, was der Arzt gesagt hatte, auf ihren Widerstand gefaßt, aber es kam gar keiner, außer ein paar Grimassen oder ängstlich aufgerissenen Augen kam nichts, und ich selber überraschte mich mit meinem völlig aufgegebenen Widerstand. Ihr zuliebe müßten wir es machen lassen, sagte ich, und beide Schwestern stimmten mir zu, Flora allerdings nur stumm. Und dann war ich wieder oben bei der Mama, über die ich mich ein paarmal immer wieder geworfen und sie abgeküßt hatte und unterbrach damit eine Unterhaltung zwischen Bernie und ihr über irgendwas, und versuchte, auch sie zu überreden. Doch sie wiederholte nur dauernd: Ich bin wieder vollkommen gesund. Es ist vorbei. Einmal kam, als sie das wieder sagte und *Ich will die Untersuchung nicht* hinzufügte, Lisabeth hereingestürmt und sie rief richtig verzweifelt und auch etwas zornig: Aber Schätzchen, nichts ist vorbei! Gut, seit ein paar Stunden ist nichts passiert, aber letzte Nacht gabs wieder eine Katastrophe! Da tat mir die Mutter schrecklich leid. Widersprechen konnte sie nicht. Ich habe sie wieder gequetscht und ins runde Gesicht geküßt, das in letzter Zeit wie aus Plastik aussieht, ich meine, ihre Backen sind ziemlich dick und sehr glatt, und als sie endlich lächelte, sagte ich: Du willst doch endlich mal wieder was anderes als Haferbrei und Toast essen. Denk mal dran, was du mir gestern abend am Telephon gesagt hast! Mir hats fast das Herz gebrochen! (Bernie war, glaub ich, meistens reichlich erstaunt über mich, einmal hat er kurz aufgelacht und gefragt, warum ich so emphatisch wäre.) Aber so etwas wie gestern abend, überhaupt: Randerscheinungen, die machen mir verflucht zu schaffen, auf eine andere Weise kein Gramm weniger leicht als das Gewicht der medizinischen Torturen liegen sie auf mir. Nämlich: Als ich am Abend vorher mit ihr telephonierte und sie *Mama, was soll ich dir mitbringen?* fragte (meine Buchgeschenke erweisen sich immer als Reinfall), sagte sie so verschmitzt und klang ganz jung dabei, es war wie zwischen zwei Kinderfreundinnen mit Vertrauen auf Komplizenschaft und gut gehütete Geheimnisse. Was Süßes! Ich hab so eine schreckliche Lust nach Schokolade! Jetzt stell dir das nur mal vor! Ihre Hoffnung auf mich und meine Rührung und der Schmerz beim Abschmettern: Mamachen, das geht jetzt wirklich nicht! Lisabeth würde einen Anfall kriegen, einen Nervenzusammenbruch! Und sie hats sofort eingesehen und irgendsowas wie *Du hast recht* und *Das darf ich jetzt nicht essen* gesagt, entsetzlich fügsam, und sie hats mir damit leicht und schwer gemacht.

Enttäuschte und schnell wieder geduldige Mutter. Darf man überhaupt je erwachsen werden und irgendwas besser wissen als sie? Jetzt, nach dem Arztbesuch, stellte ich ihr all die wundervollen Süßigkeiten in Aussicht, die sie wieder hätte, wenn sie sich untersuchen ließe. Es wird nichts Schlimmes dabei rauskommen, sonst hättest du überhaupt nicht erst Lust auf Schokolade. Du wärst völlig darnieder, wenns was Schlimmes wäre. Es wird was Harmloses sein, aber dein Doktor muß wissen, was, dann erst kann er dich wieder gesundkriegen. Plötzlich hat Lisabeth die entscheidende Frage gestellt: Sag mal, Liebling, willst du die Untersuchung nicht, weil du Angst davor hast, was dabei rauskommt? Und da hat unsere Mutter ganz ernst gesagt: Ja.

Manchmal will ich auch so reagieren wie die anderen, ich meine, es ist mir wirklich danach zumute, und nach Mamas *Ja*, als alle verstummten, für einen langen Augenblick schienen mir die Möbel und die Bilder und Bücher lebendiger zu sein als wir im Zimmer, da war dann doch wieder ich es, die mit ihrer übereifrigen Stimme laut ins Schweigen stieß, wie ich fürchte: mit einem ziemlich haarsträubenden Durcheinander. Darin, immer als wäre sie eine große Puppe (sie sah auch ein bißchen aufgepumpt aus) stürzte ich mich über die Mama und erinnerte sie beispielsweise an ihre Lust auf Schokolade, gutes Zeichen, niemand ernstlich Krankes würde an so was denken, ja überhaupt ans Essen, und ich hatte doch gleichzeitig Angst vorm Ungewissen, wenn ich ihren ballonartigen Bauch unter mir spürte, und dann setzte ich mich wieder und sagte: Übrigens haben wir alle doch nicht bedacht, daß euer Arzt kein Spezialist ist. Der Einfall war mir spontan in einer Erhellungssekunde gekommen und er imponierte mir, er rückte alles in eine bessere Entfernung mit neuen Hoffnungen. Daß Flora irgendwann aus dem Zimmer gegangen war, merkte ich erst, als ich mich zu Lisabeth umdrehte, weil sie einen verliebten und erschreckten Schrei ausstieß, und dann verteidigte sie den hübschen Mittelscheitel und was es sonst vom jungen Arzt gibt: Er weiß furchtbar viel! Ich komme nie ganz mit, wenn er mir was erklärt. Natürlich, ich bin überhaupt kein Arzt, aber trotzdem. Bernie stand mir bei, unter Schonung von Lisabeth und dem Arzt-Liebling: Die Idee mit dem Spezialisten ist nicht schlecht. Sie würde den wirklich bemühten und sachkundigen Doktor überhaupt nicht kränken, vielleicht sogar im Gegenteil. Weil Bernie besser ankam, Lisabeth bezähmte, war ich noch ein bißchen trotzig. Er ist noch nicht mal Internist. Ich finde ihn ja auch sehr nett, Lisabeth, aber wenns um die Mama geht... Bernie sagte was von Gastroenterologen. Und daß überhaupt vielleicht vor jeder Untersuchung einmal noch nicht abgeklärte Ursachen erwogen werden könnten. Er wußte was von der Mutter einer Freundin seiner Gila, die sich seit Monaten mit Kolibakterien herumschlug. Sind furchtbar schwer wegzukriegen.

Ich war mittlerweile so überdreht, daß ich erstmal wieder einen Lauf durchs Haus brauchte.

Ich liebe den alten gemütlichen Kasten, aber Bernie, an Gilas Perfektion gewöhnt, und mein Eli, der fürs halbwegs Perfekte schon selber sorgen muß, denn mein Fall ist Hausarbeit leider nicht (außerdem hat Gila im Unterschied zu uns beiden ja schließlich auch keinen Beruf mehr), die zwei stört, daß alles baufällig wirkt, auch das Vollgestopfte und Unaufgeräumte, und sie fragen sich, womit die Putzfrau die Zeit totschlägt und wann wohl endlich und ob überhaupt noch jemals irgendwas sehr dringend Wichtiges repariert wird. Aber du mußt die Schuhe nicht abtreten, wenn du reinkommst, und überall kannst du dich benehmen wie du willst, na du erinnerst dich ja von deiner letzten Atlantiküberquerung her gut genug an diese einmalige Freiheit dort. Nur kam mir wirklich an diesem späten Vormittag (es war schon fast zwei), wohin ich auch ging und blickte, alles reichlich strapaziert und heruntergekommen vor, der Wasserhahn im oberen WC lief nicht, das Badezimmer sah halbwegs wie ein Wohnzimmer aus und so weiter, und Zeitschriften und Bücher lagen auf Treppenstufen.

In der Küche schnipselte Flora wieder Paprikascheiben, mir kams vor wie wenn man einen Film, den man auf dem Videoband angehalten hat, wieder weiterlaufen läßt, bei Flora dieselbe gebückte Haltung und ihr Eulengesicht, das sie zu mir hob, als ich ihr was von der Verpanzerung unserer Mutter vorstöhnte und wie schrecklich ichs fände, sie zu quälen. Dann sah sie mich ernst an, Schatten auf ihrem immer noch so schönen ausdrucksvollen Gesicht, von dem Fenster hinter ihr fiel ein Lichtstrahl voller winziger, sich umeinanderkräuselnder Staubpartikel auf ihren grauen Schopf, der zu Berge stand, und sie sagte genauso ernst, aber überhaupt nicht pathetisch oder so: Eure Mutter wird ihre Wahl treffen. Sie wird sich entscheiden.

Dazu, glaubs mir, kann ich nur sagen: Flora hat mir gut getan. Sie macht sich genauso große Sorgen wie jeder von uns. Doch sie schafft es, daß eine große geduldige Ruhe von ihr ausgeht. Nun, wirklich auf mich über ging diese Ruhe natürlich nicht, ich kann auch ohne daß was aufregend ist nicht gut wirklich ruhig sein. Drum zwang ich mich, an meinen für den nächsten Nachmittag angesetzten Friseurtermin zu denken. Über den fing ich in diesem Moment schon an, nervös zu werden. Probier das mal aus, wir zwei sind uns ja irre ähnlich, und bei mir hat sichs noch immer bewährt: Wenn du eine Aufregung mit einer anderen kompensieren willst, laß dir einen Friseurtermin geben, aber für eine größere Sache, am besten alles zusammen, Dauerwelle, Tönen, Schneiden (vor allem Schneiden!). Ja, und dann kamen die drei Tage, an denen es der Mama zu schlecht ging, um aufzustehen, ich meine, es waren bloß diese Diarrhoe-Attacken, und ich schreibe es, weil du es sowieso mitgekriegt hast, und sie konnte nicht ans Telephon, aber Lisabeth hat es relativ zeitlich exakt übernommen, immer etwas später als gewohnt, und meine Nerven waren jeweils am Sieden, aber sie klang nie jämmerlich aus all ihrem Streß heraus, sie sagte sogar wieder wie früher schon, sie hätte es zwischendurch ganz gemütlich und sie würde zu ihrer inneren Erheiterung Fontane lesen, sie will in einen VHS-Fontane-Kurs, und wenn wir fertig mit dem Telephonieren waren, rief sie immer der Mama zu: Sag du auch mal was, und jedesmal hörte ich sie von ziemlich weit weg *Es geht mir schon viel besser* rufen. Das hat mich einerseits getröstet, andererseits aber gereizt, weil ich dachte: Sie besteht drauf, es soll ihr nichts fehlen, sie will das ganze undurchdringliche Elend fortsetzen. Aber dann, am Abend des dritten Tags, und das Lisabeth-Gespräch war schon gelaufen, da klingelte das Telephon, und sie war dran. Mit der festen Stimme der Mutter aus unserer Kindheit erklärte sie: Ich wollte euch nur mitteilen, daß ich morgen um acht Uhr geröntgt werde. Stell dir das vor! Röntgen oder CT – egal, sie weiß das nicht so. Ich säuselte ihr meine Begeisterung um die Ohren, aber sie wurde nicht sentimental, blieb diese frühere Frau. Sie hörte sich forsch und entschlossen an und mich hat sie ein bißchen ausgelacht, nachsichtig wie über einen Kinderkram und diesmal wegen meiner Tiraden. Meinen Friseurtermin habe ich sofort vorverlegt, damit ich mich morgen auf meinen verkorksten Anblick konzentriere und auf sonst nichts. Hoffentlich weißt auch du einen Trick. Warten, einfach warten, ist verdammt das Allerletzte.

And now: Twistle

Auf dem Weg zur Krankenkasse mußte Annie die Wilhelmstraße überqueren, und beim Blick auf die gelbe Fassade der von-Platen-Schule fiel ihr Frau Bock ein und daß es ein Mittwoch war, also könnte sie jetzt wirklich mal in die Turnhalle reinschauen. Ihre Antragsformulare machten sie nicht mehr nervös, sie brauchte sie heute nur einzuwerfen, es war sechs und kein Mensch mehr im Büro, und um halb sechs fing Frau Bock immer mit diesem Kurs an.

Ja, sie sollte es tun, reinschauen, dachte Annie, Frau Bock ist unter allem andern, was sie sonst noch ist, auch nett und munter zum Beispiel, die einzige Heilgymnastin, die ins Haus kommt. Annie war oft weder nett noch munter, oder vielmehr: nicht dazu aufgelegt, mit Menschen zusammenzusein, die es waren ... nett bin ich eigentlich doch, fand sie und wechselte auf die schattige Straßenseite über, die sie benutzen würde, selbst wenn es nur noch wenige Schritte bis zur Schule waren. Wann würde dieser Tag endlich ein bißchen kühler? Und immer noch schien die Sonne, sie ließ und ließ nicht locker und endlich ab von den Straßen und Plätzen der kleinen Stadt und das bekam denen nicht gut, so deutlich angestrahlt sahen sie wie bestraft, von Gott selbst und jeglicher Gnade verlassen aus.

Die Anstrengungen der städtischen Gartenverwaltung mit dem Ziel, mit Begrünung und Pflänzchen da, wo es ging, der Szene Attraktivität aufzupfropfen, wirkten ziemlich vergeblich, und in den Vorgärten, obwohl für die seit Wochen jeden Abend eine Menge Wasser verbraucht wurde, verkümmerten einförmige Rasen und alle die einander ähnlichen Gewächse.

Aber sechs ist eigentlich erst fünf, sagte sich Annie, eine Gegnerin der jährlichen Uhrenumstellung auf Sommerzeit und überquerte die Straße. Sie brauchte Abende, sie hatte es gern, wenn es dämmrig wurde. Nur den letzten Gang des Tags mit Hamlet machte sie lieber bei Tageslicht. Ach Hamlet, mein Schätzchen, du kommst zur Zeit ganz schön zu kurz: Annie redete mit ihrem großen schwarzen tiefsinnigen Retriever und sonstwas, Mischungen ergaben die umgänglichsten Hunde und Hamlet war ihr vierter aus dem Tierheim.

Was soll das noch für ein Sommer werden, sagte Annie zum Hausmeister, einem dünnen Mann im blauen Overall und mit einem von irgendwas Schiefgelaufenem in seiner Biographie mißhandelten Ausdruck, der aber täuschen konnte, denn Annie wußte, er fand sich und sein Amt wichtig und genoß das, und er hatte eine fröhliche kugelige Frau, die bestimmt keine Probleme machte. Es ist schließlich erst Juni, offiziell sogar noch Frühling.

Der Hausmeister hatte, um Annie zu begrüßen, mit dem Herumhämmern an einem der Fahrradständer aufgehört, hob seine Baseballkappe mit dem Signum RUN kurz an und strich sich über wenig blondes Haar, er freute sich, Annie zu sehen, sagte etwas von *Seltenem Besuch* und *Ehre* und *Majestät*, grinste auch, war gern witzig, doch sein Gesicht blieb gekränkt. In der kleinen Stadt kannte jeder jeden.

Annie erklärte, was der von-Platen-Schule die Ehre verschaffte, und der Hausmeister nickte ernsthaft dazu, einverstanden und Frau Bocks Tun billigend. Er fühlte sich wahrscheinlich als eine Art Kon-Rektor.

Frau Bock hat gesagt: Zaungäste erwünscht. Und ich soll doch wenigstens mal als Zuschauer mitkriegen, wie lustig es bei ihr zugeht.

Ist wirklich ein lustiger Haufen. Die haben eine Menge Spaß dabei. Der Hausmeister bückte sich nach seinem Transistor-Radio, das er auf dem Kiesboden des Schulhofs abgestellt hatte, um einen andern Sender einzustellen. Annie erkannte, als er fündig geworden war, zwischen dem ersten leisen und dem zweiten leisen Gedudel keinen Unterschied.

In der Turnhalle war es angenehm kühl, bei wohltuend gedämpfter Helligkeit, und Annie trat ein, vom Zuwinken Frau Bocks belohnt, als die – sie unterbrach ihre Anweisungen nicht – in die Gruppe rief: Und ihr Mädchen durchstöbert bitte eure Kleiderschränke und sucht was Ländliches, ziemlich lange Röcke, so ein bißchen was Trachtenmäßiges.

Die Reaktion bestand in eifrigem Bereden, alles wirkte vorfreudig-aufgeregt.

Und für unsere drei Jungs – alle lachten – gilt Entsprechendes. Sommerliche Hose, bloß nichts Elegantes, weißes Hemd, halbärmelig, rief Frau Bock. Und nun noch mal dasselbe von vorne, wir haben einen Gast, zeigt, was ihr könnt.

Die Gruppe bildete wieder einen Kreis, der sich nur für die Textilienberatung etwas gelockert hatte, reihum faßte man sich an den Händen, die Arme angehoben, und zu Frau Bocks Anleitungen *Drei Schritte vor, und zurück, drei vor – und wieder rück!* bewegten die siebzehn sich aufeinander zu, voneinander weg.

Frau Bock hatte Zeit für eine Kehrtwendung und beim

Blick in ihr intensiv optimistisches Lächeln mußte Annie an die seit ihrem Aufgang am Nordosthimmel, halb sechs oder so, unermüdliche Nervensäge von diesem blöden Fixstern Sonne denken, doch auch sie lächelte, denn schließlich: Was konnte Frau Bock, diese hilfreiche Person, dazu, daß sie die besseren Karten in puncto Lebensbedingungen auf der Hand hatte als sie, Annie, die jetzt leise, um den ringelreienartigen, auf die Dauer einförmigen Tanz ohne Musikbegleitung nicht zu stören, sagte (und sich dazu einen Schritt näher zu Frau Bock wagte, überflüssigerweise auf den Zehenspitzen): Leider leider muß ich schon wieder aufbrechen, hab noch eine Menge auf dem Programm.

Frau Bock sagte, nicht leise: Das kann ich mir vorstellen, und machte dazu ein mitleidiges Gesicht, aber es blieb ein fröhliches Gesicht, es ging ihr physiognomisch wie dem Hausmeister, nur umgekehrt: während er auch bei bester Stimmung *Lebenslänglich auf Bewährung* hatte, konnte Frau Bock trübere Gemütsverfassungen mimisch nicht mitteilen. Moment! Stop! rief sie teils Annie, teils der Gruppe zu, dann das Kommando, das sich wie *Twissel* anhörte, vielleicht das englische Wort *Twistle*? Bei einem Schüleraustausch, einige Jahre her, hatte Annie als Gast einer *Holiday Fellowship* Squaredance und Barndance gelernt, mitgetanzt, sich gräßlich dabei geniert und plump gefühlt. Der einzige Reiz an der Sache: Sie hatte sich ausgemalt, wie sie Mila davon erzählen würde. Mila liebte so was. Annie würde übertreiben, Mila mit selbständigen Ergänzungen via Phantasie das Schauspiel karikieren.

Zum Glück hatte sie in der Turnhalle keine Zeit, sich gründlich an etwas Lustiges und deshalb Schönes wie die mündlichen Barndance-Exzesse mit Mila zu erinnern, brachte statt dessen – wahrhaftig, die Mitglieder der Gruppe befolgten das Twistle-Kommando mit kleinen, ziemlich langsamen Drehungen um sich selbst – ein zusätzliches Argument gegen längeres Verweilen vor: Die hier sind ja aber auch alle entschieden jünger. Für Natalie kommt es sowieso nicht in Frage, aber auch Mila ... sie ist zu alt für diese Gruppe.

Frau Bock schüttelte vehement den Kopf, Annie bekam schon vom Zusehen Kopfweh und war außerdem neidisch auf Frau Bocks prächtige, nach links und rechts ausschwingende mahaghonifarbene Haare: Irrtum! Gut, die hier sind jünger, aber ausgerechnet heute fehlen drei, und die sind deutlich älter, schade. Ausgerechnet heute. Mila könnte mitmachen, natürlich erst, wenn sie vollkommen wieder hergestellt ist. Gehts denn weiter gut?

Sie macht Fortschritte, sagte Annie, und wurde traurig. Winzige Fortschritte, dachte sie und kam ins Schwitzen, weil sie plötzlich viel zu schnell ging – sie war auf dem Rückweg als wäre der eine Flucht. Und Appetit hat sie auch immer noch keinen. Nur zu Miniportionen von dem langweiligen Krankenhausessen ließ sie sich überreden. Schwester Ulla, Natalie auf den Topf, Schnellgang Hamlet, Abfahrt halb acht mit ... wer fuhr sie heut ins Krankenhaus, ah ja, das Lottchen von nebenan, für Mila frisches Nachthemd, andere Seifensorte: Beim Memorieren der nächsten Termine, mit denen es später am Abend noch weiterging, fiel Annie eins ihrer Lieblingskinderbücher ein, *Else kann alles*, aber Else war eine ältere Schwester, die für ihre Geschwister, und nicht nur zwei, es waren fünf, nach dem Tod ihrer Mutter sorgen mußte, der Vater kämpfte auf schwierigem Gelände als Bauer um sein Land und sein Vieh, und auch dabei half die erst Vierzehnjährige und *konnte alles*, weils die andern behaupteten. Die arme Else erlebte das ganz anders, aber unverdrossen blieb sie lieb und sanftmütig und geduldig, im Unterschied zu mir, dachte Annie und sah und hörte sich bei einem ihrer Flüche und kurzen Wutausbrüche. Ein schlechtes Gewissen machten die ihr nicht, im Überblick betrachtet: wirklich gar nicht. Nur im Moment unmittelbar nach einem von diesen kurzen Zornschüben ärgerte sie sich über ihre Unbeherrschtheit, und wenn dann Mila die Schultern hochzog, den Kopf duckte, als wollte sie in sich selbst verschwinden, und Natalie stumm erstaunt freundlich lächelte, grämte Annie sich, von Mitleid überflutet. Aber alles in allem: das mit ihrem Temperament war in Ordnung. Sie konnte es nicht ausstehen, wenn all die netten Leute, die an denen im alten Haus, Leibniz-Straße 6, mitfühlenden Anteil nahmen, sie zur Heiligen hochstilisierten.

Und *Du bist wirklich ein Engel*, rief ihr in diesem Augenblick Julia zu. Bin ich nicht, hör auf mit dem Unsinn, rief Annie zurück, nachdem sie am Gahlen-Eck fast mit Julia zusammengestoßen wäre. Julia war die Gahlen-Straße heruntergestürmt, Annie entlang der vertrockneten Anlage gegangen, und die Grundstücksmauer des Katasteramts hatte sie bis zur Kurve voreinander versteckt.

Ich war mal auf eine Stippvisite bei meiner armen Mama, berichtete Julia, die in einem minimalen Kleidchen besser gegen die Hitze dieser Wochen ausgerüstet war als Annie in Jeans und weitem T-Shirt, aber Annie fand ihre Beine zu dick und trug deshalb nie Röcke oder Kleider. Und gerade dachte ich: Da haben sich vor Jahren meine Großeltern gemütlich ins Bett gelegt und gedacht, wird doch nett sein nochmal mit einem Baby, nett auch für die beiden jungen Mädchen so ein Baby-Geschwisterchen, und uns wirds verjüngen. Und für die beiden jungen Mädchen wars sicher auch nett, und später dann, jetzt im grausig hohen Alter mit all seinen Schrecken und Peinlichkeiten und Gebrechen, jetzt ists sozusagen das große Los, das wir gezogen haben, der Hauptgewinn. Was wäre mit uns ohne dieses Baby von damals? Aber das Baby selbst…

Ach pfui, sagte Annie. Hört sich abscheulich an. Wo steht dein Auto? Ich bin ein bißchen in Hetze, weißt du.

Ich weiß, ich weiß, klagte Julia, als wäre sie und nicht Annie die strapazierte Person, und Annie wußte, an einer Variante zu ihrer eigenen Überforderung litt auch Julia, gewiß nicht weniger, nur theoretischer, unter einem Streßgemisch aus Mitleid, Sorge, Kummer, und Schuldbewußtsein, von dem bin immerhin ich frei, dachte Annie, aber die arme Julia, die hat es. Es mußte gräßlich sein, seine Mutter als Hilflose zu erleben, der Mensch, der einen das Gehen und alles gelehrt hat und jetzt nicht mal mehr allein auf den Topf kann. Und zu wenig Zeit, beinahe nie Zeit für diese Mutter zu haben. Stichwort Topf! Die strengen Sitten von Natalies Verdauungssystematik fielen Annie ein und daß um halb sieben die Stunde der Wahrheit war. Und halb sieben war vorbei.

Schätzchen, ich muß weiter, um halb sieben ist Natalie mit dem Topf verabredet, ich komm schon zu spät.

Soll ich dich fahren? Aber das Auto steht ein paar Schritte weiter weg als du bis zur Leibniz Nummer 6 brauchst. Julia schnitt eine Zahnwehgrimasse. Nur, zum Krankenhaus könnte ich dich doch schnell fahren. Du willst doch sicher gern noch mal zu Mila. Wie gehts ihr denn?

Sie guckt wie eine Eule und sie ißt wie ein Spatz. Danke fürs Angebot, aber ich muß jetzt zuerst zu Natalie.

Und du hast sowieso keine Zeit. Dein Ehemännchen wartet schon ganz nervös.

Julia schüttelte den Kopf, irgendwas paßte ihr nicht. Ah, das wars: das mit dem Warten eines Ehemanns. Zu banal, und deshalb erklärte sie Annie, daß sie noch zwei Gutachten fertigkriegen wollte, weil sie morgen überhaupt nicht dazu käme ... irgendwas mit einem Referat und Bielefeld ... Annie wurde ungeduldig und lief schon ein paar Schritte die Gahlenstraße rauf, rückwärts, unter Zuwinken und Rufen: War die Krankenschwester schon bei deiner Mama? Ich muß Hamlet dringend rauslassen, das arme Kerlchen.

Und der Garten! Den Programmpunkt *Gießen* hatte sie ganz vergessen! Wenn Mila nach Haus käme, was zum Glück, aber auch angstmachend, demnächst geschähe, wäre sie über verdurstete Gewächse entsetzt, die Hortensienrabatte färbte sich schon vorsichtig rosa und blau, sogar die Malvenknospen wurden ganz prall. Annie hatte selbst genug Mitleid mit dem Garten, doch Milas Freude über prunksüchtig saftige Pflanzen braucht sie als Antrieb.

Es wurde halb neun, bis sie Mila von ihrem Besuch in der Turnhalle der von-Platen-Schule erzählen konnte und den erwarteten Erfolg einfuhr, anders als bei Natalie, aber für die war ihre Schilderung auch einfach nur eine Schilderung, Tatsachenbericht, unkommentiert.

Was denkt diese Frau Bock sich bloß. Bei so einer Groteske sollen wir mitmachen. Sie ist übergeschnappt, sagte Mila und mußte dann wieder kichern. Natalie ging der Sinn für das traurig-komische Scheitern des Menschen an der Realität ganz ab, während Mila es außerordentlich genoß. Wie verschieden doch Schwestern sein konnten.

Wir müssen trotzdem nett zu Frau Bock sein, mahnte Annie, ein wenig ängstlich vorausschauend: Mila würde genau das sagen, was sie dachte. Frau Bock selber ist doch wirklich sehr nett. Sie hat nur ein total anderes Naturell als wir. Annie dachte: Und ist deshalb zu beneiden. Wir sind dumm dran.

Du bist ja heut wie Natalie, grummelte Mila. Natalie ist immer lieb lieb lieb. Wie gehts ihr?

Sie vermißt dich. Sonst alles wie immer.

Natalie sagte zwar nichts von Vermissen; unaufgefordert, einfach von sich aus, sagte sie überhaupt nichts, aber Annies Behauptung stimmte trotzdem. Aus Liebe vermißte Natalie ihre Schwester, das kam zuerst. Und sie vermißte die (vermeintlich) heimlichen kleinen Verwöhnungen: Annie bekam jedes Schinkenröllchen und jedes Schokolinchen mit, mit dem Mila zu ihrer Schwester raufstapfte.

Und sie führen das wahrhaftig auf? Zu welcher Musik denn?

Auf dem Schloßplatz, und die Musik weiß ich nicht. Julia war kurz bei ihrer Mutter. Natalie hat sogar freiwillig den Mund aufgemacht und es erzählt. Sie war richtig gerührt.

Was war das nochmal für ein Wort? Frau Bock hats gerufen und dann haben die sich um sich selber gedreht. Mila machte ihr Eulengesicht, zog den Kopf ein, kicherte im Voraus. Bissel? Wissel?

Twistle! And now: Twistle, so heißts, wenn du Barndance beigebracht kriegst. Annie bekam plötzlich Lust auf das Stück Salami, das sie der appetitlosen Mila sicherlich schon fünf Minuten lang zwischen Daumen und Zeigefinger offerierte, und da steckte sie es sich selber in den Mund. Ins Gefühl, eine Mutter zu sein, die vor dem rebellischen Kind die Waffen streckt, sickerte die Erinnerung an Julia und was die über ihre Großeltern gesagt hatte: ziemlich gewagt, etwas ordinär. Mila hätte es gefallen, aber weil es um ihrer beider und Natalies Eltern ging, verscheuchte sie das Bild von den beiden im Bett. Nur ging das schlecht mit dem Wahrheitsgehalt von Julias kritischer Betrachtung: Oh ja, ohne Skrupel der Aktionisten wurde man in ein Gewebe aus Liebeszusammenhängen hineingeboren, kein Entkommen, von der ersten Lebensminute an gefesselt: So ähnlich hatte Julia die Zeugungsgeschichte weitergesponnen. Und am Anfang war alles noch schön, vieles heiter, das meiste sorglos ... aber dann, und worauf lief es hinaus? Leute, die Kinder kriegten, bedachten nicht das Ende vom Schönen und »des Schrecklichen Anfang« – wie ging das ganze Zitat? Ich glaub, es ist Rilke, oder womöglich Nietzsche, sagte Annie und fragte Mila, die übertrieben feierlich aufsagte: »Denn alle Lust will Ewigkeit.« And now: Twistle! Mach mir die Schritte nochmal vor.

»Denn alles Schöne ist nur des Schrecklichen Anfang«, das meine ich, sagte Annie und trat im Platzmangel des Krankenhauszimmers einen Schritt hinter ihren Stuhl, den sie wegschieben mußte, und dann: drei vor, drei zurück. Dazu griff sie rechts und links in den Jeansstoff, über den Hüften waren die Jeans ein bißchen zu weit, um das vorsichtige Lupfen der Mädchenröcke darzustellen, und Mila rief *Twistle!*, aber Annie sagte: Schluß damit.

»Hamlet, du weißt, es ist gemein, was lebt, muß sterben...« zitierte Mila. Wie gehts Hamlet? Ich hatte heut abend wieder Fieber.

Du hattest 37,3 und das ist kein Fieber. Annie, einst das niedliche Baby für die fast erwachsenen Schwestern, Annie war jetzt die Mutter und hatte mit Natalie und Mila gleich zwei Babies zu versorgen. Julia war immer so kraß: Sie werden wieder Babies, bloß nicht mehr niedlich.

Wie hast du gesagt, soll die Veranstaltung heißen? Wieder eulenäugig und den Kopf geduckt erwartete Mila ihr fatalistisches Vergnügen. Senioren tanzen in den Sommer solls heißen, antwortete Annie etwas geistesabwesend, weil sie in diesem Augenblick nach dem schweren Irrtum fahndete, der in Julias böser Rechnung steckte. Welcher bloß? Annie überlegte: Ich bin kein Engel, meine alltägliche Mission ist nicht einfach nur schrecklich, bis aufs eklige Sichsorgenmachen, als Opfer fühle ich mich nicht, verbittert bin ich auch nicht, bloß öfter mal wütend und keine *Heldin in der Wirklichkeit*, zu der Julia mich in diesem Proustfragebogen gemacht hat, zu blöd … und so blödsinnig bin ich auch nicht, daß ich mir kein angenehmeres Leben vorstellen könnte …

Mila brabbelte vor sich hin: Natalie könnte im Rollstuhl mitmachen und ich am Stock … Senioren tanzen in den Sommer! Die Menschheit verdooft wahnsinnig rapide.

Ah! Da versteckte er sich ja, der kleine, aber alles entscheidende Rechenfehler! Oh doch, Julia, niedlich sind sie, und wie! Wenn man sie liebt, sind sie ganz schrecklich niedlich, antwortete Annie keinem, über neunzig Jahre alt und Babies sind keine Konkurrenz; sie betrachtete Milas grauen Pusteblumenstrubbelkopf, sah sich beim Frisieren von Natalies glattem weißen Seidenhaar zu, und dann merkte sie erst, vielleicht weil Mila *Twistle!* rief, daß sie unterdessen alle vier Salami-Scheiben aufgegessen hatte.

Haben sie bei uns was vermißt?

Komische Sachen machen die heute miteinander, sagte Paula. Oder ob es so was immer schon gab?

Nein! Otti, prompt und streng, schien darüber zu entscheiden. Ich kanns nicht ästhetisch finden. Paula seufzte.

Ob das überhaupt realistisch ist? Ob normale Leute so was machen? Otti antwortete sich selber: Wenn ja, dann aus Eindruckschinderei. Es kann nicht angenehm sein.

Sie werdens nachmachen. Du kommst ja nicht drumherum, es wieder und wieder zu sehen, und dann denken sie: Es ist ein *must*, ist schick …

Schick! Na hör mal, unterbrach Otti, aber Paula fuhr fort: Und dann tun sies auch, um nicht altmodisch zu sein oder sowas. Paula überlegte, ob sie das hinbekäme: Etwas über die Realität, die eine vorgetäuschte Realität imitierte. Aber da sagte Otti: Ich glaub nicht, daß meiner es gern hätte, daß ichs sehe. Und ich hab manchmal ein ungutes Gefühl. Ich krieg so einen Lufthauch mit in der Gegend vom linken Ohr und bilde mir ein, er guckt mir über die Schulter. Und vorher wars schon peinlich, aber mit dem Gefühl ists das erst recht.

Nach Trennungen wie denen von unseren beiden glaub ich nicht an so was. Paula klang zu energisch, etwas stimmte einfach nicht ganz, sie wußte es, und Otti, die sie in- und auswendig kannte, wußte es. Zudem war die jetzt debattierte Situation nicht die einzige, in der die zwei sich von ihren Exmännern beobachtet fühlten, und wenn hundertmal ihre Vernunft protestierte. Paula von Phil. Otti von Saul. Früher hatten die Exmänner gemeinsame Angler-Wochenenden zelebriert, auch Bootsfahrten, noch früher Tauchen. Bei der Rückkehr fragten ihre Frauen sie aus: Worüber habt ihr euch unterhalten? Den Männern fiel nichts ein. Aber irgendwas *müßt* ihr doch geredet haben! Wir sind wasserfest, wir sind nicht undicht wie ihr Frauen, ha ha! Hatten sie stumm in ihren Bächen gestanden, die Angelruten in den Händen, stumm wie die erhoffte Beute, all die armen kleinen Fische? Auf dem Boot sich nur die paar Anweisungen zugerufen, die nötig waren, um das Ding flott zu halten? Jetzt spielten Paula und Otti manchmal, die zwei wären zusammen in Kur.

Glaubst du, deiner und meiner, sie haben immer gewußt, was es da so alles gibt? Was alles zu machen wäre und daß sie es jetzt nachholen mit irgendwelchen Kurschatten? Otti lehnte ab. Paula griff nach dem ihr zugedachten Napf mit Ananasstücken und Walderdbeeren, machte *Hmmm* und versprach für die kommende Verabredung mit ihr als Gastgeberin Reis Trautmannsdorff oder diese Hörnchen mit Pflaumenmus, die Phil so geliebt hatte. Hast recht, Otti, von deinem vermute ichs bloß, bin aber ziemlich sicher, daß er darin wie meiner dachte und gegen so was war. Ich finds unappetitlich.

Es ist außerdem auf die Dauer furchtbar langweilig.

Alles wird mit der Zeit furchtbar langweilig. Oh ja, man mußte richtig aufpassen, das war beiden klar, daß man nicht von jetzt auf sofort alles furchtbar langweilig fand. Für irgendwas sich doch noch zu interessieren, war lebensrettend.

Die Menschen sind schrecklich.

Nicht alle. Aber die meisten sinds.

Wie sie reden und was sie machen und alles sonst, als

wärs nach einer Anordnung von ich-weiß-auch-nicht-woher.

Vielleicht habens unsere beiden gut.

Ganz sicher, in der Kur ... wichtig wäre, daß man gläubig ist. Aber richtig, nicht mal so mal so.

In diskreten Intervallen fragten Paula und Otti sich ab, ob sie es wären, gläubig und zu wie viel Prozent, und sie waren sich leider leider nie ganz sicher. Hing auch vom Prozentgehalt ihres Getränks ab.

Wein ist noch da, willst du noch? fragte Otti. Er ist australisch. Der Professor macht schrecklich gern Besorgungen und er schaffts bis zum MAXIMAL-Markt, und diesen Wein hat er mir spendiert.

Hoho! machte Paula. Nimm dich in acht! Denk an all diese Na-du-weißt-schon- ... diese Sauereien. Die beiden kicherten. Nein, kein Wein mehr. Paula mußte schleunigst rüber und in ihr spiegelverkehrt genau gleiches Apartment. Sie schlüpfte trotzdem für die paar Schritte über die Außengalerie in ihre Pelzjacke. Was meinst du, Otti, haben Phil und Saul immer gewußt, wie es zugehen könnte?

Aber nein! Wieder streng, wieder sofort entschied Otti.

Doch Paula, als hätte sie keine Antwort gehört, ließ nicht locker: Haben sie was verpaßt? Könnten sie was vermißt haben, bei uns? Phil und Saul? Sie stand jetzt auf der Schwelle, die rechte Hand an der Innenklinke der halboffenen Tür, die Nacht war finster ringsum den gelblichen Lichtkegel unter dem kleinen Vordach. Otti verschränkte die Arme fest überm eingezogenen Oberkörper, sie fror, und anscheinend verlor sie im Dunkeln ihre selbstsichere Überzeugung.

Paula, du meinst, sie haben ihre beste Zeit nicht richtig genutzt, mit uns?

Ich hab ihn nie ermutigt, ich meine, ich wars nie, die anfing.

Ich auch, das heißt: Ich auch nicht.

Man dachte eben, das ist Männersache.

Und so furchtbar große Lust drauf hatte man auch nicht immer.

Die Schwestern wurden wieder vergnügt. Abwechselnd beruhigte eine die andere: Trotzdem, wies auch gewesen ist, ich finde, bei uns war viel mehr los. Oh ja, das wars, es war geheimnisvoll. Gut, wir hatten nicht so viel Programm oder wie soll ich sagen, alle diese Nummern wie beim Kunstturnen, aber wir haben uns viel mehr dabei gedacht, auch wenns uns mal auf die Nerven ging. Nerven! Ja, die Nerven! Wir damals, wir waren wirklich auf hundertachtzig vor Nervosität oder so was. Du, Otti, ich muß rüber. Das mußt du, ja. Ab 22 Uhr sollte im *Senioren-Eden am Stadtpark* Ruhe herrschen. Den Film morgen dann bei mir, tuschelte Paula. *Estelle, Teil 3.* Prima, flüsterte Otti. Gute Nacht! Gute Nacht!

Menschenrechte

Verdammt, rief sie dem dritten Klingeln des Telephons zu. Verdammt, ich komm ja schon. Blim-blam-blum, äffte sie den elektronischen Dreiklang nach. Sei nicht so penetrant, ich hab keine Zeit. He, gehst vielleicht du ausnahmsweise mal dran? fragte sie (sie mußte brüllen) ins Wohnzimmer, ohne Erwartung irgendwelcher Reaktionen von ihm, der sich in seiner unerschütterlichen Nach-dem-Essen-Friedlichkeit Promis als Artisten oder so etwas ähnliches ansah, auch anhörte, schwer zu begreifen, wie er diese Lautstärke aushielt: Trommelwirbel signalisierten jetzt einen artistischen Höhepunkt. Bestenfalls würde er nur Ist-ja-doch-für-dich rufen, rechthaben, und während sie *Verdammt, ich bin unter der Dusche* schrie (gelogen), nahm sie linkshändig ab, in der rechten Hand das Geschirrtuch; sie brauchte wirklich jede einzelne Minute, um rechtzeitig für das, was sie und er geplant hatten, fertig zu sein. Hoffentlich war der Eindringling jemand, dem man ohne Umschweife sagen konnte, wie die Dinge standen.

Hallo, ich bins bloß.

Oh Schreck, ach Erbarmen! Mit ihrer Todesnachrichtenstimme war das Bella Beck! Sie war die langwierigste Freundin (und es gab nur langwierige, aber die andern als Erzählerinnen), Bella war die schwierigste, die mit den ausführlichen Pausen. Man fragte sich, warum jemand überhaupt telephonierte, wenn er den Eindruck machte, er würde eigentlich am liebsten schweigen. Oh Himmel, und »eure Lindigkeit lasset kundwerden allen Menschen«, merk dirs, *allen*, dachte sie und gleichzeitig: Ich muß die Küchenarbeit hinter mich bringen, wenigstens die Füße waschen, die Zeit läuft, der Countdown ... ich muß mich sputen, verdammt.

Hallo, Bella! (Höre ich mich wie auf Trab an? Glaub schon.)

Bella begann wie immer keuchend und wurde mit der Begrüßung fertig, fragte sogar, ob sie störe.

Nicht wirklich, aber... Was gibts denn? Ich meine, ich bin mitten in einer Hetzjagd (stimmt!), und hier rufts dauernd an (gelogen!), sie lachte kurz und fügte an, sie sei deshalb schon ein bißchen abgenutzt. Weißt du, wie ein Kaugummi, auf dem man zu lang rumgekaut hat und der nach nichts mehr schmeckt.

Oh! Bella Beck hatte eine seltsame Art telephonisch zu seufzen: Sie klang dann immer wie mitten im Liebesakt. Warum sie sich abends um kurz nach neun noch abhetzen müsse und womit denn, wollte sie wissen.

Ihr fiel nichts Rechtes ein, nur wieder die erfundenen vielen Telephonate, und denen dichtete sie noch Tagesstreß mit Gästen dazu. Das dadurch verspätete Abendessen. Wir sind dadurch ganz aus unserm System gefallen. (Gelogen; um kurz nach neun war sie jeden Abend beim Geschirrabtrocknen. Nur hatte sie gemäß dem System an den anderen Abenden nicht schon um halb zehn etwas vor.) Während Bella Beck verstört ihr Mitgefühl ausdrückte (verklemmt, wie zugeklebt, konventionelle Ausdrucksweise, nun, sie war eine schüchterne Person), bekam sie eine gute Idee und wurde sie eifrig los: Und dem ganzen Tagesgeplapper muß ich jetzt einfach noch etwas Geistiges dagegensetzen, weißt du. Mich mit der Geisteswelt regelrecht sanieren, es ist irgendsowas wie Reinigen.

Sie hoffte, mittlerweile eine sanftere Wirkung zur bedauernswerten Freundin hin zu verströmen. Zugleich jedoch auch: Radikal. Willensstark, diszipliniert. Andern gegenüber behauptete sie immer mit Genugtuung, weil sie dann provokant und schwer zu verstehen war: Ich liebe nur die schwachen Menschen. Aber Bella Beck hatte etwas Aufreizendes, und sie war ein sehr schwacher Mensch, der jetzt stöhnte: sie wollten nachher auch noch den zweiten Teil des Weihnachtsoratoriums hören. Und da wurde ihr bewußt, daß sie ihr geistiges Leben ja *irgendwann* am Abend anfangen könnte, es brauchte nicht auf Knopfdruck zu einer bestimmten Zeit damit loszugehen. Deshalb behauptete sie: Ich habe mir einen Termin gesetzt, um halb zehn fängst du an, hab ich mir gesagt. Auf dem Programm steht: Lesen.

Wie in Wehenkrämpfen schwer atmend preßte Bella heraus: Bei mir natürlich auch. (Gelogen? Und bei weniger Zeitknappheit hätte etwas Kritik nicht geschadet: Bella, zum Weihnachtsoratorium liest man aber nicht!) Ihr fiel eine Diskussionsrunde vom Vorabend ein und daß Bella Beck nicht wüßte, wovon sie redete: Ich bin gerade beim umstrittenen Denkansatz von Thomas Hobbes, es geht um die Menschenrechte, und im 19. Jahrhundert (wars womöglich das 18te? Egal, die arme BB hätte keinen Schimmer davon) ging der gute Hobbes vom Individuum aus, und Sloterdijk behauptet, darin läge sein prinzipieller Fehler, es gäbe nur das Paar …

Oh! japste Bella, paargerecht: Ihre Ehe war prekär. Ich wollte ja nur wissen, wie du Weihnachten überstanden hast.

Gut! rief sie. Stör mich nicht länger, verdammt, dachte sie und fragte: Und du?

Obwohl Bella sich diesmal viel besser als sonst durch

die Feiertagsangstpartie laviert hatte, klang es wie Herummaulen, als sie antwortete: Auch gut. Ich war ja ganz allein, zum ersten Mal seit ich geheiratet habe, weil seine Mutter mitten in ihrem Umzugskrempel steckt und so was alles… Also, ich wollte nur wissen, ob es dir gut geht.

Das tut es, und ich dank dir für deinen Anruf, nimms mir nicht krumm, ich meine von wegen Hetzjagd und dem Streben nach dem Höheren. Sie lachte, Bella nahm ihr sowieso nie etwas krumm, hörte sich aber immer so an, als ob sie es doch tun würde.

Zur Elegie verflucht und verpflichtet, sagte sie fröhlich zu ihm, als sie sich doch noch vor dem Beginn der absolut läppischen TV-Serie *Zu Dritt sind wir unschlagbar* im Bademantel und mit gewaschenen Füßen in ihren zurückklappbaren Fernsehsessel fallen ließ. Bei der ersten Folge neulich hatte sie sich noch gelangweilt, aber auch nicht aufhören wollen. Nach der zweiten bekam sie auf ihre wichtige Erkenntnis von ihm außer kleinem Geknurr keine Reaktion (*Zu Dritt* bedeutete: drei junge Frauen, alle hübsch, er sah die Folgen gern). Merkst du, wie schnell man den Niedergang mitmacht, dem Seichten erliegt? Diesmal fand ichs fast spannend. Und heute abend fiel ihr auf, daß sie sich für die dreigeteilte Handlung interessierte und überhaupt nichts Albernes kommentierte; nur noch und wie immer störte die schlampige Synchronisation, die Geräusche zu laut, die Texte, schlecht artikuliert, nicht laut genug. Als wäre heute der Abend, an dem die Telephongesellschaft ihren Kunden kostenfreies Telephonieren schenkte, meldete sich schon wieder ein Eindringling.

Verdammt! rief sie in den Ehekrach einer der drei Heldinnen.

Geh einfach nicht dran, riet er.

Es könnte jemand Nettes sein, sagte sie, zögernd zwischen Aufstehen und Sitzenbleiben: Szenenwechsel zur mulattischen Freundin, die sich gegen den Willen des Chefarzts in einem primitiven Tropenklinikunterschlupf aus Bast an einen Luftröhrenschnitt wagte.

Du bist nicht verpflichtet, immer zu Haus zu sein, sagte er.

Vielleicht ists meine Schwester, sagte sie und stand auf. Unterwegs zum Telephon, er würde es in seiner Vertieftheit allerdings nicht hören, posaunte sie mit allem Liebespathos aus, dessen ein Mensch fähig war: Wenn es jemanden auf der Welt gibt, der mich niemals stören könnte, dann ist es meine Schwester.

Gelogen? Nur ein wenig? Überhaupt nicht? Wenn man bedachte, daß Liebe eine Strapaze war, was dann?

Sie versäumte fast den ganzen restlichen Film. Gute Nachricht, sagte ihre Schwester und klang so elegisch wie bei den weniger guten. Seit gestern kann ich plötzlich wieder meine Zehen bewegen. Das ist ja phantastisch, rief sie und probierte zur Aufmunterung noch mehr Überschwenglichkeiten aus, und in ihren Dialog brüllte er ihr ab und zu Handlungshöhepunkte zu: Die Dunkle hatte einen Unfall! Hände gelähmt! Da merkte sie, daß sie sogar auch von ihrer Schwester gestört werden konnte. Wie blamabel: Die Lust auf bequemes Versacken in seichtem Schwachsinn siegte über den Ernst der Liebe! Sie ärgerte sich über die verpaßten Szenen, über ihren Lebensliebling, ihre Schwester! Aber sie würde sie nicht abwimmeln. Nicht wie Bella Beck, nicht mit hochtrabenden Lügen. Ihr fielen die Menschenrechte ein. Wobei störe ich euch vielleicht? fragte ihre Schwester. Bei nichts als Mist, sagte sie.

Das kann sehr erholsam sein, sagte ihre Schwester.

Noch besser, daß ich das von deinen Zehen erfahren habe, sagte sie.

Sie rechnete mit seinen Vorwürfen, aber er machte ihr keine, heute abend gab es Zahnpasta aus der blauen Tube, und er erzählte: Sie wollte unbedingt von ihrer Freundin operiert werden und dann konnte sie ihre Finger wieder bewegen, und die Verheiratete …

Sie kann ihre Zehen wieder bewegen, sagte sie.

Ihre Finger, sagte er.

Ich meine nicht den Film, ich meine die Zehen meiner Schwester und daß sie mir das noch als was Erfreuliches sagen wollte.

Er fand, das hätte bis morgen Zeit gehabt und überhaupt, sie würden alles immer dramatisieren.

Die Menschenrechte! rief sie. Es gibt nicht das Individuum, Hobbes' Denkfehler! Es gibt nur das Paar.

Und die Blonde, die Handchirurgin, heiratet den Filmproduzenten, erzählte er.

Elvira

Der Schreck fuhr mir von den Haarwurzeln bis in die Fußzehen, und ich drängte mich vor, um unsere kleine Gruppe in eine andere Nische des *Aetna* zu lotsen, weit weg von Elviras Tisch, den ich sofort beim Eintreten entdeckt hatte. Elviras brave weiße Strickjäckchen fallen im *Aetna* auf.

He, kommt hier rüber, kommandierte ich mit einer Kopfdrehung nach hinten und sagte noch was von den Automaten, vielleicht würden Markus und Sven flippern wollen, aber ich machte es wegen Elvira und wegen Markus und mir. Nachträglich erkenne ich noch zwei andere Gründe, der eine davon ist eigentlich hochmoralisch, der erste, daß ich ungestört sein wollte, natürlich nicht, aber der andere: Elvira zuliebe wäre es besser, sie und unseren kleinen Haufen auf Distanz zu halten. Wirklich wahr.

Aber weil nirgendwo sonst Platz war und ich auch nicht erklären konnte, was gegen den vorderen Teil des *Aetna* sprach (das kleine Lokal geht über Eck), mußte ich mich mit den andern in Elviras Nähe setzen, etwas mehr als nur in die Nähe: an den Nachbartisch. Pech, blödes. Flirt, ausgelassenes *Aetna*-Geschabber – daraus würde also nichts. Ich meine: Nichts für mich. Die wie sonst auch Unbefangene müßte ich diesmal spielen, dabei immer auf der Hut sein.

Elvira saß mit dem Rücken zu uns. Aber wenn wir bald lauter würden (die andern, und mit Sicherheit passierte das sehr bald), würde sie sich kurz nach uns umdrehen und einen korrekten Was-soll-denn-das-Blick abfeuern. Pssst! habe ich deshalb vorsorglich gemacht und daß wir noch Ärger kriegen würden. Was natürlich sinnlos und Schwachsinn war, weil es im *Aetna* nie Ärger gibt. Das *Aetna* ist ohne hohe Lautstärke vom Gewimmel der Oberstufenschüler und Anfangssemester überhaupt nicht denkbar. Elviras schrankartigen Rücken im weißen Jäckchen mußte ich immerzu anstarren, womit natürlich mein Genuß hin war. Ihr gegenüber saß ihre Kollegin Sunji (oder so ähnlich, sie ist Vietnamesin), und diese beiden schirmte eine Aura der Stille vom *Aetna*-Trubel ab; schwer zu verstehen, warum es ihnen hier nicht zu turbulent war, so daß sie endlich abzogen. Das *Aetna* probierten sie meines Wissens zum ersten Mal aus, und eigentlich hätten sie schon beim Eintreten merken müssen, daß es nicht ihr Stil war. Doch anscheinend unterhielten sie sich gut, es ging um irgendwas Ernsthaftes, vielleicht um Probleme am gemeinsamen Arbeitsplatz: Sie sind Arzthelferinnen in der Praxis eines Internisten, ein gutes Team, nur als Anblick klaffen sie extrem auseinander. Die dunkle Sunji ist nur eine halbe Portion und noch viel weniger in der Gesellschaft Elviras, die gut und gern das doppelte Quantum drauf hat. Elvira ist sehr dick, aber nicht fettig dick, sondern aus festem Speckfleisch alles andere als schwammig-schwabbelig. Aber wirklich viel zu dick. (Die aus unserer Gruppe machten längst Bemerkungen darüber, nichts Ausführliches, wir sind immer mit uns selber und unseren eigenen Sachen beschäftigt.) Wenn Elvira das Gleiche bestellt hatte wie ihre Kollegin, dann wars auch bei ihr heiße Schokolade. Ich nehme das nie, aber ich erkenne es an der speziellen hohen Tasse.

Das Schönste an Elvira war von jeher ihr gelbgoldenes Haar, so dicht! Gouda hat eine solche Farbe. Wenn sie es offen tragen würde (offen kennen die andern es gar nicht), käme so leicht niemand aus dem Staunen heraus. Nur würde es absolut nicht zu ihrer Figur passen, offenes langes Haar, sie sähe dann total untersetzt und noch schwerer und dicker aus. Sie bindet immer Tücher in einen Zopf ein, es ist eine riesige Geduldsprobe, meistens flicht sie eins von ihren zwei schwarzen Samtbändern zusammen mit dem Zopf, den sie entweder hochsteckt, ein Stück den Hinterkopf aufwärts, oder zu einer Art Schaukel im Nacken bündelt. Mit den Haaren hat sie Glück, bei der Frisur Geschmack. Und genau das zu sagen, obwohl überhaupt niemand am Tisch mehr Notiz von ihr nahm, hielt ich plötzlich für das Schlauste. Von wem ich reden würde? Und Mark fand mich so komisch heute. Von der Dicken, sagte ich. Sie sollte die Finger von heißer Schokolade oder so was lassen, aber beruflich muß sie Spitzenklasse sein. Manche Patienten bitten ausdrücklich um sie, wenn sie schlechte Venen haben und es um Blutentnahmen geht, oder sie wollen unbedingt sie und nicht die Kollegin beim Assistieren wie Nachschieben vom Magenschlauch oder derartigen, bei all den kniffligeren Endoskopgeschichten.

Mein lieber Johnny! quiekte Simone und kuschelte sich noch dichter an Remi, schon eine halbe Cola-Rum genügt ihr und sie hat einen sitzen, und Claudia wollte wissen, woher ich das alles hätte, das mit den Venen und dem Magenschlauch, und ihre derzeitige große Liebe, Gerd, genannt Gerdi, neu eingeführt in der Gruppe, zitierte Shakespeare: »Laßt dicke Männer um mich sein, mit kahlen Köpfen und die nachts gut schlafen.« Dicke wirken beruhigend, sagte er. Die da drüben hat was Betuliches.

Das von Mark hat mir wirklich verdammt gut gefallen, es ging etwa so: Es wäre prima, daß ich nicht dick bin, denn beruhigt werden wollte er nicht, nicht von mir, und er sagte noch: Da besteht auch keinerlei Gefahr. Alle lachten, ich hätte es mehr genießen können ohne die Aussicht auf Elviras Rückansicht. Wenn ich mich über den Tisch vorbeugte, sah ich auch ihre gewaltigen Oberschenkel auf dem schmalen Stuhlsitz. Ich sagte, wir sollten nicht so viel Lärm machen, die beiden nebenan hätten wahrscheinlich wirklich etwas Wichtiges zu besprechen, und: Das ist ein anstrengender Beruf.

Aber sie hat sich noch keinmal zu uns umgedreht. Wir stören sie nicht. Oder so: Sie ist so wahnsinnig schwergewichtig, daß ihr schon das Umdrehen zu viel Aufwand wäre.

Im Office am Computer soll sie auch erste Klasse sein, sagte ich. Ich weiß das alles von meinen Eltern. Beim Stichwort Eltern mußte ich an eine breite Fahrbahn und die Kriechspur nebendran denken, und ich dachte, ich sage dauernd die Wahrheit, aber so, als würde ich neben ihr herschleichen, trotzdem (und ich bin groß im Phantasieren und Erfinden, man muß es nicht gleich lügen nennen), trotzdem, es ist immer beides, ein bißchen wahr, ein bißchen erschwindelt. Nachträglich kommt mir leider der Schwindelanteil größer vor als der wahrhaftige. Ach, das Ganze ist wirklich Mist. Ich hasse es, mich mit schlechtem Gewissen und Selbstvorwürfen herumschlagen zu müssen, am schlimmsten ist es in der Kombination mit Mitleid. Wie lang haben wir eigentlich im *Aetna* gesessen? Mir kam alles wie in Zeitlupe gedehnt vor. Und die zwei am Nachbartisch, furchtbar ausdauernd, schienen ja an ihren Sitzen festzukleben. Verdammt, wir leben in einer Großstadt, sagte ich in unsere Runde, warum machen wir nicht nach diesen Drinks einen Ortswechsel, wir waren schon ewig nicht mehr im *Fesselballon*, aber keiner hörte auf mich oder alle waren zu faul aufzubrechen, außerdem fühlten sie sich ja genauso wohl wie immer und wie auch ich mich gefühlt hätte, wenn Elvira und ihre asiatische Kollegin bedacht hätten, daß wir in einer Großstadt mit werweißwievielen Café- und Bistro-Möglichkeiten lebten und daß das *Aetna* auf gar keinen Fall ihr Platz war.

Simone hatte mich gefragt, woher meine Eltern so viel über die Dicke wüßten: Auch wie sie heißt? Wohnt sie in der Nachbarschaft?

Das war einmal, sie ist umgezogen. Meine Eltern sind Patienten von dem Internisten, bei dem sie arbeitet. Und sie heißt Elvira und sonstnochwas. (Ich dachte wieder an die breite Fahrbahn Wahrheitsagen und sah mich auf der Kriechspur nebendran.) In ihrer Ausbildungszeit oder noch vorher, weiß nicht genau, soll sie im Leichenschauhaus gearbeitet haben, sagte ich. Ich fand, Elvira habe eine Aufwertung nötig, und wirklich heimste ich für sie, wenn auch mit albernem Gequieke vermischt, so etwas wie ehrfürchtiges Schaudern ein, alles besser als Langeweile.

Die Leute, mit denen ich ausgehe, sind wirklich nicht auf den Kopf gefallen, nur manchmal können sie grausig borniert sein, und irgendwie auch hochnäsig. So würden sie bestimmt Arzthelferin als Beruf für etwas Mittelmäßiges halten, was absolut ahnungslos ist, man denke nur an die Verantwortung und all das, und mich stinksauer machen kann, und Dicksein heißt für sie gleich Blödsein, wobei sie nicht mitkriegen, daß genau das blöd ist und zwar von ihnen. Churchill war mächtig dick, oder? Und der ist nicht der einzige Gegenbeweis.

Domingo stand plötzlich am Tischende zwischen Elvira und ihrer Kollegin: oh Schreck, sie zahlten. Erwünscht und nicht erwünscht. Sie würden aufstehen, Elvira würde sich umdrehen einfach schon deshalb, weil sie in Richtung Ausgang an unserem Tisch vorbei müßten, und zwar dicht vorbei, denn das *Aetna* ist eng, jeder Platz ausgenutzt für Kundschaft. Gut, es könnte sein, daß sie, wie es eigentlich ihre Art ist, korrekt-brav bloß auf ihr Ziel starrt und nicht ringsumblickt; wenn sie das doch tun würde, wäre es zwecklos, mich abzuwenden oder mit gesenktem Kopf die Tischplatte zu fixieren. Weil Elvira ein langsamer Mensch ist und sich für alles Zeit läßt, rechnete ich mit einer Frist zwischen Zahlen und Aufbruch und meiner Flucht zu den Toiletten, ebenfalls Richtung Ausgang. Aber nein, diesmal war Elvira, die Langwierige, schnell und stand auf, und ich fand ihre Art, wie sie der Vietnamesin in die plumpe Lederjacke half, pampig überfürsorglich, und dann machte die Vietnamesin das gleiche bei ihr und ihrem weitgeschnittenen weißen Blazer, und Elvira, die nur sechs Jahre Älter ist als ich, benahm sich wirklich wie jemand aus dem Altersheim. Obwohl sie nach dem Zahlen sofort aufgestanden war: langsam, langsam.

Als Kind, weiß ich auch via Eltern, hat sie geweint, mitten ins aufgeschlagene Buch hinein, immer wieder fand man sie weinend mit Lesestoff, und sie hatte Lieblingsbücher (mir haben ihre an mich vererbten fünf Teddy-Bände nichts gebracht), und es war nicht der Inhalt, über den sie weinte. Es dauerte lang, bis endlich der Grund für ihren Kummer herauskam: Sie las so langsam, daß sie bis zum Satzende nicht mehr wußte, wie der Satzanfang gelautet hatte, sie brauchte von Wort zu Wort so lang, daß sie keine Zusammenhänge herstellen konnte. Ich weiß gar nicht, wie sie dieses Problem loswurde, sie ist ja längst eine vorzügliche Arzthelferin. Aber neulich erzählte mein Vater, Elvira hätte mitten im Satz aufgehört zu reden, sie hätte vergessen, was sie sagen wollte.

Hallo, Niki, begrüßte mich Elvira in der für sie typischen Seelenruhe, die aber hier im *Aetna* doch überraschte. Ich wußte, daß du und deine Freunde hinter uns gesessen habt.

Das tun wir noch, sagte Mark. Und zu mir: Willst du uns nicht vorstellen?

Meine Kollegin hats mir gesagt. Elvira lächelte höflich reihum. Ich wollte nicht stören.

Feindseligen schadenfrohen Genuß anderer, miserable Gefühlsströme, die kann ich immer richtig körperlich spüren. Meine Gruppe spielte mit großem Vergnügen Elviras Förmlichkeit mit. Daß sie gar nicht gestört hätte, im Gegenteil, daß man Tolles über ihr Talent in der Internistenpraxis hören würde und so weiter, lauter gestelzte Verlogenheiten ohne jegliches Interesse dahinter.

Wir müssen los, sagte Elvira. Wir sehen uns am Sonntag, Niki.

Klar, sagte ich. Mir fiele schon was ein, oder? Ich fühlte mich ekelhaft.

Hast du schon was für Paps und Mami? Unsere Eltern haben Hochzeitstag. Niki ist meine kleine Schwester. Zu dieser Erklärung hatte Elviras seltsam kleiner Mund (in so viel festes Fleisch wie von einer Backform ausgestochen) sich gekräuselt. Lachen, Lächeln, steht ihr alles nicht.

Um den Abschied richtig mitzubekommen, war mir viel zu säuselig zumute. Und so ging es mir auch noch bei dem Gezerr hinterher, alle waren schrecklich amüsiert, aber so kurzfristig, daß mir sogar auch das, es hätte mir doch recht sein müssen, gemein gegen Elvira vorkam. Nur Claudia sagte irgendwann, als auch wir beim Zahlen, Weggehen waren: Ich bin in puncto Schwester wie du. Ich mag meine auch nicht.

Ich aber. Ich mag meine, sagte ich.

Man merkts, spottete Mark, und daß ich es nicht gut fände, wie er mich an sich zog, hätte ich niemals erwartet.

Ich liebe meine Schwester, sagte ich, diesmal auf der breiten Fahrbahn. Real gesehen sogar auch, und beinah wäre ich überfahren worden.

Gabriele Wohmann
Die Schönste im ganzen Land

Frauengeschichten. 348 Seiten. Leinen

Nirgendwo gelingt Gabriele Wohmann die große Kunst der kleinen Bosheit so präzise wie bei der Beschreibung ihrer eigenen Geschlechtsgenossinnen, die sie in diesen Geschichten mit viel Liebe zum Detail aufs Korn nimmt. Da ist zum Beispiel Noomi, die ganz und gar unbegabte Hausfrau, bei der »die Steaks immer aussehen wie Unfallopfer«: Einmal möchte sie doch auch Gäste einladen – aber es kommt nie dazu, da ihr einfach niemand einfällt, der sowohl ihre sagenhafte »Ruebli-Torte« wie ihre übrigen Qualitäten wirklich zu schätzen wüßte.
Es ist die hohe Kunst der falschen Wahrnehmung, von der die meisten Geschichten dieses Bandes erzählen: So würden die beiden Frauen, die ihren jungen Dozenten im Fach »kreatives Schreiben« mit Texten über ihre Orgasmuserfahrungen beglücken, nie wirklich erfahren wollen, was er tatsächlich davon hält. Ihre Männer hingegen, die den »Pornographen« verprügeln wollen, würden sich sicher nicht durch das nebensächliche Faktum irritieren lassen, daß sie zufällig den Falschen erwischt haben.

Gabriele Wohmann

Aber das war noch nicht das Schlimmste
Roman. 395 Seiten. SP 2559

Ach wie gut, daß niemand weiß
Roman. 281 Seiten. SP 2360

Ausflug mit der Mutter
Roman. 138 Seiten. SP 2343

Ernste Absicht
Roman. 281 Seiten. SP 1698

Frühherbst in Badenweiler
Roman, 176 Seiten. SP 2048

Habgier
Erzählungen. 91 Seiten. SP 1666

Das Handicap
Roman. 311 Seiten. SP 2645

Ein Mann zu Besuch
Erzählungen. 280 Seiten. SP 1863

»Es sind ausnahmslos brillante Texte, und mehr als das: konzentriert und doch mit Nuancen und Zwischentönen versehen, straff gebaut, ohne daß die Konstruktion sichtbar würde, unterhaltend sogar, aber immer zwischen Ironie und Trauer.«
Neue Zürcher Zeitung

Paulinchen war allein zu Haus
Roman. 256 Seiten. SP 2344

Plötzlich in Limburg
Komödie in vier Bildern. 114 Seiten. SP 1051

Das Salz, bitte!
Ehegeschichten. 296 Seiten. SP 1935

Vielleicht versteht er alles
Erzählungen. 320 Seiten. SP 2951

Roswitha Quadflieg

Die Braut im Park

Roman eines Lebens. 225 Seiten. SP 2396

»Wenn du siebzig wirst, ziehst du ein weißes Kleid an, gibst ein großes Fest auf Skansen, und ich komme zurück und heirate dich.« Damals, auf dem Bahnhof in Stockholm, hatte Gerda von Croneborg, dreißig, Mutter einer vierjährigen Tochter und gerade geschieden, lachend der absurden Idee ihres Liebhabers Per zugestimmt. Heute, nach vierzig Jahren, hat sie mit ihrem letzten Geld ihr Versprechen eingelöst, und alle waren gekommen: ihre Tochter Selma mit den beiden Kindern, ihr ältester Bruder Knut mit seiner Frau Johanna, ihr Lieblingsneffe Nils. Nur einer nicht: Per, für den sie sich geschmückt hatte wie eine Braut. Nun sitzt sie draußen im Park, in der Kälte und Finsternis, eine alte gebrechliche Frau, und beginnt den Bilderteppich ihres Lebens Schicht um Schicht freizulegen.

Wer war Christoph Lau?

Roman. 164 Seiten. SP 2523

Wer war Christoph Lau, der unbekannte Vater, der die Adresse seines unehelichen Sohnes gekannt, den aber Benjamin nie zu Gesicht bekommen hatte?

Bis dann

Roman. 185 Seiten. SP 2395

»Roswitha Quadflieg hat das klassische Genre des sentimentalen Briefromans meisterhaft in eine Gegenwart übertragen, der Jugend alles und Alter nichts als Abstieg und Schmach bedeuten. Daß echte Liebe in mancherlei Gestalt daherkommt und die Tiefe der Gefühle an kein Alter gebunden ist, zeigt sich in diesem Roman.«
Brigitte

Fabels Veränderung

Roman in einem Kapitel. 112 Seiten. SP 2397

Am Morgen nach seinem zweiundvierzigsten Geburtstag erweckt Simon Fabel in seiner Vorstellung ein Kind zum Leben, das niemals geboren wurde, weil es von Fabels damaliger Geliebten nicht gewollt war. Und Simon Fabel verändert sich…

Der Tod meines Bruders

Die subjektive Wahrnehmung einer Familie. 128 Seiten. SP 2398

SERIE PIPER

Ingeborg Bachmann

Anrufung des Großen Bären
Gedichte. 79 Seiten. SP 307

Das Buch Franza
Das »Todesarten«-Projekt in Einzelausgaben. Herausgegeben von Monika Albrecht und Dirk Göttsche. 264 Seiten. SP 2608

Requiem für Fanny Goldmann
und andere späte »Todesarten«-Texte. Das »Todesarten«-Projekt in Einzelausgaben. 240 Seiten. SP 2748

Das Dreißigste Jahr
Erzählungen. 192 Seiten. SP 1509

Die Fähre
Erzählungen. 98 Seiten. SP 1182

Gedichte, Erzählungen, Hörspiel, Essays
357 Seiten. SP 2028

Die gestundete Zeit
Gedichte. 63 Seiten. SP 306

Die Hörspiele
Ein Geschäft mit Träumen · Die Zikaden · Der gute Gott von Manhattan. 160 Seiten. SP 139

Liebe: Dunkler Erdteil
Gedichte aus den Jahren 1942–1967. 61 Seiten. SP 330

Mein erstgeborenes Land
Gedichte und Prosa aus Italien. Hrsg. von Gloria Keetman. 160 Seiten. SP 1354

Sämtliche Erzählungen
486 Seiten. SP 2218

Sämtliche Gedichte
229 Seiten. SP 2644

Simultan
Erzählungen. 211 Seiten. SP 1296

Werke
Erster Band: Gedichte · Hörspiele · Libretti · Übersetzungen. Zweiter Band: Erzählungen. Dritter Band: Todesarten: Malina und unvollendete Romane. Vierter Band: Essays · Reden · Vermischte Schriften · Anhang. Hrsg. v. Christine Koschel, Inge von Weidenbaum, Clemens Münster. In Kassette. Zus. 2297 Seiten. SP 1700

Sten Nadolny

Die Entdeckung der Langsamkeit

Roman. 359 Seiten. SP 700

»Dieses Buch kommt, scheint's zur richtigen Zeit. Nadolnys heute ganz ungewöhnliche ruhige Gegenposition im gehetzten Betrieb der Politiker und Literaten hat etwas Haltgebendes und unangestrengt Humanes.«

Der Tagesspiegel

Netzkarte

Roman. 164 Seiten. SP 1370

»So unterschiedlich die Hauptdarsteller in seinen Büchern auch sind, eines verbindet sie: der besondere Blick auf das kleine Abenteuer und das große Erleben... Das Staunenkönnen zeichnet Sten Nadolnys Helden wie ihn selber aus, und er lehrt es seinen Lesern neu.«

FAZmagazin

Ein Gott der Frechheit

Roman. 288 Seiten. SP 2273

»...Jenseits der tradierten Heldengeschichten vom Götterboten Hermes spinnt Nadolny seine Handlungsfäden zu einer amüsanten göttlichen Komödie unserer neunziger Jahre weiter. Mit Hermes begreifen wir die politischen Veränderungen in Osteuropa ganz anders. Es ist der Blick des Fremden, der uns unsere unmittelbare deutsche Gegenwart mit neuen Augen sehen läßt.«

Focus

Selim oder Die Gabe der Rede

Roman. 502 Seiten. SP 730

Das Erzählen und die guten Absichten

Münchner Poetikvorlesungen im Sommer 1990, eingeleitet von Wolfgang Frühwald.
136 Seiten. SP 1319

Neben den intuitiv-schöpferischen Kräften, die dem romantischen Bild des Dichters entsprechen, interessiert ihn ganz besonders die Rolle der bewußten, logisch begründbaren Erzählziele. Dementsprechend zieht er sich bei seiner Abwehr »guter Absichten« nicht hinter die unangreifbare Forderung nach schöpferischer Souveränität zurück.

SERIE PIPER

Eva Demski

Das Narrenhaus
Roman. 448 Seiten. SP 2685

Das vierzehnstöckige Narrenhaus ist ein Hochhaus am Rand einer Stadt. Dort wohnt alles, was sonst keinen Platz findet und Miete zahlen kann. Eine bunte Gesellschaft, Eigentümer und Mieter, Wessis und Ossis, Gutsituierte, Problemfälle, letztere vom Sozialamt eingemietet. Eva Demski erzählt die tragischen, komischen und verrückten Lebensgeschichten der Bewohner dieses Hauses. Vierzehn Stockwerke zählt das Narrenhaus, und jede Etage hat ihre verrückten, tragischen und komischen Geschichten. Dieses Hochhaus am Rand einer großen Stadt ist ein übereinandergetürmtes Dorf, eine Festung, ein biographischer Ankerplatz, wie eine Bühne für unterschiedlichste Stücke in wechselnder Besetzung. Hier wohnen Eigenbrötler, alte Witwen, Transvestiten, der einbeinige Christian und die Hausmeisterin Sybille Heisterberg, die die Anarchie zu kontrollieren versucht. Im Keller wohnt der Erzähler, ein alter Requisiteur und Stöberer. Den ersten Stock wiederum beherrscht ganz Mafalda Trautwein, die alle, außer dem Erzähler, für ein Gottesgeschenk halten. Souverän und elegant erzählt Eva Demski die großen und kleinen Geschichten der verschiedenen Hausbewohner und fädelt ganz nebenbei ein halbes Jahrhundert deutsche Geschichte auf – ein Zeit- und Gesellschaftspanorama mit Witz und Spott.

»Eva Demski gelang eine Satire auf die närrischen Eigenschaften ihrer Zeitgenossen, überreich an Einzelheiten und pointensicher.«
Süddeutsche Zeitung